JN319239

河出文庫

そばかすの少年

G・ポーター
村岡花子 訳

河出書房新社

そばかすの少年　目次

そばかすの少年

1　リンバロストの森

そばかすはリンバロストの森のはずれに、丸太をならべてつくってある道を渡ってきた。見たところ浮浪者とまちがえられそうな姿であったが本気で仕事を探しているのだった。どこの職場であろうと衣と食をあてがってもらえさえすれば、どんな仕事でもいい、一心に打ち込みたいと思っていた。

グランドラピズ木材会社の飯場《はんば》がまだ見えないうちから、男たちのいせいのいい声や、馬のいななきが聞こえ、食欲をそそりたてる料理の匂いがただよってきた。宿なしのそばかすにどっとおそいかかったのは、うずくような人恋しさであった。そばかすは新道へ折れてぐんぐん引きつけられるように飯場のほうへ進んでいった。飯場では男たちが夕食の用意と寝じたくを急いでいる最中であった。

それは心を奪う光景だった。見おろせば、深い沼地が大きくひろがり、頭の上には大木がそびえていた。男たちは陽気に呼びかわしながら、疲れた馬から馬具をはずしていた。解かれた馬たちは、たちまち、らくらくとして満足そうに与えられた穀物を噛《か》んだ。たくましいスコットランドの馭者長《ぎよしやちよう》ダンカンは、ひとつかみのポーポーの葉（北米産の落葉樹）で、大きな栗毛の馬の脇腹をいとおしそうに拭いてやりながら、「ああ、誰がおいらを好いてくれるかよう、ああ！」の曲を、静かに口笛で吹いている。足もとの草かげではコオロギがそれに声を合わせて歌っていた。青い生木《なまき》の薪《まき》はジュージュー、パチパチ景気のいい音をたてて燃えさかっていた。焔《ほのお》の舌は渦巻《うずま》きながら大きな黒い鍋のまわりにからみ、料理番が蓋《ふた》をとり、フォークを突っ込んで味見をしたとたんに、うまそうなかおりがほとばしりでた。そばかすは近づいていった。

「支配人にお会いしたいんですが」

　料理番はちらっと目をくれてから、「お前さんなんざ、使ってもらえねえよ」と、ぞんざいな口のききかたをした。

　そばかすの頬《ほお》にさっと血がのぼったが、しかし、あっさり言葉をつづけた。

「どれが支配人だか教えてさえくれれば、あとはじかに話しますよ」

　びっくりして肩をすくめると料理番は先に立ち、荒けずりの食卓へとつれていった。そこでは肩のいかつい男が帳簿の上にかがみこんでいた。

「支配人さん、この男も仲間にはいりてえようすなんですがね」

「そうかい、もういるだけの頭かずは全部そろっちまったんだよ」と、快活な声で答えながら、支配人は帳簿をめくり、注意深く新しいページを調べかかった。

「こんな男にかかり合うこたあありませんぜ。片手しかねえんですからね」と、料理番は聞かれもしないよけいなことを言いたした。

そばかすの顔はさらに燃えあがり、唇をきゅっと一文字に引きしめた。肩をそびやかすと、一歩すすみでて、手首の袖がだらんとさがっている右腕を突きだした。

「よけいなことを言うな、シアズ」支配人の声がするどく飛んできた。

「この報告を調べ終えたら、私のお客と話してみるからな」

マックリーンは計算をつづけ、料理番はあわてて焚火《たきび》のほうへ戻っていった。そばかすは支配人の目をとらえようと勇気をふるって一瞬直立の姿勢をとっていたが、やがて腕は力なく垂れ、顔は青ざめた。支配人はこちらへ顔さえ向けてくれなかった。

「私のお客」と言った時、そばかすの人情に飢《う》えた胸には支配人を慕う気持ちがあふれでてきたのだったのに。

少年はおののく息を吸い込むと、手荒く古ぼけた帽子をぬいで念入りにほこりを叩き落とし、左手で右袖をつかんで汗まみれの顔をぬぐい、指で髪の乱れをなおし、道ばたのイラクサの茎を折って紫色の花で肩や手足のよごれを払い落とした。支配人は報告書に没頭していたにもかかわらず、後ろでおこなわれているみじまいにはおぼろげながら気がついており、この少年に一点、得点をいれた。

スコットランド人のマックリーン支配人は、仕事をゆっくり順序だてて進めるのが習慣だった。あわてたり癇癪《かんしゃく》をおこしているところを仕事場の労務者たちは一度も見たことがなかった。規律はまげないが、いつでも親切であった。日常生活は質素なもので、労務者たちと小屋掛け暮らしを一緒にしていた。富豪らしいところといえば、その指に氷と火のようにきらめいている大きなダイヤモンドと、仕事場から仕事場へ、または用事のために、その地方を乗り回す優雅な姿の純血種《サラブレッド》の牝馬《めすうま》だけであった。

マックリーンの職場では労働過重や賃金不足の不平をいだく者は誰もなかった。支配人のほうからは決して敬意を示せと言いはしないのだが、その人柄があまりにすぐれているため、一人としてなれなれしい態度にでる者はなかった。彼が生粋の紳士であることと、この大きな木材都市で数百万ドルの取り引きをしていることを、労務者はみんな知っていた。

彼はスコットランドでも最も優秀な船を造りだしていた、あのマックリーン造船会社の社長の一人息子であり、彼の父は自分の亡き後はこの息子に事業をひきつがせることを望みにしていた。オックスフォードとエディンバラ大学を卒業させてから、初めての会社の買い付けをさせてみる前に、数年間の旅行を許したのであった。

やがて彼は帆柱にする長いまっすぐな材木を求めに南カナダとミシガン州に、また樫材《かしざい》の梁《はり》の買い付けには南のインディアナへいってくるようにと命ぜられた。マックリーン青年は原始林の奥深くへわけ入った。澄みきった、香気の高い、冷たい空気にうっとりとなり、人気《ひとけ》のない大伽藍《だいがらん》を思わせる静けさにマックリーンは魅了された。そして、彼のいく手を横切ったり、草むらにかくれて、もの問いたげにのぞいたりしている内気ないきものたちと、自分は兄弟であるということをマックリーンは悟《さと》るようになった。

何世紀ものあいだ太陽にも風にも雪にもめげずに立っている雄壮な大木に近づく時には、覚えず畏れをいだき、まもなくそれらを伐《き》り倒すことが苦しくなってきた。用件を果たして帰郷はしたものの、驚いたことにはあの沼地や森林にマックリーンは自分の心を置き去りにしてきたことを知ったのであり、それは絶えず彼を呼んでいるのであった。

父の財産を相続するや、マックリーンはすぐさまそれを処分して、グランドラピズのはずれに母と共に豪壮な邸宅をかまえ、三人の協力者を得て木材会社を設立した。彼の仕事は原木の買い付けと伐採と製材所への積みだしであり、マーシャル氏は製材と工場への運びだしを受け持ち、その材木からバーソル氏が作りだした美しい便利な家具を、アプトグローブ氏が大きな卸問屋《おろしどんや》から世界じゅうの市場に積みだすのであった。顔が映るほどにピカピカ光った家具の使い心地のよさをたのしむ数千数万の人々の中の誰一人として、この深い森林の中の道もない沼地のことを思う者はなかった。そこにそびえ立つ大木が文明世界の家庭に役立つであろうことを、経験に富んだ目で見抜き、この森林の伐採を思いたったすばらしい男のことを知る者はなかった。

報告書の調べを終えるとマックリーンは顔をあげ、まだはたちになっていないらしい、痩《や》せぎすのがっしりした体格の若者と向き合った。若者の顔はいっぱいのそばかすで、髪は赤毛、ぶきりょうなアイルランド系の面立ちをしていたが、さぐるようなマックリーンの青い目をまっすぐ受けとめた、落ちつきのある灰色の目には、もの怖《お》じしない素直さと、振りすてることのできない、すがってくるような感情があらわれていた。みなりは粗末このうえない野良着で、疲労のため今にも倒れんばかりであった。

「君は仕事をさがしてるんだね」と、マックリーンはたずねた。

「そうです」

「まことに気のどくだが」という言葉のふしぶしには、まぎれもない同情がこもっていた。

「今のところ、僕が欲しいと思う人間はただ一人しかいないのだよ。勇気のある、体の丈夫な、たくましい、大きな男をね。君で間に合えばと思ったのだが、しかし、君ではあまりに年が若すぎるし、力も十分ではないんじゃないかと思うんでね」

そばかすは帽子を手に、マックリーンをじっと見つめながら立っていた。

「それじゃあ、わたしにどんなことをさせたいと思いなさったんですか?」

支配人は驚きをおさえることができなかった。何かの災難でかたわになったのだろうが、災難や貧乏におそわれなかったころ、一族の中のどこかに正しい英語を話す人があったのだ。いくぶんの癖はあっても正確だった。この若者はアイルランド人らしい豊かな美しい澄んだ音声《こわね》で話した。訛《なまり》というほどではないが、言葉のはしに癖があり、ときどきまちがった発音をするのが、マックリーンにはなつかしくてたまらず、彼自身もおりおりやる文法のまちがいを思いだした。外国生まれのマックリーンは、長年故郷からはなれているにもかかわらず、強い感情にかられた時など、先祖伝来の訛や言葉づかいがとびだすのであった。

「とても子供の仕事じゃないんだ。僕は大きな木材会社の現場支配人で、ちょうどこのリンバロストの土地二千エーカーの借入れの契約をすましたばかりなのだ。ここの木には非常な値打ちのものが多いんだ。ところが、僕らは南十キロのところにある仕事場を、ここ一年近くはまだ離れるわけにはいかないんでね。それで道を切りひらいて、この借地の周囲に厳重な鉄条網を張ったのだが、われわれがこの仕事場へくるまでこの土地を一日じゅう一刻も目をはなさずに守り、夜の目も眠らないくらいに責任を持ってくれる、勇敢な強い男の手にまかせなければならないのだ。少なくとも一日二回は小径《こみち》をまわって、鉄条網が無事か、誰も侵入した者はないかを確かめてもらわなければならんのだ」

そばかすが身をのりだし、一語ももらさじとあまり熱心に聞いているので、そのつもりではなかった支配人も思わず説明をしてしまったのだった。

「それは、わたしに打ってつけの仕事じゃないでしょうか？　わたしは一度も病気したことはないし、小径は一日に二回だって三回だってまわれるし、しじゅう身がまえて見張っていますから」と、そばかすは嘆願《たんがん》した。

「僕がこう言うのは君がまだ子供の殻を抜けきっていないからで、あらくれ仕事になれた大の男にとってさえ、これは容易でない仕事なんだよ。第一、君はこわがるだろう。僕たちは鉄条網を張る時、君の身丈《みたけ》ほどもあって君の腕ぐらいの太さのガラガラ蛇を六匹も殺したんだからね。まったく、膝の上までかぶさる重い革の長靴をはかないことには、沼地をかこんでいる草をかきわけていくのは命がけのことだよ。

それに沼地へ流れこむ『蛇川《へびがわ》クリーク』に、にわかづくりに渡した橋が、水に流されでもしたら泳げない者じゃだめだしさ、秋から冬にかけて、気候の変化が急激でひどい寒さなんだが、それでも僕は、毎日厳重な監視をやってほしいんだ。いつもたった一人でいなければならない。しかもリンバロストの森にはどんなものがいるか、僕には保証できないのだよ。この森は世界のはじめからずっと今までこうして茂っている原始林だからね。いろいろな物影や声でいっぱいなのだよ。その物影や声の正体がなんであるか、全部は僕には言えない。しかし、これまでときどき見かけたんだが、ここそこ逃げていく二つ三つのものの姿や、身の毛もよだつ叫び声が聞こえたのから考えても、とにかくそんなものの正体と、顔を突き合わせるのはごめんだね。そうは言っても、これで僕は弱虫でも怖がりでもないんだがね。

なによりいやなことは、沼地へもぐり込んできて、木に目じるしをつけて、盗みだそうとする命知らずの男たちのいることなんだ。南の仕事場にいた僕の使用人で、ブラック・ジャックことジョン・カーターというのをいろいろとこみ入った事情があってむりやり僕はクビにしたんだが、この男なんかはここへきてたった一人で沼地へはいり、僕らの競争会社へ売りつけようと企《たくら》んでいるんだ。木の見分けがうまい男で、これと見定めたのにしるしをつけといて、そっちの会社へ売り込もうとしてたところへ、僕たちがこの土地を確保してしまったってものだ。

それを恨みに思ってカーターはたとえ死んでもいい、人殺しをしてでもいい、その木を手に入れてみせるといばってるんだ。しかも、どんな腕っぷしの強い奴でもカーターの相手になれる男はちょっと見つからないんだからね」

「だけど、もしそのカーターが木を盗みにくるとしたら、馬や人間を十分揃えてくるんじゃないですか。それだったらどんな番人を置いたって、その当人は見張りをしていて、あなたに知らせにいくよりほかどうにもできないんじゃありませんかね？　番人がひとりで闘うってことはどのみち、できやしません」

「うん、そりゃそうだ」

「それじゃあ、わたしにだって年のいった強いおとなに負けずにしっかり見張りをして、何かあったらすぐ知らせにいくことは、できそうなんじゃないですか？」

「できそうなもんだと言うのかい？」と、マックリーンは叫んだ。

「その人間の勇気と忠実さにくらべれば、体の大きさなんか半分も重要でないということは僕も知ってはいるがね。まあ考えてみよう。そこの丸太に腰をおろしたまえ。よく相談してみようじゃないか。名前はなんというのかね？」

席をすすめられても、そばかすは首を振り、腕をくんだまま、まわりに立ちならぶ木々のようにまっすぐ立っていた。顔はひときわ蒼《あお》ざめたが、目は少しもたじろがなかった。

「そばかす！」

「ふだんはそれでいいが」と、マックリーンは笑った。

「しかし、会社の名簿に『そばかす』と書き込むわけにはいかないよ。君の本名を教えてくれたまえ」

「わたしには名前なんかないんです」

「そりゃどういうわけなんだね？　僕にゃわからない」

「支配人さんのような育ちの人にはわかりっこないと思ってたんだ」と、そばかすはゆっくりと言った。「わたしは今まであらかたその名でとおってきたんだから、わたしにもわかりません。支配人さんはどう思いなさいますか。生まれたての赤んぼをとっつかまえて、黒あざができるほどなぐったあげく、かたっぽの手を切りおとして、寒い晩に孤児院の入り口のところへ置きざりにして、見も知らぬ他人にまかせちゃったんです。そんなことをどんな人間にしろできると思いますか？　そのとおりのことを誰かがわたしにしたんです」

マックリーンはあっけにとられ、すぐには返事もでてこなかったが、やがて低い声でうながした。

「それから？」

「孤児院の人たちがうちの中へ入れてくれました。わたしは法律できまってる年になっても、まだ何年かそこで暮らしたんです。一緒にいたのはたいがいアイルランド生まれの子供ばっかりでした。ほかの子供たちはみんな引き取られていく家を見つけてもらえたんですが、片手がないばっかりに誰もわたしを欲しいという者はなかったんです」

「孤児院の人たちは親切にしてくれたかね？」と、聞いてしまってからマックリーンは後悔した。

「さあ——」

その声がいかにも悲しげなひびきをおびていたので、自分でもそれに気がついたらしく、そばかすはいそいで言いなおした。

「役目だけで、何百人といる子供の世話をして給料をとってるんじゃあ、誰も彼もおんなじに割り当てて面倒をみてるだけで、一人一人にゃ、あんまりよく親切はしみこまないんですよ」

「どんどん話してごらん」

マックリーンは同情をこめてうなずいた。

「支配人のひまをつぶしてまで話すほどのことはないんですよ。孤児院はシカゴにあって、三か月前まではずっとそこで暮らしてたんですが、小っちゃな子供たちと一緒に置くのには大きくなりすぎたもんで、孤児院の人たちが、法律で許すあいだだけ、一番近いところの学校へ入れてくれたんです。わたしは学校でもほかの子供たちとはちがっていたし、ほかの奴らもその事は知ってたんです。まるで囚人みたいに往きも帰りもコソコソしてました。孤児院じゃ食費と着物をかせぎだすために、朝早くと晩おそくに働かなくちゃなりませんでした。わたしはいつでもおっそろしく学問がしたいとは思ってたけど、あの学校はいやな学校で、いかなくてよくなった時にゃ、ほんとにうれしかったんです。

これまでずっと、三日にあげず呼びだされちゃあ、じろじろ眺めまわされたあげく、片手がないのと顔がみっともないんで、家の子にはできないと断られてきたんです。わたしにとって家といえば孤児院だけで、ほかのどんなところへもいけそうもなかったんです。

そのうちに新しい院長がきたんですが、まるきりほかの院長とはちがった人で、いの一番にわたしを追っ払っちまうんだと言って、男の子を欲しがってる人のところへやっちまおうとしたんです。ところが、片手がないことを院長が言い忘れたとかで、むこうの男はわたしが着くといきなり、なぐり倒したんです。その日の昼から晩にかけて、その男はわたしと同じ年ごろの自分の息子と二人で、わたしを孤児院で拾われた時のとおりのみじめなざまにしやがったんで、その晩、寝床にはいっても眠らないでいて、逃げだしちゃったんです。そこをでる前にあの子にかたきうちしてやりたかったんだけど、じいさんが目をさましたら困ると思って、ようやらなかったんだ。あいつら二人を相手じゃ、かなわないってことがわかってたんです。だけど死ぬ前にいつか、あの息子一人を相手にとってやりたいもんだと思ってるんです」

マックリーンは口もとにうかんでくる微笑をかくそうと口ひげをやけにひっぱりながら、この打ち明け話をきいて、いっそうこの若者に好意を持った。

「孤児院のお仕着せをぬいで何かほかの着物を盗むこともいらなかったんです。洗濯のしてあるきちんとしたものはみんな自分の子のものにしちまって、わたしにはその子のボロボロになったやつを着せてたんですからね。ぶたれるのもつらかったけど、きたないボロを着せられるのもいやだった。とにかくいつも身ぎれいにして、いい匂いをさせていたんだもの。わたしはここまで突っ走ってきて、やっといくらあの男がおれをつかまえときたくても、もうだめだってことがわかって安心しました。もうあの男におっかけられる心配はないと思ったもんで、仕事を探しだしたんだけど、どこでもみんな、同じなんだ。大きな、強い、五体のそろった男しか使いたがらないんです」

「僕はそのことについて考えているところだが」と、マックリーンは言った。「君と同じぐらいの年で、君のような身の上の者だって、卑怯者でさえなけりゃこの仕事がやれないことはないんだ。弱虫じゃだめだけれどね。働き者で、人間が正直にできていて、信用して任せることのできる者でさえあればね」

そばかすは一歩ふみだした。

「わたしに仕事をやらせてくれて、食費や着物や下宿代をかせがせてくれるなら——ほかの連中みたいにわたしも主人持ちの身になって大きな顔をしていられる場所をあてがってもらえるなら——、わたしは支配人の言いつけどおりを守って、そのために死んでもいいです」

そばかすの静かな確乎《かっこ》たる言葉に、マックリーンはそれを信じた。もっとも心の中

では自分のような利害関係に立つ者にとって、見知らぬ者を雇い入れたら厄介《やっかい》なことになるとは承知していたが、

「よろしい」思わず支配人はそう返事をしてしまった。「君を給料支払簿に記入しよう。食事をすませてから、さっぱりした服と長靴、鉄条網の修理道具、それにピストルを支給するからね。明日の朝まず第一に僕が自分で君を案内して小径をひとまわりして、君にやってもらうことをよく説明しよう。いいかね、言っておくが、すぐに南の仕事場の僕のところにきて、この仕事が君にむずかしすぎるかどうか男らしく言うんだよ。やれそうもないと聞いたところで僕は驚かないからね。この仕事を忠実にやりおおせる者はあまりおるまいよ。名前はなんと書こうかね？」

そばかすは片時もマックリーンから目をそらさなかったが、一瞬その孤独な鋭敏な顔が、苦痛でひきつるのを支配人は見おとさなかった。

「名前なんかないんです」そばかすは頑固に言いはった。

「孤児院の人たちが、施設の名簿に書き入れる時、誰かが猫に名をつけるよりもっと思いやりもなしにつけたのがあるだけです。みじめな捨て子たちがそんなふうにして名前をつけられるのを、わたしはいやというほど見てきました。あの人たちがわたしにつけた名前が支配人さんに関係がないとおりに、わたしの名でもないんだ。わたし

は自分のほんとうの名前は知りません。きっとわからずじまいでしょう。だけど、わたしはあなたの手下になってあなたの仕事をするんだから、どんな名でもいい、支配人さんがわたしにつけてくれる名前なら、よろこんでその名に返事をします。どうか、わたしに名前をつけてください、マックリーンさん」

支配人はだしぬけに向こうをむいて帳簿をつみかさね始めた。彼が考えていたことは、おそらく、どんな紳士でもこの場合にのぞんだら考えるようなことであったろう。目を伏せたまま、マックリーンはかすれた声で言った。

「こうしたらどうだろう、僕の父は僕の理想の人物だったし、僕が一番大事に思っていた人だ。五年前に亡くなったが、自分の名前を君にゆずるのをきっと誇りとするにちがいないと思うよ。僕のいっとう身近な肉親であり、僕にとっていっとう大事な人の名前を君につけるとしたら——それでいいかい?」

突然、そばかすのこわばった姿勢はくずれた。うつむくと、大粒の涙がよごれたキャラコのシャツにながれ落ちた。マックリーンはそばかすが黙っているのに驚かなかった。すぐには口がきけそうもないようすを見てとったからである。

「よしよし。名簿にそう書いておこう——ジェームス・ロス・マックリーンとね」

「ほんとうにありがとうございます。なんだか、まるでもう支配人の身内になったような気がします」

「身内だとも。誰かが身内としての権利をひっさげて君を取りにくるまでは、君は僕のものだよ。さあ、風呂をつかい食事をして寝なさい」

あかあかと灯《ひ》が輝き、人声のにぎやかな飯場の中へと、支配人のあとについてはいる時、そばかすの胸も心も喜びで高鳴っていた。

2　森のともだち

あくる朝、ひもじくもなく十分眠りもとったそばかすは、清潔な衣類に身をつつんだ。マックリーンは必要な道具をあてがい、武器の使用法についてこまごまとした注意をあたえてから、木材境界線を案内してまわり、駁者長のダンカンの家に下宿するよう話をきめてくれた。ダンカンはマックリーンがスコットランドからつれてきた男で、沼地と丸太道のあいだに、自分で切り開いた小さな開墾地に住んでいた。人夫たちが南の仕事場へでかけたあとには、そばかすがただ一人、リンバロストの財産の番人として残された。その彼自身が最初の数週間というもの監視づきであったとは夢にも知らなかった。

若者にとって一分一秒が責苦《せめく》であった。大都市の孤児院でのきゅうくつな生活は、リンバロストの森と比べるとちょうど世界の反対側の一番のはずれへ行ったとでもいうようなものだった。今にも生命がなくなりそうな気がするし、暑さは烈《はげ》しいし、重い長靴の摩擦《まさつ》で足から血が流れた。長い道のりを歩くのと、戸外にさらされているために、全身は痛みこわばり、十一キロの小径の一歩一歩が苦痛であった。ピストルを確かに使いこなせるようになるまで毎晩ダンカンの指導のもとに練習した。にぎりのところに拳《こぶし》ほどの瘤《こぶ》のついた頑丈なヒッコリー（北米産のクルミ科の木）を切ってきて棒をつくり、これを決して手から離さなかった。後になってみても最初の数日間どんなことを考えていたのか、自分でもはっきり思いだせなかった。

　マックリーンから前もって聞いていたとおり、美しい沼地の草が風になびいて波のようにうねりだすたびに、そばかすの胸の鼓動はとまってしまった。初めてサンカノゴイの大きな鳴き声を聞いた時など一キロも突っ走ったし、野獣が吠《ほ》えるたびに髪が逆立ち、帽子は浮きあがった。一度、やせた影のようなものがあとをついてくるので、ピストルの引き金をひいた。ひいてしまってからダンカンの飼い犬のコリーだったかもしれないという気がして、前にもまして不安にかられたこともあった。

　ある午後、初めて鉄条網が切れているのを発見し、膝まで埋まる沼土の中にはいって修理しなければならなかった時には、怖いのと気味が悪いのでひどく気分が悪くなり、手がふるえて仕事ができないほどだった。一歩進むごとに安全な足場を踏みはずし、ねばつく泥海《どろうみ》の中に吸い込まれていきそうだった。杭《くい》や木にしがみつきながら、やみくもに突進し、ようやく鉄条網をつなぎ合わせ、調べ終えることができた。このためにたいへん手間どったので日が暮れてきた。リンバロストの森はかすかに身じろぎしたかと思うと、やがて身ぶるいをし怒号をして、彼の周囲で目覚めた。

洞《ほら》のある木ごとに大梟《おおぶくろう》がホーホー鳴き、幹《みき》の瘤穴《こぶあな》という瘤穴から子梟がキーキー声をはりあげているかのようだった。耳を聾《ろう》する大蛙《おおがえる》の鳴き声でさえ、いたるところの繁《しげ》みにいるらしいいやなヨタカのわめき声をかき消すわけにはいかなかった。ヨタカは声をふるわせて叫びながらそばをすれ飛び、コウモリは彼の顔にぶつかった。餌《えさ》を捜す山猫はえものをのがして怒り狂って絶叫した。雄狐《おぎつね》は、雌を求めてたえまなく鳴きながらさまよっていた。

そばかすの頭髪は針毛のように突っ立ち、膝はガクガク震えた。マックリーンからよく耳を澄まして聞きとるように注意されていたガラガラ蛇が、小径にきているのか、巣窟《そうくつ》にひそんでいるのか、見当がつかなかった。恐ろしさのあまり、彼は立ちすくんだなり、身動きもできなくなった。息はヒューヒュー歯の間を洩《も》れ、汗は小さな流れとなって顔や体をつたわり落ちた。

なにかしら大きな黒い、のっそりしたものがすぐそばの沼地をすさまじい音をたてて近づいてきた時には、恐ろしい叫びをあげてそばかすは駆《か》け出した。——どのくらいまで逃げてきたかはわからなかった。しかしようやく気をとりなおし、元きた道を引き返していった。歯を喰いしばって走るうちに全身の汗はかわいてしまった。走りだした地点につくと、彼は歩調をととのえながら小径を進んでいった。しばらくして気がつくとただ歩いているだけなので、そばかすは再びあの恐怖の海のほうに顔を向けた。丸太道へきた時には一歩ごとに棍棒《こんぼう》で鉄条網の具合を調べ始めた。

血も凍るような物音がそばかすをとりかこみ、恐ろしい姿はぐんぐん近くへ迫ってくるように思われた。怖さが先だち、後ろを振り返ることもできず、これでは開墾地にいきつかないうちに、倒れて死んでしまうにちがいない、と考えた。ちょうどその時、「そばかすよう！　そばかすよう！」と呼ばわるダンカンの声がひびいてきた。少年のかわいた喉からいきなり嗚咽《おえつ》が身をふるわせてもれた。しかしダンカンにはただ鉄条網の破れを見つけたので、それで遅くなったとしか言わなかった。

あくる朝、そばかすは時間どおりにでかけた。くる日もくる日も心臓を早鐘《はやがね》のように打たせながら、できる時には屈《かが》んだり、身をかわしたり、逃げだしたり、せっぱつまれば闘った。たとえこの仕事をやめようかという考えがうかんだとしても、それを知る者はなかった。気持ちのぐらつきなど微塵《みじん》も見せずにそばかすは仕事に喰いさがったからだった。このようなそばかすの仕事ぶりを初めの何週間かひそかに見守っていたダンカンは、自分に察しのつく範囲を南の仕事場にいる支配人に報告した。しかしそばかすの経験しているような苦しみは、このたくましいスコットランド人には思いも及ばなかったし、いちだんとすぐれた理解力のあるマックリーン支配人にしても、それより幾分ましな程度にすぎなかった。

二、三週間たってそばかすは自分がまだ生きていること、わが家というものがあること、生まれて初めて自分のものとなった給料がしっかりポケットに収まっていることを知った時、誇りを感じだした。今でもまだ横へよけたり、とびのいたり、二度とおくれまいとして急ぐことはあったが、絶えず危険にさらされている人間の常として、しだいに大胆になってきた。

初めてガラガラ蛇と道を争った時には、鼓動もとまるばかりだったが、勇気を振い起こして打ってかかった。頭をたたき割ってしまうとアイルランド人持ちまえの蛇嫌いもおさまって、ガラガラと音をだす器具を切り取って、ダンカンに見せさえした。この勝利の結果として最大の恐怖が減ったことになった。

そのうちにわかったことは、沼地に食物が豊富にあるので、肉食動物が小径にでてきて自分をねらうことはないということであった。また、たとえそのようなことがあったとしても、ピストルで身を守ることができるわけだった。まもなく、羽根をバタバタさせる、騒々しい大鳥を見ても笑えるようになった。

ある日のこと、一本の木のうしろを見ると、一羽の鶴がおそまきながら結婚の歌とおどりを妻鳥とおごそかに演じているのが目にはいった。その恰好がどんなであろうとも、やさしい心意気からでていることを思うと、愛情に飢えた孤独な少年の心はつがいの鶴にひきよせられた。

一か月とたたないうちに、そばかすは仕事がかなりらくにできるようになったし、ふた月めになると仕事を楽しむようにさえなってきた。大自然の景観と音響と沈黙の中で、日々をひとりぼっちで過ごさねばならない回りあわせになった人間の心には、洩れなく奇蹟がおこなわれるのである。

毎日毎日、しんからのひとりぼっちの生活の中で沼地の鳥やけものの声だけしか耳にはいらないのであってみれば、そばかすがそれに友情を求めるのはあたりまえだった。彼はまず弱いものや無力なものを保護することから始めた。鳥やけものたちはそばかすが猟師でないこと、いつも手に持っている棍棒はそばかす自身のためよりは自分たちの保護のために多く用いられることがわかると、びっくりするほどよく彼に馴れてしまい、そばかすの動作にいっこう気をとめないようになった。森のいきものたちは信じられないくらい彼になついた。

小鳥やけものを守ろうとする努力はたちまち所有欲に変わってゆき、それと共に、かわいがったり食物をあたえたりしたいという気持ちをつよく感じるようになった。巣ごもりがすみ、高地の鳥が心ゆくまでたねや木の実を食べようと沼地にむれをなしておとずれる秋のあいだじゅう、そばかすはそれを眺めたりその小鳥について思いをめぐらしたりして満足していた。ごくありふれた六種類ぐらいのほかには、どれも知らないものばかりであった。彼らの動作が人間とそっくりなのにはしじゅうおどろきどおしだった。

霜のすくない厳寒がリンバロストの森に君臨《くんりん》して木々の衣裳をはぎとり、シダを刈り、蔓《つる》を剪《つ》みとり、汁気《しるけ》の多い下生《したば》えの植物をなぎ倒し、木の葉をくるくる渦巻いて散らしはじめるころになると、そばかすは飛び去っていく生きものたちのむれをがっかりして眺めていた。自分がとりのこされるということに気のついた彼は、何羽か残ってもらえるかもしれないと思って特別サービスに努めた。小鳥たちに食物を運ぶことを考えついたのはこの時だった。食物がなくなるために去っていくことがわかったからである。けれどもやはり引きとめることはできなかった。毎日毎日、鳥はむれをなして集まっては出発した。リンバロストの森をとりまく彼の行きつけの小径が初雪で白くなるころには、とどまっているのは小さな白黒ジャンコと、キツツキ、キアオジ、ショウジョウ紅冠鳥の中の古老が二、三羽と、青カケスに、カラスと、ウズラだけになった。

そこでそばかすは魔法使いの仕事をはじめた。生《お》い茂った雑草をある地点だけ刈りとり、その空き地で一日に二回小鳥たちのために宴会をひらいてやったのだ。十二月もなかばになると、強いこがらしが吹きつけて、草や繁みからほとんどたねを叩き落としてしまった。雪は沼地をおおい、糧食《りようしよく》はひどく乏しくなって探しだすのが困難になった。小鳥たちはそばかすが背を向けるのも待ちきれずに食物に突進するのであった。二、三週間もすると開墾地のほうまで小鳥たちは、出迎えに飛んでくるようになった。一月のきびしい天候には毎朝小屋の途中まででかけてきて、道すがら家鳩《いえばと》のようにそばかすのまわりをバタバタ飛び交《か》いながら餌の場所へとくるのだった。二月にならないうちに小鳥たちはすっかりそばかすになついてしまい、それにひもじさに責めたてられたせいもあって、彼の頭や肩にとまったり、厚かましいカケスにいたってはポケットの中をのぞき込みさえするようになった。

そばかすは小麦やパン屑《くず》のほかに、小屋じゅうの食物の残りをひときれもあまさずに集めた。かわいい小鳥たちに運んでゆくものはリンゴの皮、かぶ、じゃがいも、キャベツの外がわの葉やニンジンなどで、脂身と軟骨がぽっちりついている肉の骨は繁みに結《ゆわ》えつけておくのだった。ある朝いつになく早い時刻に餌の場所へきてみると、羽根の豪華なショウジョウ紅冠鳥が兎《うさぎ》とならんで仲よく一枚のキャベツの葉をかじっているところだった。それを見たそばかすは、ダンカンの子供たちにと集めておいたクルミのいくつかを割ってリスにやり、リスをも自分の家族の仲間に引き入れようと思いついた。まもなく赤や灰色や黒のリスたちがやってくるようになった。ところがそばかすはその名前も習性も知らないので、やりばのないもどかしさをおぼえた。

こうして冬は過ぎていった。毎週マックリーンは馬を駆《か》ってリンバロストの森へきた。日も時刻も一度として同じでなかったが、どんなきびしい天候でも必ず忠実に勇《ゆう》敢《かん》に仕事にはげんでいるそばかすの姿を目にするのであった。

少年の給料は彼が初めて手にした金であった。それを銀行に預けて、その金額に相当する紙きれを一枚持っていれば安全だと支配人から教えてもらうと、彼は給料日がくるたびに食費と被服費に必要なだけをわずかに残し、あとはまっすぐ預けてくるのだった。その預金でなにをしたいのか自分でもわからなかったが、そこにあると思うだけで自由と力強さを覚えた――その金は自分のものであり、欲しい時にはいつでも手に持つことができるのである。マックリーンのまねをして、そばかすも小さな出納《すいとう》簿《ぼ》を買い求め、何ドル収入があって何セントつかったか、こまごまと書き入れた。支出がわずかなうえにマックリーンからは、たっぷり給料をもらうので預金はおどろくほど増していった。

その冬、そばかすは生まれて初めて真の幸福を味わった。自由の身ではあるし、辛い雨や雪や吹雪をおかして男一人前の仕事を忠実に果たしているのである。体もおどろくほど強くなったし、自活し、預金までしているのだ。彼が非常な有力者マックリーン支配人の保護のもとにあることは、使用人たちをはじめ、土地の人たちも誰一人知らぬ者はなく、そのおかげでそばかすは多くの困難をまぬがれることができた。

ダンカンのおかみさんは、そばかすの愛情に飢えた心がこがれこがれていた、親身の親切をつくしてくれた。凍える寒さの日に小径から戻れば、熱い飲み物が用意してあった。彼の左手には厚い指なし手袋をあんでやり、手のない腕のほうを極寒から守るように工夫をこらして袖を縫い、綿を入れてくれた。衣類はしじゅう鉄条網にひっかかって破れるのでそれのつくろいをしたり、彼の小鳥たちのために台所の屑物《くずもの》をとっておいてくれたりした。小鳥についてなに一つ知っているわけでも、また気にかけているわけでもなかったが、ただ自分も沼地の近くに暮らしているので、その淋しさを身にしみて知っているからだった。ダンカンがばかにして笑うと、おかみさんはこう言い返した。

「だってもさ、お前さん、あの子に鳥やけものがいなかったら、いつもたったひとりぼっちじゃないか。人間というものはそんな淋しい暮らしをするようにゃできちゃいないのさ。あの子だって思いやったり話しかけたりする鳥やけものでもいなかったら気がへんになっちまうだろうからね」

「話しかけたら、さぞ鳥やけものどもから返事をしてもらえることだろうな」とダンカンは笑った。

「そうですともさ。その返事のおかげであの子の目は輝いてるし、心ははずむし、難儀な道も忠実に歩いていけるわけなんだからね」ダンカンのおかみさんは真剣だった。

　ダンカンは深く考え込んだようすで向こうへいった。次の朝ダンカンは自分の家のひよっこにやろうと粒を落としておいたとうもろこしの中から一本とってそばかすに与え、お前さんの人馴れしないリンバロストの野生の鶏どもに持っていってやれと言った。そばかすは嬉しそうな笑い声をあげた。

「おれの鶏どもだって？　どうして今まで思いつかなかったんだろう！　それにちがいないや。派手な色をした小さなメンドリやオンドリというわけだもの。だけど、『野生』というのはちがうよ。その『人馴れしないひよっこども』のほうが、ここのおじさんがこの庭で飼ってるのよりもずっと馴れているとしたらどうする？」

「ばかばかしいことを言うな！」ダンカンは叫んだ。

「おじさんとこのを、おじさんの頭にとまらせたり、おじさんの手やポケットからものを食べさせてみたらいいや」

　と、そばかすは挑戦した。

「ちびどものところへいってそのおとぎばなしを聞かしてやんな！　あれらはわけなくものごとを本気にしちまうからな。いくらどえらい話を聞かせたって、もっと面白いのを、もっと面白いのをって、うるさいのなんのって」

「おじさん、ぜひとも見にきてごらん」

「よしきた！　一羽でもお前さんの頭にとまるか、あるいはお前さんの手から食べでもしたら、この冬じゅうわしのとうもろこし小屋と、小麦の貯蔵箱から勝手に持ちだしていいとしよう」

　そばかすは、躍《おど》りあがって喜びのかちどきをあげた。

「ああ、おじさん、あんまり安請《やすう》け合いしないほうがいいよ。いつきてくれる？」

「こんどの日曜日にいくよ。そしてわしがこの目で、リンバロストの鳥どもが、うちのとり小屋のひよっこどもにおとらず人馴れしてるってことを見たら、そうしたらわしだって信用するだろうよ。それまではどうして！」

　それからというもの、そばかすは小鳥たちのことをいつも「おれのひよっこども」と呼ぶようになり、ダンカン一家もそれにならった。次の日曜日になると、ダンカンは女房や子供たちをひき連れてそばかすの後について沼地へでかけた。そして一同は一生涯《いっしょうがい》つきぬ話の種ともなるほど素晴らしい光景をまのあたりに見て、小鳥すべての誠実な友となったのである。

　そばかすのひよっこどもは開墾地のはずれで彼を待ちうけており、冷たい空気を切って彼の頭のまわりを真紅、青、黒の弓がたや円を描いて飛びまわった。お互いに相手をそばかすから追い払って、自分がそばにいこうとして、あまりちかぢかと飛ぶので、ひろげた翼がそばかすに触れるほどだった。

えさの場所へつくとそばかすは残り屑のはいった古バケツを下におろし、小さな平地の雪をにわか作りの小枝の箒《ほうき》で掃《は》き寄せた。彼が背中を向けるが早いか、小鳥たちは食物にむれ集まり、バクッとくわえて手ぢかの繁みへ運んでいった。中でも大胆な大ガラスが一羽にカケスが二羽、バケツのふちに腰をおちつけてゆうゆうと食べているかと思えば、そうしたくてもそれだけの勇気がないショウジョウ紅冠鳥が、頭上の小枝でしきりに憤慨したり小言を言ったりしていた。

やがて、そばかすは食物をばらまいた。たちまち地面はパッとひろげたモンテスマ王（メキシコの王）のマントさながらとなった。ちがうところは、この華やかな羽根の塊りが生きている小鳥の背に生えているということだった。小鳥たちがご馳走に夢中になっているあいだ、ダンカンは女房の腕をぎゅっとつかみ、仰天して目をみはっていた。というのは、お互いに励まし合うかのようなやさしい鳴き声や奇妙なしわがれたさえずりとともに、繁みや枯れ草からウズラのむれがでてきたのである。また誰も気がつかないのにいつきたものか、大きな灰色の兎が一ぴき、ご馳走のまっただ中にすわりこんで、うれしそうにキャベツの葉をかじっていた。

「まあ――まったく、驚いちまうね」おかみさんは緊張した囁《ささや》きをもらした。

「シーッ、しずかに」とダンカンは注意した。

おしまいにそばかすは帽子をぬぎ、ポケットから小麦をつかみだしてそれに入れはじめた。と、穀物を好む鳥たちはパッとむれをなして、馴らされた鳩のようにそばかすのまわりから飛び立ち、彼の腕や帽子にとまった。そして飢《ひも》じさのあまり、用心もなにも忘れ、一羽の目のさめるようなオスのショウジョウ紅冠鳥とこれまた派手な衣裳のカケスが、そばかすの頭の上でとまる場所を争った。

「まあーったく、わしは負けたよ」と、ダンカンは女房に静かにしろと言ったのも忘れて叫んだ。「降参せにゃならんわい。百聞一見にしかずだ。これを見なけりゃ、誰だって信じられるもんじゃない。支配人《ボス》にもぜひ、のがすことなくこの有り様を見せなきゃならん。こんなことはまたとありそうもないからな。なにもかも雪の下になって、あの鳥どもは飢え死にしそうになったただが、そばかすを心から信用してるもんで、うちのひよっこどものように馴れきってるんだ。よくごらん、子供たち」ダンカンは囁いた。「神さまがお前たちを生かしといてくんなさるあいだ、もう二度とこんなところは見られまい。どうだ、鳥どもの色が氷と雪に映《は》えること！　それ、あのかわいらしくピョンピョン跳びまわる恰好はどうだ！　しかも勇ましいことじゃないか！まあーったく、見事わしの負けだわい！」

そばかすは帽子をぶちまけて、ポケットを裏返し、最後の穀類をふりまいてから、見物している友人たちに「いってくるぜ」と手をふりふり、木材境界線の小径をくだっていった。

それから一週間のちのこと、ダンカンとそばかすはその冬きっての寒さと相まみえるべく、朝食のテーブルから立ちあがった。暖かな帽子と手袋に身をかためてから、そばかすが屑物入れのバケツをとりに、台所の隅へいってみると、バケツの上に大鍋がのせてあり、中には湯気をポッポとたてている麦の煮たのがはいっていた。そばかすは顔を輝かせて、ぐるっとおかみさんのほうへ向いた。

「おばさん、このあったかな食べものはおれのひよっこどもにつくってくれたの？　それともおばさんとこのひよっこの？」

「あんたのひよっこのだよ、そばかす。こんな寒い陽気じゃ、たまにゃあったかなもんでも食べなけりゃ卵も生めまいと思ってさ」

ダンカンは笑いながら隣の部屋へパイプをとりにいった。しかし、そばかすのほうはそのぶきりょうなそばかすだらけのやせた顔に、母の愛への飢えを痛ましいほどにあらわして、おかみさんの前に立っていた。

「ああ、おばさんがおれのおふくろだったらいいのになあ！」と、彼は叫んだ。

おかみさんは夫の笑い方をまねようとした。

「なんだねえ、この子は！　いったいあんたは女のわたしから教えてもらわなけりゃ、わたしがあんたのおふくろさんだってことぐらいわからないような、そんなとんまなのかい！　あんたのような大の男がそんなことを知らなかったと言うなら、今度こそちゃんとおぼえときなさい。そして決して忘れなさんな。いったん女が誰であれ、人の女房となったからには、女房としての経験者になったわけで、つまりどの男にとっても女房らしい思いやりを持つものなんだよ！　いったん男の子が母親の翼にかかえられて世の中へふみだした以上、その母親は世の中の男の子という男の子のおふくろらしい気分になるってものなんだよ」

おかみさんは自分で編んでやったごわごわのスカーフを、そばかすの胸にたくし込み、帽子を耳のあたりまで引きおろしてやった。しかしそばかすはあらあらしく帽子をぬいで小脇にかかえると、おかみさんの赤く荒れた手をとらえ、その上に長いあいだ唇を押しあてていた。やがて波打つ胸から湧きでたらしい涙を見せまいとして、恥ずかしそうにせかせか外へでていった。

ダンカンのおかみさんは手放しで泣きながら隣室に走り込み、ダンカンの腕にとびこんだ。

「おお、かわいそうに！　どのくらい母親を欲しがってることか！　かわいそうでかわいそうで、わたしゃたまらない」おかみさんは泣き叫んだ。

ダンカンの腕は思わず妻をかたくかかえ、日にやけた大きな手で、いとおしそうに妻のバサバサした栗毛の髪をなでた。

「セイラ、お前はいい人間だ！　めっぽういい人間だ！　お前は時々、ちょうど神の言葉を告げる預言者みてえな物言いをすることがある。もしもわしが今そのはめになったとしたら、なんとかしてうまいことを言おうと総身の知恵をしぼったことだろうよ。だが情けねえことに、わしはもがもがするばっかりで、ちっとでも人のためになることはからきし言えねえだ。しかしセイラ！　あの子の顔を見たかね！　お前はまるで聖《きよ》いお光があの子に宿りでもしたみてえな様子にしてあの子をだしてやったな。あの子はあんまり嬉しくてものも言われねえほどだったじゃないか、セイラ。わしもお前が自慢でならねえ！　たとい、どんな王様にしてくれると言ったって、お前とそれからこのリンバロストのわしの持ち分だけは手放さねえぞ」

ダンカンは腕をゆるめ、女房の肩にがっしり手をかけて、その目をまっすぐ眺めた。

「お前はよくできた人間だ、セイラ。まったくよくできた人間だ」

セイラ・ダンカンはただ一人、ふた間しかない小屋のまんなかに立ったまま、骨っぽい鳥の爪のような両手を持ちあげ、不思議そうにしげしげと眺めた。手はたびたび熱湯をくぐるので、まっかになり、寒気にさらすためにひびが切れたり擦《す》りむけたりしており、沼地の泥を明け暮れかきまわすので黒いくまができており、そのうえやけどで硬くなっていた。

「お前がたはなんてひどい様子をしている手なんだろう」セイラはひとりごちた。

「だけど、たった今お前がたはキスしてもらったんだよ。しかもあんな男《お》の子にさ！

神さまがこさえなすった中で最上等の人間だ。ダンカンは王様にしてくれるたって手放さないって言ったっけか！　そうとも、わたしだって女王様にしてくれて、お城に住まわせて、ビロードの着物をきせて、ハシバミの実ほどもあるダイヤモンドの指環をはめさせて、おまけに一日に百人もお客のある身分にしてくれると言ったって、お前がたを手放すのはいやだよ。お前たちに名誉の位をさずけてもらったんだからね。茶碗洗いのおけの湯に浸す気にゃなれないやね。けれど浸したからって、あのキスがなくなることはあるまい！　どんなものだってあのキスをわたしから取りあげることはできないんだ。死ぬまでわたしのものだもの。あらまあ、わたしはよっぽど得意なんだよ！　こんな手にキスしてもらうなんて！　まあーったく、驚いちまうね」

3　ひとひらの羽根と魂のめざめ

こうして辛い冬をそばかすはきりぬけていった。彼はたいそう幸福だった。絶えて久しく自由、愛、賞讃に飢えていた彼だった！　孤児院で言うに言われぬ淋しさを味わってきたので、しじゅう大勢の群衆にかこまれていながら、死のうが生きようが誰ひとり心にとめてくれない味気なさにくらべれば、大砂漠や大森林での孤独はさしてたえがたいものではなかった。

冬じゅうそばかすは鉄条網を完全にしておくことと、彼のひよっこどもを、凍死《とうし》や飢えから守ることに全力をそそいだ。リンバロストの森に春の最初のいぶきがかかり、雪は退却し、猫柳《ねこやなぎ》の花は咲きだし、木々や繁みや沼地に新芽がきざしはじめ、藺草《いぐさ》は頭をおこし、今や蘇ったばかりの季節が大自然の心臓の中で力強く鼓動《こどう》し始めたこのごろ、少年の胸の中にある動きが始まっていたのである。

大自然はつねに貢物《みつぎもの》を要求する。今や大自然の強い手を魂にかけられたそばかすは、自分を悩ますものが何であるか見当がつかないながらも、それを全身で受けとめた。きっと春の熱病にかかったのだろうという女房の考えにダンカンも同感だったが、そばかすのほうがよく承知していた。健康状態からいえば今までになくよかった。清く熱い血液が血管の中で規則正しく脈打《みゃくう》っており、いつも空腹だったし、どんな骨の折れる仕事にも少しも疲れを覚えなかった。この何か月ものあいだありとあらゆる気候の変化のなかを、一度も休まずに十一キロの道を一日二回、踏破してきたのであった。手にする重い棍棒でたゆみなく鉄条網の具合をためし、その合間に最初は面白半分に、のちには血液の循環をよくするためにたたいたドラムで、鼓手長《こしゅちょう》ぐらいの腕前になっていた。仕事の性質上一日のうち一刻たりとも全身の筋を働かさないことはなく、夜は風呂を浴び、健全な食物をとり、火の気のない部屋で熟睡するのであった。肉づきもまし、血色がよくなり、人の想像も及ばぬほど体力も耐久力もつよくなってきた。

それに今ではリンバロストの大森林も去年のように恐ろしくはなくなっていた。木の葉や草はむしりとられ、住人たちにはおいてきぼりにされ、森自身がおびえているかのように震えながら立っていた、いわばリンバロストの不遇時代の冬をそばかすは共にすごしてきたからである。たびたび森の奥へとわけ入るうちに、ありとあらゆる細道や街道に通じるようになったし、一番深い池の深さもきわめたし、木々がなぜこのように亭々《ていてい》とそびえているのか、その理由もわかってきた。夏、下草がおいしげっている時にはわからなかったが、何キロもつづく森林地帯にくらべると、沼地や荒野の部分がごくわずかなことをも発見した。

初めのうち肝《きも》をつぶした物音は、冬が近づくにつれて飛び去ったり忍びでてしまったことを今になって知った。ひとむれまたひとむれと鳥たちが帰ってきて、再び以前の声がこだまするのを耳にした時、そばかすは自分がその鳥たちを待ちわびていたのであり、その帰来を喜び迎えている気持ちに、われながら驚いた。怖かったことはいっさい忘れてしまい、ただなんという鳥が、どこへいっていたのか、それから冬の小鳥たちと同様、自分と友だちになってくれるかどうか、もし、なってくれるとしても、冬の小鳥のように移り気かどうか、こういうことを知りたくて物に憑かれたようになった。彼のひよっこたちは樹液がほとばしり、虫が這《は》い歩き、昆虫が飛びまわるようになると、大部分の者がそばかすを見捨てて沼地へいってしまい、ありあまる食物に夢中になって、そばかすの持ってくる食糧には見向きもしなくなり、その結果、番《つが》いと巣作りに必死の時期には、少年は一人とりのこされがちだった。

この小鳥たちの恩知らずにそばかすは憤慨したが、新米の鳥たちを眺めたり世話したりすることでたちまち慰められた。以前、森の奥の沼地に住んでいた者たちの多くが、今や木材境界線のそばに、われもわれもと巣をかまえたのは、そばかすに保護してもらいたいためと、彼のそばにいたいためにほかならないことがわかったなら、そばかすはどんなに得意になり喜んだかしれなかったのだが。

年ごとによみがえるリンバロストの復活ぶりは目ざましかった。沼地がまたもやだんだんと衣裳をまといはじめ、再び住人たちで賑わってくるのを、そばかすはあとずさりし、驚異とねたみをおぼえながら眺めた。危険と孤独のため、鋭い警戒の目をおさおさ怠りなく働かせて、そばかすは初めて蛙が甲高い歌声をはりあげ、つぼみがさやから顔をだしたことから木々や草が葉をいちめんに繁らせ、最後の渡り鳥が戻ってくるにいたるまで、一つのこらずものの動きを観察した。

自分がまったくのひとりぼっちであること、また、あってもなくてもよい存在だという思いが彼の胸をえぐり、片時も去らなかった。そばかすはうつうつとして思いに沈み、いらだち、熱にうかされたようになった。それでいながら自分にもその原因がわからず、つかみどころのないあせりとあこがれにほとんど耐えられないほどだった。
黄道帯《ゾデアック》の六月、リンバロストの六月、よみがえったばかりの季節のよろこびの一つ一つのゆえにこそ、すべての人の心の中は六月であるはずだった。それだのに小径づたいにくるそばかすは険悪な仏頂面をしており、たるんだ鉄条網をコツコツ叩いて具合を調べる音が、いつものように沼地のけものどもや鳥たちに、彼の到来を知らせるには知らせたが、それと同時に、けさは彼の機嫌がわるいことをも一キロも先まで伝えた。

そばかすが特にかわいがっている黄色の上衣に黒い袖という優美なオスのオウゴンヒワは、この数日来、鉄条網をはなれなかった。——勇敢なこと他にくらべるものがないほどだったのである。そばかすのほうではこの小さな奴《やっこ》さんの妙技と美しさに気をとられ、自分がだまされているとは夢にも知らなかった。なぜならオウゴンヒワがぴょんぴょんはねたり、ひらひら飛んだり、ぶらさがったりしてみせるのは、そばかすのすぐ頭上の見るから危険な位置に、アザミの冠毛《かんもう》とむく毛で作った小さなゆりかごがあるからで、そばかすが見あげた拍子に見つけることのないよう、彼の注意を自分に引きつけようという、必死の目的があったからだった。巣ごもりが始まると、この小さな家のあるじは全身がしびれるほどの恐ろしさを感じながらも、悲愴《ひそう》にも鉄条網にしがみついていたのである。ところがくる日もくる日もしずかに自分を呼ぶ口笛がひびき、ニセアカシアの杭のてっぺんにはひと握りのパン屑がおいてあるし、やさしい言葉をかけてくれるだけなのを見て、オウゴンヒワはようやく相手を信頼するようになった。最近ではそばかすが通り過ぎるあいだじゅう、歌ったりくるくる回転したりしているので、すぐ頭の上の巣や真剣な目をした小さなメスのことなど夢にも知らないそばかすは、自分くらい小鳥たちを引きつける天分に恵まれた人間はめずらしいとうぬぼれていた。この朝、オウゴンヒワはほとんど自分の耳が信じられないほどだったが、それでも鉄条網にしがみついていると、今までにない荒々しい一と叩きで、一メートルも空中にはねとばされ、キキキキキと恐怖におびえた金切り声をあげた。

鉄条網は小鳥たちにはわけのわからない話をつたえて鳴りひびいたが、そばかす自身も小鳥たちと同様、悩みの正体には気がついていなかった。

ある小さなクルミの木の下が変なふうに動いてるのに注意をひかれたそばかすは、立ち止まって調べてみた。それは、なみはずれて大きな月女《ルーナ》まゆで、今しも蛾《が》が明るい空気の中へでようと、しきりにもがいて、まゆの上端を突き破ったところだった。そばかすは目を丸くして立っていた。「あの中からなにかでようとしているんだな。おれに手伝ってやれるかしら？　いや、そうしないほうがいいかもしれない。おれが通りあわせなかったら、誰もなにもしてやらなかったわけだし、それにかえって、怪我をさせないものとも限らない。あっ、あっ、おう、いま生まれるところなんだ！」

そばかすはびっくりして口をあんぐりあけた。蛾は破った穴を通り抜け、さかんによろめいたり体をねじったりしながら、クルミの木にのぼっていった。そばかすが呆気《あっけ》にとられ、物も言えずに眺めていると、蛾は大枝のまわりをぐるっと這ってその下側にきてしがみついた。体は大きく肥《こ》えて彼の拇指《おやゆび》ほどもあり、見たこともないほど雪のような白色であった。額《ひたい》には優美な藤色の帯がわたっており、足もそれと同色だった。頭には小さな麦藁《むぎわら》色のシダに似た叉角がでており、濡れたしわくちゃの羽根が肩から垂れていた。そばかすが驚きのあまり息もつかずに見詰めていると、羽根は拡がり、しぼみ、色があらわれだし、小さな卵形の模様が見えてきた。

時間は刻々とすぎていったが、そばかすはまばたきもせずに眺めていた。夢中になったのと心配とで、しらずしらずのうちに体はふるえていた。目の前の変化を眺めながら「飛ぼうとしているんだぞ」と、声をひそめてつぶやいた。朝日があたって蛾のビロードのように柔らかい毛を乾かし、微風がそれをふわふわなぶった。急速に発達していく羽根は、美しいことこのうえない緑色を帯びはじめ、その前翅脈《ぜんしみやく》は藤色であり、透明な、目の形をした模様は赤、黄褐色《きかつしよく》、黒などでふちどられ、長いくるくる巻いた尾がついていた。

蛾のさまたげにならないようにと、そばかすは声をころしてひとりごとを言った。蛾は水気をきり、運行をつけるために、その美しい羽根を規則的に上げ下げする運動を始めた。そばかすにはもうすぐそれが羽根を拡げて飛び去るのがわかかった。初めて、そばかすの心の中にこもっていたものが、震えをおびた叫びとなってあらわれた。

「これはなにか、おれの知らないもんだ！　ああ、知りたいな！　知っていたらいいのになあ！　なにか素晴らしいもんにちがいない！　蝶々じゃないな。ずっとずっと大きいもの。ああ、だれか教えてくれないものかなあ！」

そばかすはニセアカシアの杭にのぼり、鉄条網で体の中心をとりながら、小枝をのぼって蛾が進んでくるところへ指を一本つきだした。すると蛾はためらわずにその指をよじのぼってきたので、そばかすは小径にもどって光にかざし、くわしく調べてみた。それから今度は暗いほうを向いて蛾をひっくり返し、美しい色彩を心ゆくまで眺めた。大枝へ持っていくと、蛾は華やかな羽根をひらひらさせながら這いあがっていった。

「ああ、お前のところにもっといたいんだがな！」

と、そばかすは話しかけた。「だけど、おれが日がないちんち立っていたって、お前が今よりもきれいになるというわけじゃなし、それにおれにしたってお前がなんなのかわかりそうもないもの。誰かわかる人がありそうなものだがなあ。そうだ！　リンバロストの葉、鳥、花を一つのこらず知ってる人たちがあるって、支配人さんが言ってたっけ、おお、神さま！　この一つだけでも教えてくださいませんかねえ！」

オウゴンヒワは思いきって鉄条網にもどってきた。この人間の頭上わずか十センチのところに自分の妻がいる。今どうあっても上を見られてはならないのであった。そこで勇敢な小鳥は鉄条網にとまって体を振りながら、この一週間、毎日繰り返してきたとおり、声を張りあげて歌いだした。「見たか？　見たか？　見たか？」

「見たかだって？　お前を見てるさ」と、そばかすはがみがみ言った。「毎日毎日、見てるにゃちがいないが、それがおれになんの役に立つというんだ？　毎朝かかさずに一年間お前を見てたって、誰に話すこともできないんだもの。『黒い絹のような羽根をした小鳥を見ました――小さくってカナリヤのように黄色いんです』言えることってこんなことぐらいのものだ。いったい、お前はここでなにをしているのかい？　おかみさんはあるのかい？　名前はなんていうんだね？　見たかだって？　見てはいるつもりだよ。だけど無知も同然さ、おれにはなんにもわかりゃしないもの！」

そばかすは、いらいらして鉄条網をたたいた。オウゴンヒワは金切り声をあげてほうほうのていで逃げだした。つづいてバサバサと巣から飛び立つメスの羽音に、そばかすは上を見あげた。

「ハハン！　だからお前はここでこうしていたんだな。おかみさんがいたのか。しかもおれの頭すれすれのところにさ。もう少しで帽子に鳥の飾りがつきそうだったな。ちっとも知らなんだよ」

自分で自分の冗談に笑いながら、そばかすはやや機嫌をなおし、枝によじのぼって小ぎれいな小さな巣とその中味を調べてみた。メスはひどく怒ってそばかすにとびかかった。

「おや、お前はどこからきたのかい？」

メスがあのオウゴンヒワと似ていないので、そばかすはとがめた。

「さっさとここからいってしまえ！　これはお前の仲間には関係がないんだ。この巣はあの鉄条網にいるおれの小さな黄色い友だちのものだから、お前には触らせないぞ。だが、見たがるのも無理はないな。ああ、なんて素敵な巣だろう。卵の美しいことどうだ。さあ、貴様、とっととでていかないか、それともこの棒をお見舞い申そうか？」

そばかすが小径に飛びおりると、メスはさっさと帰ってきてやさしくあやすような身振りで巣の上にすわった。黄色い上衣のオスは巣のふちにとまり、なにもかも無事かどうかを確かめた。これを見れば初めて目にした者にも、この二羽がこのゆりかごのぬしだということが明らかであった。

「やれやれ、あれはあの二羽の巣なんだな？　しかもオスが黄色でメスは緑、それともメスが黄色でオスが緑なのか、おれにはわからないし、わかる手だてもないが、二羽が二羽ともあの巣を守るために闘おうとしていることは顔に鼻がくっついているのとおんなじにわかりきってるとすると、当然あの二羽はあの巣に住んでるんだ。これは負けたね。大体おれはこの一週間じゅう、あの茨《いばら》の木の下の巣の中のことで気がくしゃくしゃしてるんだ。きょうは青い鳥がすわっているので、そのメスかと思えば、あくる日は茶色のがすわっている、それで、その巣が青い鳥のだと思って茶色のを追っ払う。次の日にはまた茶色のがいるから、それじゃこいつの巣に違いないと思ってそのままにしといてやる。ところが次の日になってみると、青いのがすわっているじゃないか、おれは茶色の鳥のだと思って青いのを追っ払ったっけが、こりゃあ確かにあの二羽の巣にちがいないわい。おれはただあの二羽の邪魔をしてばかな目を見ただけだ。なんというざまだ、小鳥どもの友だち気取りでさ。しかもどれとどれが番《つが》いかわからないなんて、知らなさかげんにもほどがある。この黄色のと緑のが番いならむろん青いのと茶色のも番いにきまってる——そうそう、それから赤い鳥がいたっけ！　今まで思いつかなかったわい！　オスが赤でメスが灰色だ——してみると、みんなそれぞれちがっているのかしら？　いや、そうじゃない！　そんなことはない！　カケスはみんな青いし、カラスはみんな黒いもの」

そばかすの不満はたかまる一方でついに憤りと無念で息もつまるかと思われた。雲行きただならぬ険悪な面持ちで、やけに鉄条網を叩きながら小径を歩いていった。ヒワの巣のところでそばかすは小径をそれて、茨をのぞいてみたが、鳥は一羽も巣についていなかった。この前に見て美しいと思った雪のような、しみ一つない小さな卵を一とのぞきしようと、そばかすはさらにそばに寄った。するとかすかな物音に、ひょっこり小さな雛の頭が四つあらわれ、せい一杯口をあけて「ひもじいな、ひもじいな」とさえずった。そばかすはあとずさりした。茶色の鳥が巣のふちに飛びおり、のたくる緑色の虫を一つの口に押し込んだかと思うと、二分とたたないうちに青い鳥が今度は白い虫をべつの口に入れてやった。これで解決した。この青と茶色の鳥は番いなのだった。またもやそばかすは例の「ああ、知りたいなあ！」を繰り返した。

蛇川クリークにかけ渡した橋の辺りには雑草がいっぱいに生え茂り、木材はまばらであった。柳や藺草や湿地の雑草をはじめ、目もさめるような野生の花が咲き乱れていた。蛇川クリークという名の元である大きな黒い怠け者の水蛇が繁みで日向ぼっこをしているし、野鴨《のがも》とカイツブリはおしゃべりをしており、ツルと青鷺《あおさぎ》は釣りに夢中だし、ジャコウネズミは土手を耕して奇妙なうねうねした畦《あぜ》を作っていた。ここはいつも面白いもので満ちている場所なのでそばかすは橋でしばらく足をとめ、沼や水の世界のいきものたちを眺めるのが大好きだった。野生の花や、やさしい湿地の草とも顔なじみの気持ちだった。橋の両側の浅瀬をパシャパシャ渡るのも愉快なことだった。

また、クリークが沼地にそそぎ入るところはめったにない美しい場所で、青く水藻《みずも》の浮いたどんよりした池がひろがっていた。水草や睡蓮《すいれん》が繁茂《はんも》し、大きな緑葉がはびこってすいすいのびていた。リンバロストじゅうどこを探しても、蛙の音楽ではこのクリークと比べられるところはなかった。太鼓のような太い声、笛のようなかん高い声がいつ果てるともないオーケストラの役目をはたし、それを伴奏に全コーラスが季節のあいだじゅう歌うのであった。

そばかすは橋から境界線に出る道をゆっくり歩いていった。ここだけが見張りの目をゆるめてよい地域だった。沼地はじまって以来の大木材泥棒でも、この川口から忍び入ろうとする者はあるまい。水があり、周囲の木からも保護が得られないからである。もっとうっそうとした湿地なら木蔭《こかげ》も多かろうと思いながら、そばかすは生い茂った草を棍棒でかき分けて進んでいった。と、思うといきなりひらりと身をかわした。棍棒はヒューと空を切り、そばかすは飛びのいた。

頭上の晴れ渡った空から、最初は彼の顔と水平に、やがてすれ飛んで沈んでいき、傾き、くるくるまわって目の前の小径に羽根の茎を下に突き刺さったのは、光沢のある虹色に輝いた大きな黒い羽根であった。それが地面に触れるや、そばかすは羽根をひっ摑み、反射的に空を見上げた。広大な空中には一本の木の影も見えず、羽根を運んでくるような風一つなかった。羽根は虚空から落ちてきたのである。熱心に六月の青空を見上げるそばかすの目にうつるものは、高くのどかに浮かぶ雲二ひら三ひらだけで、まさか鳥が宙にういて凍てついたように吊りさがるなどとは考えられない。そんなことは聞いたこともなかった。そばかすは不思議そうに大きな羽根をひっくり返して眺め、再び、おそるおそる目を空に向けた。

「天から羽根が落ちてくるなんて！　聖なる天使の羽根が脱けかわる時期なのかしら？　しかしそんなはずはない、それなら白い羽根のはずだもの。だが、もし神さまのお使いは白くて悪魔の使いは黒いとしたらどうだろう。しかし黒い天使ならあんなところには用はないわけだし。たぶん、誰かかわいそうな黒い天使が門のところへこっそりいくんで罰せられ、それがつらさに神さまに聞こえるように、翼をバタバタ羽ばたいたのかもしれないな！」

いくたびもそばかすは空を見渡したが、それに答えるきらめく黄金の門もなければ、空をよこぎる鳥の姿一つ見あたらなかった。そこでそばかすは羽根をひねくりまわしいろいろに思いをめぐらしながら、そろそろと歩みをつづけた。それは翼の羽根で長さ五十センチ、背柱は頑丈で、根元は灰色なのが尖端へいくにしたがい漆黒にかわり、太陽の光線を斜めにうけて緑色と青銅色に輝いていた。シンドバッドを悩ませた「海の老人」が、ふたたび仏頂面をさげてそばかすの両肩にのしかかり、そのせいで足取りは重くなり、心はうずくのだった。

「どこからきたんだろう。いったい、なにかしら。ああ、知りたいなあ！」と、たえず繰り返しながら羽根をあちこちに向けて調べたが、目にはなにも映らないほど考えこんでいた。

そばかすの前には大きな緑色の池がひろがっており、くされ木や朽《く》ち葉でいっぱいになっており、まわりをふちどる柔らかなシダや、草のあいだからクリーム色のクワイの花穂や、水ヒヤシンスの青、宝石花《ジュウエル・フラワー》の美しい黄色などが頭をもたげていた。そばかすは身をのりだし、羽根を手にまさぐりながら、しげしげと眺め、それから池の底をのぞき込んで、再び例の「これはなんだろう」を繰り返した。

そばかすの真向こうに緑色の大蛙が喉をぴくぴくさせ、まばたきをしながら、じめじめした古丸太の苔《こけ》の中にうずくまっていたが、頭を持ち上げると吼《ほ》えるように返事をした。

「けろけろ、めっけろ！　けろけろ！」

「な、なんだって？」そばかすは口もきけないほど驚いた。「お前が──お前がただの大蛙だっていうことはわかってるけど、だけどまるで人間の言葉みたいだったなあ。どうかもういっぺん言っていただけませんかね？」

大蛙は気持ちよさそうに泥の中にすわりこんでいたが、いきなり声をはりあげ、号令太鼓のように鳴きだした。

「けろけろ、めっけろ！　めっけろ！」

これが答えだった。なにかしら頭の中でパチッと音をたてた気がした。目の前に焔がちらちらとゆらめき、やがてそばかすの心は晴れ渡った。彼はしゃんと頭をおこし、肩を張り、背骨をまっすぐのばした。悩みは去り、魂は自由に本来のそばかすにかえった。

「神に誓ってそうしよう！」

この誓いは実におごそかに立てられたので、天の神のそばに仕える記録係りの天使もいささかの心配もなく祈禱書《きとうしょ》に記入したことであろう。そばかすは鉄条網を支えるため、木と木のあいだに打ち込んである、ニセアカシアの杭のてっぺんに帽子をかけ、しっかり羽根をさしこんだ。それがすむと小径をたどりながら、長い時間一人で働いている者が必ずおちいる癖で、ひとりごとをいいはじめた。

「なんておれは馬鹿だったんだろう！　もちろんそうしなくちゃならない。誰もおれにそうしてくれる者がいるはずはありゃしない。おれが進んでやるんだ。なんのために人間に生まれたのだ？　湿地に棲んでる四つ足の動物なら、できないってこともある。だが人間にはどんなことだってできるんだ。支配人さんがいつも言ってなさるように、辛抱づよく一生懸命働いて、仕事にしがみつきさえすればだ。そしてこれこそ、おれの進むべき道だ。支配人のマックリーンさんはこうも言いなすったっけ、湿地地帯のものを一つのこらず知ってる人たちがいるって。むろん、そういう人たちは本も書いているにきまっている！　おれのすべきことといったら、気をくさらせるのはやめて、本を少し買うことだ。今まで本なんて一冊も買ったことがないし、なんであれ、これといって大したものを買ったことがないんだ。ああ、金をむだにつかわなくてよかったな。二、三冊買うぐらいはたしかにあるはずだ！ 待てよ」

そばかすは丸太に腰をおろし、鉛筆と出納簿をとりだすと裏ページに計算してみた。木材境界線を回りだしてから十か月になっていた。給料は月に三十ドルで、まかない費が八ドル、差引き月に二十二ドルとなり、あと、被服費としては二ドルでありあまるほどだった。いくら少なく見積もっても銀行には二百ドルあった。そばかすはふかぶかと満足の息をつき、うれしそうに空を見上げてほほえんだ。

「鳥のことぜんぶ、それから木や花や蝶々や――それからおお、そうだ！ 蛙のことを書いてある本も一冊ぜひ買わなくては――たとえ一銭のこらず使い果たしてもかまわない」と、そばかすは自分に誓った。

宝物のように大切にしている出納簿をしまいこむと、そばかすは棍棒をとり上げ、境界線をつたっていった。おだやかにコンコンと鉄条網を叩く音、楽しげな口笛が行く手はるか遠くまで、そばかすが再びいつもの元気をとりもどしたことを知らせた。

この朝はひどく手間どってしまったので、いつか足取りが早くなり、最後の曲がり角はほとんど走るようにして曲がった。支配人が彼の週間報告を聞きにきているかもしれなかったからである。

その時、やわらかな沼地の草の上にゆらゆら、ちらちら、さっと大きな黒い影が、そばかすの前すれすれにかすめたので、朝から二度目で、そばかすは身をかわして飛びのいた。これまで、沼地の梟や鷹《たか》で大きい部類に入ると思われたものもいくつか見てきたが、このようなのはなかった。大きな輝く翼をひろげたところが、二メートルもあるのだ。強そうな足は羽根の中にちぢめていた。太陽は鋭く鉤形《かぎがた》に曲がった嘴《くちばし》にぴかぴかあたり、目は光をうけてらんらんと燃え、足の下の地中までも見抜くばかりだった。そばかすがそこにいるのに、まるでいないも同然気にとめず、低い木にとまったかと思う間もなく、たちまち、落雷で裂けた楡《にれ》の幹に不器用な恰好で飛びうつり、ぐるっと後ろを向いて青空に目を放った。

そばかすが見上げた瞬間、第二の影が草にうつり、またべつのが一羽ゆっくり舞いおりて初めの鳥のそばにとまった。このほうはやや小さく、光をうけてもあまり美しくなかった。あきらかにこの二羽は番いらしく、最初にきたほうが奇妙なころがるような跳ね方をして青銅色の翼をふるわせ、あとからきた鳥のほうへとにじり寄り、メスの翼をひょいとつついた。それから媚《こ》びるように身を引いて秋波《しゅうは》を送った。頭をもたげ二、三歩メスからよたよたと離れ、不様《ぶざま》な姿でゆっくり戻り、メスの嘴にさながらキスのようなものをくれたので、そばかすはプッと吹きだし、あわてて手で口をおさえ、声をかみころした。

恋人は頭をひょっとさげて、一メートルほど横へ寄り、翼をひろげると彼の美女をあおぐかのように、実際そういう結果になったのだが、翼をゆっくりと静かに振りだした。そのうちに抑えがたい愛情の衝動にかられ、再び砲撃目標のほうへびっこを引いて近より、今度は真正面から立ち向かい、首をおかしなふうに左右に曲げながら見境いなくメスの翼や頭をつつき、相手を悩殺《のうさつ》するようなおせじ笑いをしてみせた。メスのほうはあくびをし、そっけなく離れていった。そばかすは手をのばして帽子から羽根を引き抜き、それと鳥とを見くらべてから確信を得てうなずいた。

「それではお前たちがおれの黒い天使なのか、このごろつきどもめ！　だからなかなか森へはいってこないんだな。だがな、おれが手伝って、お前たちをどんな鳥よりも深く森へ入れてみせるぜ。お前たちはおれの目の届かないほど高く飛ぶようだな。このリンバロストをいいところだと思って住まってみようとしてきたのかい？　よろしい、よかったらおれのひよっこにしてやろう。だが新しい者たちに冷淡な振る舞いをしてくれちゃ困るよ。この棒を鉄砲代わりに、ひと回りしてくるかい？」

そばかすは思いきり笑いだした。オスが求愛に夢中になっているのに、メスは一向に受けつけないらしいからだ。オスがあまり荒々しく近づいた時、彼女はオスからかなりたくさんの羽根をひと房むしり取ったので、オスは身をもがきながら続けざまにぴょいぴょい飛んだ。それを見てそばかすは上空でどんなことが起こり、羽根が彼の通り道に落ちてきたのかがのみこめた。

「ご婦人が一点勝ち！　おれが審判係になってやろう」と、そばかすは買ってでた。

翼をなかばもたげ、喉からシューシューという音をだし、人を魅するような堂々たる歩き方をして恋するものはまたもや、やってきた。そして不意に体を浮かせたが、メスは落ちつき払って大枝の前方へと進み、しとやかにオスの下をすうっとくぐってゆるりとリンバロストへ飛び去った。我に返ったオスは呆気にとられてその後を見送っていた。

そばかすは腹をかかえて笑いながら、小径を急いだ。開墾地の近くにきた時、支配人が秘蔵の牝馬に乗ったままじっと立っているのを見て、少年は駆けだした。

「ああ、ミスター・マックリーン！　長いことお待たせしたんじゃないでしょうね。しかも、日がかんかん照りつけているのに！　けさはひどくおくれちまったんです。もっと早くまわれたんですが、いろんなことで手間どってしまったんで、それにここにいらっしゃるとは知らなかったんです。これからは早くします。今まで一度も言い訳なんかすることはなかったんですが。鉄条網のこわれはありませんし、変わりはなにもありません。わたしがおそくなったのは、ほかのことのせいなんです」

微笑を含んで少年を眺めているマックリーンの目には、彼の中の変化がただちに読みとれた。この頬を紅潮させ息を切らしてしゃべっている若者が、暗い絶望につつまれて自分をたずねてきた時の人間と同じ人とは思われなかった。そばかすが額の汗を拭い、声をたてて笑いだすのをマックリーンは驚嘆して見守っていた。そして習慣になっていた支配人に対するへだてもなにも忘れ、そばかすの中に閉じ込められていた少年らしさが堰《せき》を切って溢れでた。自分でも気づかない雄弁をふるって話しだした。その熱を帯びた様子に支配人は例の奇妙な恋人鳥の話がすむまで、一度もそばかすの顔から目を離さず、また鞍《くら》の上で身動きもしなかったが、やがていきなり鞍頭に身をかがめ、少年とともに笑いだした。

そばかすは鋭い鑑賞力と、アイルランド人特有のまれに見る機智《きち》のひらめきとしゃれで、話をにぎわしたので、語るところはしごく滑稽であると同時にこの上なく興味深いものとなった。そばかすにとって初めての描写説明の試みであった。もがいている蛾や新しく模様のついたばかりの羽根、色の異なる優雅な番いの鳥、晴れた空からすべり落ちた羽根、ぴくぴく動く蛙の喉とまばたきする目、大鳥と求愛の話などを、そばかすは急所をとらえる生まれながらの才能、リンバロストの森の驚異に対して目覚めた自然探求者としての熱情、それに新しく発見したばかりの湧きでる幸福感により、支配人を何年ぶりかで心から笑わせた。

「今ごろあの二羽はもう沼地の奥へ帰っているでしょう。わたしのひよっこたちと一緒に暮らすでしょうか？　そうしたら、わたしの持ってる中じゃ、一ばん風変わりなものだ。だけど、素晴らしい奴がいるんですよ。クリークの口のとこに新しい種類のもので、翼を足のようにつかって四つん這いで歩くのがいるんです。まるで脱穀機みたいな恰好で旅行するんですよ。また別ので、背中はわたしの腰ぐらいあり、嘴は長さが三十センチ、首が六十センチぐらいで太さはわたしの手首ほどもなくきれいな色をした奴もいるんです。青と灰色に黒や白や茶色がまざってるんです。その声の鋭さときたら、木のそばに立って二度か三度その木にむかって鳴くだけで、真っ二つに挽《ひ》ききってしまえそうです。この鳥を仲間に入れて使いなすったらよかないでしょうかねえ」

マックリーンは笑った。

「それは青鷺にちがいないよ、そばかす。それからそんなことはありそうに思われないが、君の話ではその大きな黒い鳥というのは純粋の黒ハゲタカのようだ。南部にはざらにいてね、ジョージアの木材場のあたりでたくさん見かけたが、こんな遠い北方へは一羽もきたなんて聞いたことはないよ。迷い鳥にちがいない。君の説明ではヨーロッパで『ファラオの鶏』と呼んでいる種類にそのまま当てはまる。だがリンバロストに来たとなると、『ファラオ』をとってしまってほかの鳥と同様そばかすのひよっことしなくてはならないね。それともあんまり妙でみっともないので興味が持てないかい？」

「ああ、そんなことはねえ、そんなことはねえです！」と、そばかすは急いだあまりアイルランド訛をまるだしにした。「きれいとは言えないかもしれない。それに木馬が駆けるような動き方をするけど、だけど、とっても大きくて怖いもの知らずなんです。黒い鳥にしちゃ立派な色をしてるし、足だって嘴だってそりゃあ強いんです。あんなにきつい目ってないですよ！　それに飛ぶことと言ったら！　まあ、考えてもごらんなさい、まっすぐ何マイルも上に飛びあがるにちがいないですよ。だって羽根が落ちてきた時、二羽の姿はぜんぜん見えませんでしたもの。沼地のおれのひよっこどもの中で、あの大きな黒い連中くらい、天に近くいける者はないと思うんです。それに――」

そばかすは声を途切らせてためらった。

「それに？」と、マックリーンは面白そうに催促した。

「あの鳥はとてもメスを大事にしてるんです」と言ったそばかすの声は、かすれていた。「たしかにおっそろしくおかしな様子だったもんで、わたしは笑ったり、悪口を言ったりしたけど、もっとよく考えたらそうはしなかったと思うんです。ほらね、わたしはこれまで人間の愛情なんかあまり見てこなかったんです。孤児院じゃあ毎日かまいつけられず、うっちゃり放しにされてきたし、自分の子供らさえ、ろくにかまいつけないような人たちの世話になってきたんですからね。だから、あの鳥がどんなにメスを大事に思っているかわからせようと、一生懸命になっているのを感心すべきはずだったんです。たかが鳥にはちがいないですが、お互いにあんなに愛し合うなら、人間と同じじゃありませんかね？」そばかすは、勇気にみちた目をマックリーンにじっと向けた。

「もし誰でもいい、あれほどわたしのことを思ってくれる者があったら、支配人さん、わたしはその人たちがどんな様子でどんな動作をしたかなんて少しも気にとめますまい。考えるのはその人たちがわたしのことをどんなふうに思ってくれるかということだけです。あの二羽がここにいるというなら、わたしはほかのひよっこどもと同じようにかわいがってやります。あの鳥のことを笑ってはしまったけれども、それでも立派だと思いましたよ！」

マックリーンは考えこむような表情を見せた。しかし少年の率直な目に見入られて、返事をしないわけにいかなかった。

「そばかす、君の言うとおりだ。その鳥は紳士ではないか。しかも君の持っている中で唯一羽のほんとうの雛だよ。もちろんここにいるだろうよ。リンバロストはその家族にとっての楽園となろうよ。それでは訊《き》くがね、そばかす、この春以来なにが心にかかっていたのかい？　仕事は申し分なく忠実に果たしてくれているが、なにか具合が悪いんじゃないかと気にかかっていたんだよ。仕事がいやになったのかね？」

「大好きです。もうじきに人夫たちがやってきて、沼地を根こそぎさらい、わたしのひよっこどもを追い払ってしまうかと思うと胸がさけそうです」

「それではどうしたのかい？」

「きっと本のせいだったと思うんです。けさ大蛙が教えてくれるまでは、自分でもわからなかったんですよ。これまで、このような場所のことは聞いたこともなかったし、見たこともなかったし、聞いたところでどっちにしてもどんなところか見当がつかなかったでしょうがね。毎日こんな美しいものの中にいるうちに、こういうもののことをくわしく知ったり名前で区別をしたりしたくてたまらなくなって、それが胸に喰い込んできて、体のほうはこのうえなしに丈夫だのにまるで病気になりそうだったんです。もちろん学校で読み書き計算はいくらかおそわったけれど、学校にも、そのほかわたしの見てきた町のどこにも、ここにあるような面白いものがあろうなんて、夢にも思わせるものはありませんでした。公園も見たことがあるけれども、ああ、リンバロストとは似ても似つかないところです。なにもかも、わたしには目新しい不思議なものばかりで、どれ一つをだってわたしはちっとも知っちゃいないんです。大蛙は『めっけろ』とはっきり言ってくれました。それには本を読むより方法がないじゃないですか？」

「むろん、そうだね」と、答えたマックリーンは、心からほっと安心したのに自分ながら驚いていた。そばかすをあきらめるということが自分にとってなにを意味するのか、その時までわからなかったのである。

「本さえあれば、一人で勉強できるだけの土台はあるだろう」

「あると思います。孤児院じゃ機会さえあればなんでもおそわったし、わたしの成績はかなり上等でした。十四歳すぎるまでいかせてもらったんですもの。計算はいつもやりおおせたし、歴史の本が大好きでいつも暗記してしまったくらいです。ただ文法は、人と調子を合わせていけませんでした。しゃべり方が間違ってるのは生まれつきだろうと言われました。そうでないとしたら、ほかの子供からうつったんじゃないかと思うんです。だけど、声だけは孤児院でも学校でも誰よりもいい声で、歌じゃみんなを負かしました。孤児院じゃいつもリーダーを務めたし、一度なんか一人の監督さんが電車賃をくれて、町の少年合唱隊で歌わせにわたしをいかせたことがあったくらいです。音楽の先生はみんなの中で一ばん良い声だって賞めてくれたっけが、そのうちガラガラになっちまったんです。そうしたら先生は一時わたしをやめさせたけど、今時分になれば元どおりになるだろうって言ってくれたんです。ほんとうにそうらしいんですよ。なぜってこのごろ、境界線をまわっている時にちょっとやってみると、また、なめらかにでてきて、前より強くなってるんです。歌とひよっこどもだけがわたしの仲間なんです。それに本が何冊か買えて、そういうもののほんとうの名前だの、どこからくるのか、なぜそんな面白いことをするのかっていうことを勉強できたら、ほかになんにも欲しいものはありません。こんな素晴らしいところにはいっていながらなに一つ知らないということで、ひどくじりじりしてくるのを自分でも知らなかったんです。本がどのくらいの値段のものか、また、どんな本を買ったらいいか、すみませんが教えていただきたいんです。金は十分あると思うんですが」

そばかすが渡した預金帳を、支配人はしかつめらしく調べた。

「君の銀行の預金に手をつけることはないよ、そばかす。今月の給料から十ドルもだせば初歩に必要なものは全部まにあうだろう。きょう、さっそくグランドラピズの友だちに手紙をだして、一番いい本を選んですぐに送ってもらうことにしよう」

そばかすは、目を輝かした。

「今まで一度も本なんか持ったことがないんです！　教科書だって自分のもんじゃなかったんだもの。ああ、あの教科書の中のせめて一冊だけでも自分のものだったらなあと、どんなに欲しかったかしれないんだ！　わたしの鋸鳥《のごとり》や小さな黄色い奴《やつこ》さんが本のページからわたしのほうを見たり、そのページにあの連中のほんとうの名前だのいろんなことがすっかり書いてあるのを見たら、愉快だろうなあ！　どのくらいの時がかかるでしょうか？」

「きっちり十日はかかるね」と答えたマックリーンは、そばかすが、がっかりと暗い顔をしたのを見てつけ加えた。

「ダンカンが今度町へ行くついでに、八十ガロン入りの貯蔵箱を君に買ってきてもらおう。それを西の入り口に引きずってきて、君の好きな場所に据《す》えてもらえば、本がくるまで暇を見ては標本を集めてその中に入れておける。それがなんだか研究できるわけだ。君の集める標本を僕が町の博物学者たちのところへ送って、売ってやれるようなのがたくさん見つかるんじゃないかな。たとえば、けさの羽根のあるいきもののようなのをさ。僕はその方面のことはあまり知らないが、蛾にちがいないと思うし、ごく珍しいものに相違ない。蛾は何千となく博物館で見たことがあるが、すべての自然の中であの羽根ほど美しい色彩のものはないと思うね。君に虫捕り網と採集箱を注文してやろう。そして専門の学者がどんなふうに標本をとるか、その方法を教えてやろう。きっとこういう湿地の美しいもので、素晴らしいコレクションができるだろうよ。それぞれ種類のちがう蛾や蝶を一対《いっつい》ずつとるのはかまわないが、鳥はどれ一つとして殺してもらいたくないんだよ。重い罰金つきで保護されているのだからね」

馬に乗って去るマックリーンをそばかすは呆然と見送っていた。ややしばらくしてからようやくその意味がわかり、にっこり笑った。小径に立って彼は羽根をくるくる回しながらその朝のことを思い返した。「ああ、生きがいのある世の中になってきたじゃないか！　生まれてはじめて大した幸運つづきだ！　なにかしら、おれの身に起こるころだと思っていたけれど、まさか一まいの羽根からこんな素晴らしい運がひらけるとは夢にも思わなかったな」

4　森の決闘

その次にダンカンが町から帰ってきたとき、荷車の後ろに大きな貯蔵箱がのっていた。ダンカンは、荷車を沼地の西の入り口にもっていき、そばかすが前もって選んでおいた美しい、奥まった場所の、とある切り株の上に箱を据えつけ、背後に木をあてがって土台を安定させた。「この木に釘を打ち込むなあ惜しいもんだなあ」と、ダンカンは言った。

「木目《もくめ》を調べるひまがなかったが、めったにないたちのもんらしいぞ。まあ、釘を打っても大した傷はつけないんだし、それに逸品《いっぴん》だとすれば、箱をそばにこうしておいたほうが一層安全なわけだ」

「これは樫じゃないですか?」

と、そばかすが訊いた。

「そうだよ、素晴らしい家具になるものさ。木目の見事なこと、極上の品じゃないかと思うんだよ」

箱が固定すると、ダンカンは蓋にドアを作り、蝶つがいでとめた。留めがねを打ちつけ、びょうをとりつけ、そばかすが宝物を安全にしまっておけるようにと小さな南《ナン》京錠《キンじょう》を渡した。箱の上には本をのせる棚をつくり、最後に上から全体に油布をかぶせた。

他人が自分のためにこんなにつくしてくれたのは、そばかすにとって生まれて初めてであり、たまらない喜びで胸が熱くなった。すでにこの箱の中にリンバロストの森の珍しい宝物がいっぱい詰まっていたならば、それ以上の喜びはなかったであろう。たくましい馭者長はあとにさがって自分の仕事の効果を眺め、笑いながら言った。

「マックリーン支配人さんの言いぐさじゃないが、〝小ぎれいに、だが派手でなく〟だ。今度はこいつにペンキを塗って、セイラが目をむいてびっくらするような戸棚に仕上げるんだ。そうすりゃ安全だし乾燥の点からもいいんだよ。それで仕上げは相済みだ」

「おじさん、どうしてわたしにこんなに親切にしてくれるんですか。せめて小屋の仕事で、おじさんかおばさんのためにわたしにできることがあったら、勤めの時間外にさせてください、どんなに嬉しいかしれないから」

ダンカンは笑った。

「わたしをありがたがるこたあねえんだよ。この一ばんの稼ぎ時に半日もひまをつぶしてわざわざ町にでかけ、箱を仕入れたり、造作にちっとばかり自腹をきるなんぞという真似が、わしの一存でできると思うこたあねいよ」

「支配人さんから言いつかんなすったんですね」そばかすの目は嬉しさにキラキラ輝いた。「なんて親切な人だろう。おれにもこれくらいマックリーンさんを喜ばせることがなにかできたらなあ！」

ダンカンは、しゃがんで道具を掻《か》き集めていたが、

「じつはな、そばかす。こう言ってきかせてもお前さんの障《さわ》りにゃなるめえと思うが、お前さんはなによりも支配人が喜ぶことを毎日してるんだ。お前さんはめったにねえ忠実な人間だ。それに正直なこたあ『時』の神さまを負かすくれえだ。支配人さんは、まるで自分の身内みてえにお前さんを信用してなさるんだぞ」

「ああ、おじさん、ほんとうかい？」

「そうとも。でなけりゃ、わしはこんなこた言いやしないよ。最初のころはお前さんにゃ聞かせねいがいいって言ってなすったが、今じゃかまいなさるめえ。そばかす、お前さんが見張りしてる木の中にゃ、たった一本で千ドルもするのがあるってことを知ってるかね？」

そばかすは息をとめ、口もきけずに突っ立っていた。度肝をぬかれ、ただまじまじと目をみはっているばかりだった。

「いいかね。だからこんなに気をつけて見張りをしなけりゃならねえんだよ。たとえばな、バール楓《かえで》の木だが――工場じゃ鳥の目と言ってる奴だ、ちょうど鳥の目みてえな小さな瘤だの、ねじれたのがいっぱいあるでね。こいつを便箋《びんせん》ぐれいの厚さの薄板に挽いちまい、もっと安い材木でこしれえた家具の上張りにその薄板を――ベニヤって言うんだがね――それをつかうんだよ。すっかり仕上がって磨きをかけたところは、こんな立派なものはまたとねえと思うくれえだぜ。今度町へいったら家具屋へいって見てくるがいいぞよ。こうして薄く挽けばたった一本の木で何千ドルという値打ちの家具の仕上げができるんだからね。お前さんがちゃんと見張りをしねえで、ブラック・ジャックが自分でしるしをつけといたやつを二、三本伐りだしてみろ、お前さんの想像も及ばねえほどの大金を損することになるんだ。せんだっての昼、飯場で、根も葉もないことをしゃべる手合いが言ってるんだ、お前さんが支配人を裏ぎってジャックにこっそり木を持っていかせたとしても、人夫たちがここへくるまでは、誰にもわかりっこねえことだからとな」

そばかすの顔がさっとあかくなった。この侮辱に彼は激怒した。

「ところが支配人はな」と、ダンカンは憤慨など無視して落ちつき払って話をつづけた。「どこ吹く風かと、後ろに寄りかかったなりでこう言いなすったんだ。『僕がリンバロストの森へついた時、新しい木の切り株を僕に見せる者があったら、千ドル出そう』こう言いなすったら、たちまち必ず見せましょうと、それに跳びつく者も中にゃいくたりかいたっけがな、これをみてもどれくれえお前さんを信用してなさるかわかったろう」

「嬉しくて言葉にあらわせないくらいです。これからはその何人かが賞金を手に入れようと思って木を伐るといけないから、巡回の回数を倍にしようかしら？」

「こりゃまあ、とんでもねえことだ！」ダンカンはうめいた。「まったくスコットランド人ときた日にゃ、どうしてこうもへまばかりしでかすもんやらなあ。マックリーンさんはな、ただお前さんをすっかり信用してることを見せなさるつもりにすぎないってことよ。お前の足をすくおうっていう畜生どもに高い懸賞金をみせびらかしたってわけさ。わしにしたって、支配人がお前さんのことをどう思っていなさるかってことを知らしてやろうとしたまでなんだが、かえってとんだ苦労をしょわせちまったわい。スコッチは間抜けだよ！　まったく血のめぐりが悪いうえにだんまりときている」

「おじさんは別としてだろ？」

と、そばかすはとぼけてきいた。

「とんでもねい！」ダンカンはうなった。「それこそいの一番だ！　支配人はお前さんに懸賞金なんかかける必要はなかったんだ。お前さんの値打ちはこれだけだと言わねいばかりにさ。わしもお前さんにそれをしゃべる権利はなかったんだ。わしら二人ともよかれと思ってしたことが、かえってお前さんに仇《あだ》となったわけだ。わしがいつもセイラに言い言いしてることだがね」

「おじさんが聞かしてくれたこと、おれはどんなに自慢に思うかしれないよ、おじさん。確かに、おれにはその注意が必要だったんだ。なぜって、本がくればきっとそっちのほうに気をとられて、倍も見張ってなきゃならない時に、仕事のほうを怠けたかもしれないもの。おれの心をそっちへ向けてくれて、ほんとうに何とお礼を言っていいかわからないくらいだよ。おじさんが話してくれたおかげで大助かりしたということになるかもしれない。じゃあ、昼には家へ帰らずに、東の境界線をまわってきます。三時ごろ帰って、おばさんにミルクとなにかご馳走になるんだ」

「言わんこっちゃない!」ダンカンは、ほとほと愛想をつかした。

「この十一キロの道を、ひと口も搔っ込まずにでかけようっていうのかね。わしがなにを言いきかせたというんだい?」

「頭は頑固でも気持ちのやさしいことにかけちゃ、スコットランド人にまさるものはないって、おじさん、言いなすったよ」

ダンカンはぶうぶう言いながらも嬉しそうだった。

そばかすは棍棒を取りあげ、愉快そうに口笛を吹きながら小径をくだっていった。

ダンカンはすぐその足で下の飯場へいってマックリーン支配人をわきに呼びだし、話の模様を一語も違《たが》えずに知らせて最後にこう結んだ。「それですから今後とも、たとえどんなことがおころうとも、そばかすが忠実に見張りをしてねえなんぞと、よも信じなすっちゃいけませんぜ」

「なにものも、あの子に対する僕の信頼をぐらつかせることはできないよ」

と、マックリーンは答えた。

そばかすは楽しげに口笛を吹き鳴らしていた。片目は良心的に境界線から離さず、もう一方の目で小径と、鉄条網の友人たちと、あの一番あとからきた新参者たちを求めて空を眺めた。あの二羽がきて以来、沼地の上で小さな黒雲のように浮かんでいる所や、あるいは丸太や木の上を、例の奇妙なかしぐような歩き方でひょいひょい跳んでいるところなど、そばかすは一日としてかかさず観察してきた。暇さえあれば沼地へはいっていき、近づきになろうとしたが、この鳥たちは彼の数えきれないほどある家来の中でも一ばんなつきが早かった。丸太や繁みの上でひょいと体を屈めたり、身をかわしたり、そばかすのまわりをゆるゆる歩きまわったりして、そばへ寄っても逃げようとしなかった。

二週間というもの、規則正しくリンバロストの上空に弓がたを描いている二羽を見てきたが、ある朝、メスの姿が見えず、大きな黒いオスだけが湿地の上へ見張りにでていた。次の日も次の日もメスが姿をあらわさないので、そばかすはひどく心配になってきた。そのことをダンカンのおかみさんに話すと、おかみさんは彼の心配をしずめ、そのかわりに嬉しい希望を持たせてくれた。

「おや、そばかす、姿の見えないのがメスなら、十中八九までは無事だ。卵を生んで巣についてるんだよ、お馬鹿さん！　オスを見張っていて、どこにおりていくか見届けて、それからあとをつければ、巣が見つかるじゃないか。いつか休みの日にわたしらもみんなで見にいこうよ」

この意見にしたがい、そばかすは巣を捜しはじめた。この「ひよっこども」は大きさが鷹ほどもあるので捜すにも木の梢《こずえ》ばかりを見て歩いたので、しまいに首が捻挫《ねんざ》しそうになった。沼地の鳥や鷹の巣のうちの半分はその有り場所をそばかすは知っていたが、蒐集箱《しゆうしゆうばこ》に入れる材料を集めることもしないで、この巣ただ一つをそばかすは求めてまわった。ある午前のこと、以前二羽が求婚中のころを目にしたあのニレの木のところで、そばかすはこの番いを見いだした。大きな黒いオスのほうがつれあいに餌を食べさせているのを見ればこの二羽が番いであり、二羽ともピンピン生きており、メスが巣についていることは間違いなかった。それからというもの、そばかすは前にもまして熱心に巣捜しをつづけたが、どこという当てはないし、ダンカンにも役に立ちそうな意見はないので、巣はいぜんとして見つかりそうもなかった。

日がな一日小径ですごして帰ってきたそばかすは、ダンカンの子供たちが、いつもよりずっと湿地の近くまで、出迎えにきているのを見た。そしてその興奮しきった様子から何事か起こったなと察した。駆けだした彼の耳に「本がきた」という叫びが届いた。

どんなに彼らは急いだことか！　そばかすが一番末の子供を肩にのせると、二番目の子供はそばかすの棍棒と昼食のバケツを持った。こうして一同がやってくると、ダンカンのおかみさんは大きな箱をあけているところだった。ちょうど蓋をゆるめたばかりだったが、笑いながらおかみさんはその上にすわってしまった。

「あんたが顔を洗って食事をすましてしまわなけりゃ、これをちょっとでも覗かしてはやらないよ。ぜんぶテーブルにならべてあるからね。いったんこれにかかったが最後、あんたは寝るまでしがみついてるだろうし、わたしの洗いものも一晩じゅう片づきゃしないよ。わたしたちはとっくの昔に食事をすましてしまったんだよ」

容易ではなかったがそばかすは勇敢にもにっこり笑い、身仕舞《みじま》いをすませ、二口三口のみこむと夢中になって箱のところへきたので、おかみさんは、「せっかくの食事が、だいなしになるってことは初めからわかっていた」と、こぼしながらも降参してしまった。

蓋を持ちあげ、みんなで詰め物をどかすと、箱からでてきたのは鳥や木や花や蛾や蝶類の本であった。またそばかすの大蛙についての本も、間違いなく入っていた。このほかに昆虫網、博物学者の持つ錫《すず》の採集胴乱《どうらん》、薬品一びん、綿が一箱、標本用の長い鋼鉄のピンが一揃い、それにこれらの品がなんであり、どんなふうに使うかの説明書きが添えてあった。

新しい宝物がでてくるたびにそばかすは、

「これをまあ、見てごらん！」と叫んだ。

「まあーったく、たまげちゃうね！」

これはダンカンのおかみさんだった。

総領の男の子はなにか一つでてくるたびにとんぼがえりを打った。それを真似しようとして赤んぼが横倒しにひっくり返り、母親が箱の蓋をこじあけるのに使った斧《おの》で足を切った。それで一同は興奮もさめて本を屋内に運び入れた。ダンカンのおかみさんは、子供たちの手に掻き回されないように押入れの一ばん上の棚をあけてくれた。

あくる朝小径にでかけたそばかすの背には、ピカピカ光る新しい胴乱が日に輝いていた。青空の黒点のような黒い「ひよっこ」はその光を見つけてなにかと首を傾げた。折り畳んだ網は少年の手斧《ちょうな》の傍に挟《はさ》んであり、小鳥の本は胴乱の中におさまっていた。そばかすは小径をつたいながら鉄条網の合い間を念入りに叩いて調べ、小鳥の足跡一つ見落とさなかった。自分の仕事は断じてなおざりにしまいと決心したのである。しかし「ゆっくり急ぐ」という少年がいるものならそれはこの朝のそばかすだった。彼が切りひらき、植物を植え込み、箱を据えつけた場所へようやく辿りつくと、自分のものと呼べる物がこんなにもあるのかという誇りで、胸がいっぱいになり、目はたちまちその美しさに浸っていた。

そばかすは箱のドアを一方の側にして大きな部屋をこしらえたのだった。三方の側には見事な野バラの繁みが木々の下枝にからんでいた。壁のある部分はゼニアオイであり、ある部分は赤楊《はんのき》や茨、柳、水木《みずき》などであった。下のほうは薄桃色のカルミナの密生した茂みや黄色のオトギリ草がいっぱい植わり、ネナシカズラの琥珀色《こはくいろ》の糸がいたるところに絡みついていた。沼地は部屋の一方のすぐそばにきており蒲《がま》がたくさん生えていた。正面にそばかすは水ヒヤシンスを一列、少しもその青い花をそこなわずに植え付け、部屋のゆかのうえのほうと上り坂になっているところに、間もなく咲きだしそうなフォックス・ファイアを一と並び植えた。

そばかすは左手の木々が自然に不思議な配置をとっているのを発見した。大木の間隔がぐっとせばめられていき、からっとひらけた長い景色の果ては沼地の奥へもうろうと消えていた。下草をわずか刈り込み、枯れた丸太をころがし床をならして苔のじゅうたんを敷きつめてあるのを見れば、そばかすがここを「大伽藍」と名づけたわけが呑み込めるのだった。もっともそばかすは「森こそ神の最初の神殿である」と、おそわったことなど、一度もなかったのであるが。

この沼地のうっそうとした並木の第一のアーチをなしている木の両側に、そばかすはシダを植えたが、それは季節がこんなに早いのに腰にとどくまで伸び、巧みに移してきたので土が変わっても、葉一枚おれていなかった。その向かい合わせに土地を開墾して花壇をつくり、一方の端に、うまく移植できるかぎりのたおやかなレースのようなつるくさを植えた。そばかすは、ここにきゃしゃなコリンソウと庭石菖《にわぜきしょう》をならべて生やし、ホタルブクロ、青や白や黄色のスミレ、野生のゼラニューム、べにばな、おだまき草、ピンクのトキソウ、キンポウゲ、色とりどりのエンレイソウ、それに蘭を植え込んだ。赤根草、モカシン草、すはまそう、ムラサキセニア、マムシグサをはじめ、そのほか花をつけたり、または今にも開きそうな蕾《つぼみ》をもった、あらゆるリンバロストの草花があり、日ごとに新しい種類がふえていった。植物学者が見たら嬉しさで気が狂いそうな場所であった。

境界線の側は繁みをはびこるがままに残して中が隠れるようにし、箱を据えつける時ダンカンと切り開いた細い道から入るようにしておいた。そばかすはこれを玄関と呼んでいたが、人に知られないようにあらゆる注意を払っていた。木々の何本かのあいだにひなびた腰掛けをしつらえ、土をならして、繁茂した見事なウーリー・ドッグ苔を厚い毛氈《もうせん》のように敷きつめた。箱の周囲には野生のクレマチスやツルウメモドキ、葡萄づるなどを植えて、箱にからむよう手入れをしたのでほとんど箱をおおってしまっていた。毎日そばかすは新しい花を植えたり、荒っぽい繁《の》みを取り除け、美しい繁みを前にのばそうと苦心した。この自分の部屋にたいするそばかすの誇りは大きかった。けれども、それが計画され、育てられたのを知らない人には、ただただ、驚きのほかはないということを知らなかった。

この朝、そばかすはまっすぐ箱のところへいき、鍵を開けると、中に仕事道具と昼の弁当をしまった。小径のすぐそばで見つけた新しい種類の草花を植えつけ、隅に隠してあった屑物入れのバケツを取りだし、近くの池から水を汲んできて花壇の花にかけてやった。

さて、それから小鳥の本を取りだすと、らくらくベンチにおさまり、深い満足の吐息とともにVの頁を開いた。「veery（ヴィリーチャツグミ）」と「vireo（モズモドキ）」のところをとおり過ぎ、興奮でふるえる指さきで行をたどっていくうちに「vulture（ハゲタカ）」のところで止まった。彼は読みあげた。

「〝大きな黒いカリフォルニア禿鷹〟かフム、（われわれはロッキー山脈のこっち側だからな）、〝ありふれた七面鳥〟（ありふれた七面鳥なんか探してるんじゃない。マックリーンさんは鶏《チキン》と言いなすったもん、マックリーンさんの言いなさることに間違いはない）」

「〝南部の黒禿鷹〟」

「さあ、これだ」

そばかすは、行をたどりながら声をだして読んだ。

「〝南部でよく見かける。時にはジム烏《クロウ》と呼ばれる〟。最もこれに近い種類は〝カサルテス・アトラータ〟か」

「こんなおっそろしく長ったらしい文句を一人で読めるかなあ」

「〝ヨーロッパ種のファラオのひよっこ、時にはバージニア州やケンタッキー州のような北部に迷い込むこともある――〟」

「時にはもっと遠くまでね」そばかすはつけたした。「だってこのインディアナ州で写真とそっくりの奴を見たんだもの、おれの大きなひよっこどもがひょっこり頭を突き出して、ぴしゃりと平手打ちを喰うところが目に見えるようじゃないか。ええっ、おい」

「〝淡青色の卵〟――」

「すてきだ！　ぜひとも見なくちゃ！」

「〝――大きさは、ふつうの七面鳥の卵ぐらいだが、形はニワトリの卵に似て、すきまもないほどの斑点《はんてん》はチョコレート――〟」

「キャラメルだね、きっと。それからっと――」

「〃丸太や切り株の洞にいる〃」

「うわあ、素敵だ！　では思い違いしてたんだな。地面から目を離しちゃいけなかったんだ。さあ、あとはそのとおりやってみるだけだ。さっそく始めたほうが早く見つかるんじゃないかな」

そばかすは本をしまい、蚊いぶしの焚火に水をかけた。焚火をしないと湿りがひどくて沼地にとどまっていられないほどだった。棍棒と弁当箱を手にして境界線に出て行った。昼食の時間になると、そばかすは丸太に腰をおろし、食事をすませ残りの水を一滴あまさず飲んだ。六月の暑さは烈しくなる一方だ。高地からのそよかぜをまともに受ける沼地の西口でさえ、日中になると耐えがたくなってきた。

そばかすは膝のパン屑を払い落とすと、しばらく休息しながら、黒い「ひよっこ」のオスの姿が浮かんでいないかと空を眺めた。しかし、いきなりそばかすの思いは地上に引き戻された。小道から足音が聞こえたのであった。それはマックリーンのでもダンカンのでもなかった――そのほかの誰も今までに来たためしがないので、そばかすの胸は早鐘を打った。すばやく腰帯に手をやり、ピストルと手斧のありかを確かめて、棍棒を摑み膝の上によこたえた。――そして静かにすわって待っていた。ブラック・ジャックだろうか、それとも、もっと悪い奴かしら？　気を落ちつけるためになにかせずにはいられなくなり、こわばる唇をすぼめて口笛を吹き始めた。その曲は、毎年孤児院のクリスマスに澄んだテノールで彼が指揮したものだった。

「楽しげに、うれしげに、
　この道をくるはだれ、
　クリスマスのよき日に」

アイルランド人持ちまえの機智がその場のおかしさに目覚め、そばかすは笑いだしてしまったが、そのため不思議なほど落ちついてきた。

繁みを越してこっちへくる姿をちらっと見た時、そばかすの心は喜びでいっぱいになった。仕事場の男だったからである。丸太道をたどってきたあの晩、そばかすはウェスナーと一緒の吊り寝床にやすませてもらったのだった。マックリーンの使用人の中でよく知っていた男。材木泥棒ではない。きっと支配人からの伝言を持ってきたのだろう。そばかすは跳び立ち、心からの歓迎を顔にあらわして嬉しそうに呼んだ。

「お前さんがおれを見て喜んでくれるたあ、さいさきがいいぞ」と、ウェスナーはほっと安心したらしい様子で吐息をついた。「仕事場じゃあ、お前さんがえらく短気で、ちっとでも境界線にゃ人を近づけねえって噂を聞いてたもんでね」

「そうだよ。知らない人間ならね。だけど、あんたはマックリーンさんのとこからきたんじゃないか、そうだろう？」

「えい、マックリーンなんかくたばれだ！」

とウェスナーは言った。

そばかすは棍棒を握りしめた。指の関節はだんだん紫色にかわっていった。

「で、あんたは本気でそう言ってなさるんですかね？」

そばかすは、わざとていねいに訊ねた。

「そうともね。物も言えねいようないくじなしでなきゃ、仕事場の連中はぜんぶそう言ってるんだ。もっともあのもう一人のスコットランド人で、泣き言をいうダンカン爺《じじ》いはべつだがね。われわれの生き血をしぼりやがって！　われわれを犬のようにこき使い、給料ときたら餓死しろと言わんばかりじゃないか。そのくせ自分は何百万も捲きあげて王様みてえな暮らしをしてやがる！」

そばかすの灰色の目に緑色の光があらわれだした。彼は一語一語はっきり言った。

「ウェスナー、あんたは嘘つきの立派な手本になるよ！　仕事場の人たちは一人のこらず健康で、給料を相応にもらっているし、紳士のようにていねいに扱われているではないか！　支配人が王様のような暮らしをしていると言ったが、年がら年中あんたがたと寝起きを共にしているじゃないか！」

ウェスナーは生まれながらの外交家ではなかったが、これはやり方がまずかったとみて別の方法にでた。

「お前さん、どんなもんだろう、指一本動かさないで、山のような大金がお前さんにころがり込むとしたらさ？」

「フン！」と、そばかすは言った。「あんたはシカゴで小麦でも買い占めてきて、それにおれが投資したら、友だちがいに心づけでもくれるというのかね？」

ウェスナーはさらに近寄った。

「おい、そばかす、仲よし、おれの指図を聞いてさえくれりゃ、お前の巡回道を一歩も踏みださねえで、お前に大枚五百ドルという金をつかませてやれるんだよ」

そばかすは後ろにしりぞいた。

「大きな声で話しても心配はないよ。リンバロストの森にゃ鳥や獣のほかは人っ子一人いないんだからね。もっとも、あんたの同類が一緒にきていて、森の正当な住人の権利を侵害してるなら別だが」

「おれの仲間は一人もきちゃいねえ」ウェスナーは請け合った。「おれがここへきたことを知ってるなあブラック――つまり、その、なんだ、おれの友だちだけなんだ。もしもお前さんが道理を聞きわけて、分別のある振る舞いをするなら、あとでその人に会わしてやるがね、だがそんな必要もないのさ。必要な計画はすっかりたってるし、芸当はごく手軽な、らくなことだからね」

「そうだろうとも、あんたがたてることならね」

と、口では言ったが、内心そばかすは、自分たち二人きりだと聞いてほっと安心した。

ウェスナーには、その皮肉もつうじなかった。

「まったくなんだよ！　まあ、考えてもみろ、そばかす。あくせく働いて月にたった三十ドルだってのに、ただのいちんちでまる五百ドル取れるチャンスがあるんだからな！　まさかお前もこんな儲け口をのがすようなとんまじゃあるめえ！」

「それでその金を盗むのに、おれにどんなことをしろと言うのかい？」そばかすは聞いた。「それとも境界線のそばに転がっているのを見つけるだけでいいのかね？」

「そうなんだ、そばかす」と、オランダ人は調子づいた。「ただ見つけさえすりゃいいんだよ。なに一つする必要はねえし、なに一つ知らなくていいんだ。お前がいつつの朝沼地の西側へ回ってくると教えてくれて、そこから引き返して元きたほうへ戻ってくれりゃ、それで金はお前さんのものになるんだ。こんなわけのねえことはまたとあるめえ？」

「その人間によりけりさね」二人の傍の上空でひばりが歌っていたが、そばかすの声はそれに負けないほど、やさしい声だった。「人によっては息をつくのと同じくらい、たやすいことだろうし、また人によっては心臓の血を一滴のこらず絞り取られてもできないだろうしね！　おれは目隠しされてたくらみに加わるような人間じゃない。だって支配人の信用をやぶることなんだからね。これまでせい一杯忠実に勤めてきたんだもの。あんたは、はっきりおれに納得させなくちゃいけないよ」

「ぞうさないことさ。あんまりわけなくて、うんざりしちまうくれえだ。ほら、沼地にゃほんものの金蔵になる木がちっとばかりあるだろう。特に三本あるんだよ。二本は奥のほうだが、一本だけは境界線のどまん中に立ってるんだ。ほれ、お前さんの馬鹿親分のスコットランド人が手ずから鉄条網を打ち込んだ木だよ！　幹の皮がむけているる場所にも気がつかず、その木が何だか見もしなかったんだ。お前さんがたった一日だけ小径のこっち側にいてさえくれたら、おれたちはあれを切り倒して、積み込んで、夜のうちに運びだしちまえるんだ。あくる朝お前さんがそのことを見つけて報告する、そしてわれわれを探すために、誰よりも一番に飛んで歩くというわけだ。万事、安全にらくに始末できる場所をおれたちゃ心得てるのさ。それにマックリーンはリンバロストにゃ、新しい切り株なんかめっかりっこねえと言って仕事場の連中二人と賭けをしてるんだ。そう誓う証人がうんといるし、おれが知ってるだけでも三人いる。まるまる千ドルというわけだし、この木はそれだけの値打ちは十分ある。まったく金の生《な》る木だなあ。いいかね、そのうちの五百ドルがお前のものになるんだ。ぜったい、危ないこたねえし、お前はマックリーン奴《め》を困らせて、沼地全体を売っちまったって、マックリーンに疑われることたねえよ。どんなもんだね?」

そばかすは満足して、

「それだけかね?」

と、念を押した。

「いや、まだある」と、ウェスナーは言った。

「お前さんが一と奮発して男になって、相談の仲間になったら、一週間でその五倍も儲かるんだよ。おれの友だちだってほかにも十二本ばかり知ってるんで、二、三日もかかりゃ運びだせるんだが、お前はただ見えねえとこにいっててくれりゃあいいんだよ。そいでお前、金を持ってそのうちずらかっちまってどっかほかの土地で紳士みてえな暮らしを始めりゃいいじゃねえか。どう思うかね?」

そばかすは、子猫のように喉を鳴らした。

「こいつは支配人をからかうにはめったにないおりだ。支配人から護《まも》ってくれと任されたものを盗んで、おれの冬じゅうの給料をふいにしちまうなんてね。あんたはそんな簡単なことに五百ドルを支払ってくれると言う。まったく大した待遇だなあ! おれなんかが考えも及ばないところだ。そんな仕事にゃ十七セントでも多過ぎるくらいだ。とっくり考えてみなくちゃね。ちょっとここで待っててもらいたいな。すぐ沼地へいって戻ってくるから、それから開墾地のとこまで送っていっておれの返事を聞かしてやろう」

そばかすは、はびこっている繁みをかきわけ、急いで箱のところへいき、胴乱をはずして手斧やピストルと一緒に箱の中にしまった。鍵をポケットにすべり落とすと、ウェスナーのところへ戻っていった。

「さあ、返事をする。立ちたまえ！」

その声には鉄の意志がこもっており、激怒した将軍のような命令であった。

「なにか脱ぎたいものはないのか？」

ウェスナーは、驚きをそのまま顔にあらわした。

「なんだって？　ないよ、そばかす」

「どうかおれをマックリーンと呼んでもらいたいね」そばかすはピシッと言った。

「おれのあだ名はおれの友人たちのためにとっておくんだ！　さあ後ろ向きになるなり、どんなでもいい、自分のつごうのいいようにして立ってよろしい」

「な、なんだって、なにを言ってるんだ？」

ウェスナーは早口に言った。

「つまりこういうことさね。あんたに地獄をかいま見せてやろうってんだよ。であんたがくたばっちまう前に、マリヤ様が止めに入ってくれることを願うよ。だってあんたのしかばねを見るはめになれば、俺のひよっこたちが気分を害してしまうだろうからな」

その日の朝、仕事場でのウェスナーの振る舞いが目に見えて不穏だったので、ダンカンはそばかすのことが心配になり、そっとマックリーン支配人のそばへ寄ってささやいた。

「あの子のことを考えてくださいよ」

マックリーンはまちがいのないようにと、一時間後にはネリーにまたがり山猫谷のウェスナーの家へとあとを追っていったが、一と足ちがいでウェスナーがリンバロストさしてでかけたあとだった。マックリーンは全速力で馬を走らせた。ダンカンのおかみさんからそれらしい人相風体の男が昼近くに沼地の西側へいったと聞くと、マックリーンは馬をおかみさんに托して徒歩で追跡した。人声が聞こえたので、沼地にはいりそっと忍び寄ると、ちょうどウェスナーが哀れっぽい声をだしている最中だった。

「だけんどそばかす、お前とは闘えねえよ。おれがお前になにもしたわけじゃなし。おれのほうがずっとなりが大きいうえに、お前にゃ手が一本たりねえじゃねえか」

支配人は上衣を脱ぎ捨て、いまにも跳びだそうと繁みの中へうずくまった。ところがそばかすの声が耳にはいったのでようやくの思いで自分をおさえ、少年にどんな勇気があるか知ろうという気持ちになった。

「おれの手の数を勘定したりして、大事な時間をむだにしないでくれ」そばかすはどなった。「正義の力で手の不足はおぎなうし、根性の曲がった泥棒の図体の大きさなんか物の数じゃあない。おれに攻められてみろ、リンバロストじゅうの山猫が飛びかかってきたようだぞ。

おれが、お前と闘うわけは――おれが貴様と一緒になった晩にだ、おれがきたないなりをし、よるべもない浮浪者みたいなかっこうで丸太道をつたってきた晩にだ、そのおれを支配人は救いあげて風呂を浴びさせ、着物をきせ、食事をさせて、親切なやさしい人たちのいる家をあてがってくだすったおかげで、立派な会社勤めの身になり、銀行には自分の力で働いた貯金までできたんだ。支配人はおれを心から信用していてくださるのに、そこへこの汚《けが》らわしい道ばたのひき蛙みたいな貴様がやってきて、一人前のアイルランドの紳士みてえな口をきいて、おれを侮辱するとはなんだ！　そのために給料をもらって守っているものを、貴様らが盗みだすのを目をつぶって知らん顔していて、それから、こそこそ支配人に告げ口をしたり嘘をついたりして、おれの魂を未来永劫《えいごう》奈落におとすような真似を、よくもおれが喜んでするとと考えたな。この悪者め！」そばかすは、たけり狂った。「おれが男らしく決闘の規則を守っていられなくて、貴様の汚らわしい頭を、棍棒で叩き割っちまわないうちに、とっととかかってこい！」

「しかし、おれはお前さんに怪我なんかさせたくねえんだよ、そばかす！」

ウェスナーは、もぐもぐ言いながらあとずさりした。

「怪我をさせたくないだって？」少年は今や泡を吹いて怒った。「よし、貴様はおれとまるきり反対だ。おれは貴様の顔をかきむしってやりたくって、うずうずしてるんだぞ」

そばかすは跳びあがり、それを防ごうとして跳びかかったウェスナーの腕の下をちゃぼのようにくぐり、ウェスナーのみぞおちに拳骨《げんこつ》を喰らわしたので、ウェスナーはうめいて体を二つに折った。ウェスナーが立ち直るより早くそばかすは怒りの権化のように荒れ狂って向かっていった。オランダ人の物凄い強打は、時にはそばかすに当たってよろよろとさせ、時にははずれたが、その勢いでウェスナーは湿地に踏み込んだ。そばかすの拳骨には、ウェスナーの半分も力はなかったが、しかしオランダ人が一つ打つ間に三つ打ち込んでいた。そばかすが毎日境界線を油断なく見張って回っていること、絶えず重い棍棒を振り回していること、あらゆる天候に鍛えられていることが、大いに役立った。彼は強靭で敏捷だった。躍ったり、身をかがめたり、跳びのいたりした。最初の五分というもの、恐ろしい責苦をしのばねばならなかったが、やがて、そばかすのほうではまだ闘い始めたばかりの勢いだというのに、ウェスナーのほうは歯の間から音を立てて息が洩れてきた。そばかすは鋭い笑い声をたてながら跳びすさった。

「おーい、閣下、私が踊りますから閣下は口笛を吹いてくれませんかね？」

ポカッ！　と、そばかすの拳骨はウェスナーの顔を打ち、湿地へと張り飛ばした。

「もうちっとばかり愉快な曲をやっていただけませんかね？」と、息を切らせながらそばかすは耳をつまんで跳びのいた。ウェスナーは烈しい怒りにやみくもに突進してきた。相手の隙を見つけたそばかすは、紳士としてのゲームの規則を忘れ、重い長靴の爪先をウェスナーの胴に打ち込ませたので、ウェスナーは体を折ってどさっと倒れた。たちまちそばかすはかかっていった。しばらくは何事が起こっているのか、マックリーンには見えなかった。「いけ！　あの子のところに、今こそいけ！」と、彼は自分に命じたが、少年が自分一人の力で勝ち抜くところを見たいという望みに負けて、身動き一つできなかった。

ついにそばかすが跳び起き、あとずさりして、

「タイム！」と、わめいた。「起きてください、ウェスナーさん。おれに怪我させてはなどという心配はいりませんよ。もうひと手おまけに加えて、あんたを投げとばし、気のすむまでなぐっておめにかけますからね。タイムと言ってるのに聞こえないんですかね？　起きて向かってきませんかね？」

よろめき立ったウェスナーの姿は戦場さながらで、服はぼろぼろに裂けてぶらさがり、顔と手から血が吹きでていた。

「もう――もう、十分だ」ウェスナーは口ごもった。

「十分だって?」そばかすはどなりつけた。「なんだ、貴様らしくもない。貴様はおれの領分へやってきて、おれのボスのことで嘘をつき、おれに支配人のポケットに手を突っ込めなどとほのめかしたじゃないか。さあ、立ち上がって男らしくくすりをのめ! それとも赤んぼにするように貴様の喉に流し込んでやろうか。おれのほうは十分じゃないんだ! おれにとっては始まったばかりだ。いいか、気をつけろ!」

そばかすはウェスナーに飛びかかり引き倒した。無抵抗の体に攻撃を加え、相手がぐったり横たわったまま動かなくなり、そばかすのほうでも腕を持ち上げる力もなくなってからようやくやめた。そこで彼は立ち上がりあえぎながらしりぞいた。ようやく深々と胸いっぱい息を吸い込むと、またもや「タイム」と叫んだ。

しかしウェスナーの体は身動きもせず横たわっていた。

そばかすは考え深げな目つきでそれを眺めていたが、ついにまったく精根つき果てているのを見てとり、ウェスナーの上にかがみこみ、後ろ首を摑んでぐいと膝で立たせた。ウェスナーは鞭で打たれた野良犬のような顔をおこしたが、さらにひどい目にあわされるかと思って身をふるわせ泣きだした。涙は血とゴミの間を小さな流れとなって伝わり落ちた。そばかすは後ろにさがりウェスナーをにらみつけていたが、突然、怒気に燃えた表情と、みにくいのぼせが顔から消えた。真紅の細い血の流れが吹きでていたこめかみの傷をかるく押さえ、髪の毛を勢いよく後ろに振りやった。顔には天使のような無邪気な表情がうかび、声は巣についた鳩も顔負けのやさしさを帯びていたが、その目には悪魔のようないたずらっぽさがひそんでいた。

そばかすはぼんやりあたりを見回していた。棍棒が目にはいると、それを摑むや、鼓手長のようにくるくる回し、やがてまっすぐ地面に突き刺すと、操り人形のように機械的な動作で爪先立ってウェスナーに近寄っていった。そばかすは身をかがめ、手をのばしてウェスナーの腰をかかえて立たせた。

「さあ、気をつけなけりゃな、フレディ。返り打ちをされるってこともあるからな」

後ろのポケットをさぐってハンカチをひっぱりだし、そばかすはやさしくウェスナーの目や鼻をふいてやった。

「さあ、フレディ坊や、小さな子供は家へ帰る時間ですぞ。まだ仕事があるから、きょうはもうおもてなしはできないが、まだたりないと思ったら、あすまたやってこい。もう一度芝居をやりなおそうじゃないか。そんなきちがいじみた目つきでおれを見なさんな！　貴様を呑み込んじまいたいところだが、ようしないんだ。おれは正直な稼ぎしかないんだからほそぼそとしたみいりだ。つまらないことにかかり合ってるひまはないんだ」

またもやマックリーンはそこへでていきたい衝動にかられた。そばかすはひきさがり、ウェスナーは正体ない酔っぱらいのようによろめきながら小径に踏みだしたが、実際、山猫どもにおそわれたかのような恰好だった。

棍棒は空中高くうなりをたて、境界線での長い間の練習で身につけた手さばきで、それを受けとめた少年は、またもや棒をブンブン回し、ふさふさした髪を楽しげに後ろへ振りやり、ウェスナーのあとから小径を進んでいった。アイルランド人であるそばかすには無言でそうすることができず、まもなく澄んだテノールがひびいてきた。もっとも息切れで節回しのわるいところもあるにはあったが。

「オランダ人だ、オランダ人だ。
助けを呼んだアイルランド人と
お思いか？
そうではない！
オランダ人だ、オランダ人だ――」

ウェスナーは振り向いて、力ない声で言った。

「なんでおれのあとなんかついてくるんだ？　おれをどうしようってんだ？」

そばかすはリンバロストの森にかけてもと誓いながら、「なんとまあ恩知らずな、ケダモノみたいなことを言うことだろう。兵士の礼儀としておれの領土からわざわざ送りだしているんだ」

ふと、そばかすは全くちがった口調でつけたした。「実はね、こうだよ、フレディ。ほら、支配人がいつ小径に馬を乗り入れてくるか知れないし、あの小さな牝馬はそりゃあ、おどろきやすいから今のあんたの姿にいきなりいきあたったら、急に立ち止まってマックリーンさんを振り落としてしまうだろうよ。馬に無礼は禁物だ」と、いそいでそばかすは言いたした。

ウェスナーは恐ろしい悪態をついたが、そばかすは愉快そうに笑った。

「恩を仇で返すってのはこんなもんだ。こうして自分の仕事をほったらかしてまで、貴様に付き添っていってやるのに、そんなひどいことを言うんだからね、フレディ」

と、そばかすはきびしい口調になった。

「おれに貴様の口を洗わせたいのかね？　あんたは気がついていないようだが、その有り様でマックリーンさんのところへ帰っていったら、おれでも居合わせて事情を説明しない限り、マックリーンさんはあんたの肝臓を切り取っちまいなさるよ。あんな立派な紳士に貴様のちっさい肝っ玉をお目にかけるなんどは、あんまり感心したことじゃあるまいと思うね！」

埃にまみれたウェスナーの顔は真っ青になり、いきなり、よろめき走りだした。

「あのざまは何たることだ」そばかすは訴えた。「おれがあれほど骨折って景気をつけてやったのに、『ありがとう』とも言わずにいっちまうとはねえ!」

そばかすは棍棒をブンブン回して、ウェスナーが開墾地をでてしまうまで、兵士のように「きをつけ」の姿勢で立っていたが、それがこの芝居の最後の幕切れであった。こちらを向いた少年の顔はひどく気分が悪そうで、足は体の重みに耐えかねてふらついた。箱のところによろめきながら戻ると、蓋《ふた》をあけて布を一枚とりだした。それを水に浸し、ベンチにすわって顔の血と塵をふき取った。一方、歯をくいしばって息を吸っていた。苦痛と興奮で、われにもなく身を震わせていた。右袖の紐をはずし折り返してみると、青あざのついた硬直した白い腕に、ありありと青筋が立っており、一連のまるい傷あとから血がじくじくにじみでていた。ウェスナーがうまく歯を立てた場所である。これを見るとそばかすは、ウェスナーのみぞおちを蹴とばしてよかったと思い、烈しくののしった。

「そばかす、そばかす」

マックリーンの声がした。

そばかすは袖を引きおろして立ち上がった。

「失礼しました。おれ、自分一人きりと思ってたもんで」

マックリーン支配人は気をつけながらそばかすをベンチに押しやり、かがんで救急箱を開けた。毎日のように使用人たちは切り傷や打撲傷をこしらえるので、マックリーンは、ピストルと時計と同様必ずこれを持ち歩いているのだった。

怪我した腕をとり、袖を折り返して傷を洗い、ほうたいをかけた。そばかすの頭や体をしらべて、たいした怪我のないことを確かめたが、少年が受けた責苦のむごたらしさにマックリーンは身震いした。そこで救急箱を閉じ、ポケットに押し込んでから、そばかすのそばに腰をおろした。筆紙につくせないほどのこの場所の美しさにかこまれながらも、マックリーンの目にはいるのは苦しそうな少年の顔だけであった。彼は自分の知りたい情報を得るために計略をめぐらし、裁判官のように論じ、酋長《しゅうちょう》のように闘い、悪魔のような勝利をおさめたのである。

痛みがやわらぎ、烈しい動悸《どうき》もしずまって呼吸がらくになると、そばかすは横目で支配人の様子をうかがった。どうしてここへきなすったんだろう？　どのくらい見ていなすったんだろうか？　そばかすにはたずねる元気がなかった。とうとう立ち上がって、箱のところへいき、ピストルと鉄条網の修理用具をとりだすと、蓋に錠をおろし、さてマックリーンのほうを向いて聞いた。

「なにかご命令がありますか？」

「ある。お前はそのとおりしなくてはならん。その道具を僕によこしてお前はまっすぐ家へ帰るんだ。我慢できるかぎり熱い風呂につかってからすぐ寝床にはいるのだ。

さあ、急げ」

「支配人さん、こう言わなくちゃならないのは残念ですが、わたしはまだ午後の分を回りきってないんです。じつはちょうどでかけようとしている時におりよくある紳士がやってきて、ちょっと烈しいやりとりをしたんです。それは片づいちまったか始まったばかりか、とにかくわれわれ二人の間のことなんですが、すっかり手間どっちまって午後の見回りはまだすましてないんです。わたしはすぐにでかけなくちゃならないんです。日が暮れないうちに、見つけておかなくてはならない木が一本あるもんですから」

「この大胆なろくでなしめ」マックリーンはどなった。「境界線なんか歩けるものか！　ダンカンの小屋までだってどうかと思うくらいだ。疲れきっているのがわからないのか？　寝床にはいるんだ。お前の仕事は僕がやる」

「とんでもない！」そばかすは抗議した。「わたしは今、いや、ついさっきは少しばかり疲れていたけど、もう大丈夫です。支配人の乗馬靴じゃ短かすぎます。日盛りで暑いし、たっぷり七マイルも道のりがあるんです。とんでもない！」

仕事道具に手をのばしたとたん、体は前に傾き、目を閉じてしまった。マックリーンは苔の上にそばかすを横たえ、気付け薬をあてがった。そばかすが意識を取り戻すと、マックリーンは小屋に駆けつけ、ダンカンのおかみさんに熱い湯を用意し、馬を連れてくるように命じた。おかみさんはすぐさま湯沸かしを一杯にしてその下にごうごうと火をたき、台から、かいば桶《おけ》をおろしごろごろ押して台所へ運んできた。

マックリーンがネリーの手綱をひき、その背にそばかすを乗せて戻ったころには、おかみさんはすっかり準備ができていた。おかみさんと親方がかいば桶にそばかすを寝かせ、熱い湯をそそぎかけているうちに、そばかすはもがきはじめた。二人は彼を湯に浸したり、摩擦したり、ごしごし洗ったりした。それから湯を浴びせ、冷水で毛《け》孔《あな》をひきしめた。最後に床の上に横たえて、こすったり、摩擦したり、もんだりしているうちに、とうとうそばかすは「助けてくれ」と悲鳴をあげた。二人で彼を寝床に転がし込むと、目を閉じてしまったが、わずかばかりたって、かっと見ひらいた。

「支配人さん」とそばかすは叫んだ。

「あの木です！　ああ、どうかあの木に気をつけてください！」

マックリーンは身をかがめた。

「どの木かい、そばかす？」

「はっきりは知らないです。だけど東側の境界線で、鉄条網が打ちつけてあるんです。マックリーンさんが自分で打ちつけたんだって、あいつ自慢していた。どこか下のほうで、木目のところまで幹がむけてるから、それでわかります。きゃつはおれに五百ドルくれると言ったんだ――支配人を――裏切ったら――支配人！」

そばかすの頭はぐらぐらし、目は固く閉ざされた。マックリーンは体をおこして見おろしていた。そばかすの輝く髪は枕の上に波打っていた。顔は腫れあがり、打ち傷で紫色になっていた。そばかすの右腕はほとんど形がないまでにでこぼこになった左手は投げだされ、手のない右腕はみみずばれで紫色にふくれあがって胸に横たえてあった。マックリーンは一年近くも前、初めて会ったそばかすを雇ったあの晩のことを思いだしていた。マックリーンはかがんで、片手で不具の腕をつつみ、もう一方の手で少年の額をそっと撫でた。手を触れられてそばかすは身動きをし、軒下《のきした》のつばめのようにやさしい声で囁いた。

「もしも——あす——こちらのほうに——きなさるなら——どうか——お立ち寄りください——そしたら——もう一度——しずかに——合唱——いたしましょう!」

「なんとまあ勇敢な奴なんだろ!」

マックリーンはうめいた。

彼は部屋をでると、ダンカンのおかみさんにそばかすをよく見張っているよう、それからダンカンが帰ってきたらすぐに、湿地にいるから自分のところへよこしてくれと頼んだ。境界線の小径づたいに闘争の場へ戻り、支配人は足音を忍ばせてそばかすの「書斎」にはいった。そこに眠っている魂が目をさまし、驚いてあたりを見回すような気がしたからだった。

あの子はどのようにしてこれを考えだしたのだろう？　生きている絵の具でなんという絵を描きだしたものだろう！　画家の心を持っているのだ。詩人の魂を持っているのだ。マックリーンは注意深くビロードのような苔のじゅうたんを踏み、爽やかな壁のみどり色にやさしくさわった。花壇のわきには長いことたたずみ、目のさめるような花の堤《つつみ》を、まるでその存在を疑うかのように見つめていた。

このようなシダをそばかすはどこで見つけ、どのようにして移植したのだろう？　花壇に背を向けたマックリーンは突然足をとめた。

彼は大伽藍の入り口にきていたのである。そばかすが試みたことは誰にとっても模範である。うっそうとした森の細長いひろがりを発見し、その入り口を飾り通路を清めてなめらかにし、祭壇にじゅうたんをしきつめた時、あの内気な無口な少年はなにを考えていたのだろう。神のみわざそのものが、この巨大な生きている柱や緑のアーチの円天井に現れているではないか！　木立ちの空間をみたしている青空、黄金色の日光、揺れるエメラルド色の木の葉などが、なんとあの大伽藍の窓のステンドグラスにそっくりなことか！　生きている絵の具と輝く光をしきつめたこの通路と比べられるモザイクがあろうか！　そばかすは熱心なキリスト信者で、ここで礼拝をするのだろうか？　それともなにも教えられたことのない異教徒であり、この心を奪う美しい並木に牧神がきて笛を吹き、森の精やニンフや妖精《ようせい》たちが彼に踊ってくれるのであろうか？

少年の心を誰が計り知ることができよう？　マックリーンは、そばかすをゆるぎない正直な、勇気のある、忠実な人間と考えてきた。ところがここにも美、芸術、友情、敬神の念を求めてやまぬ気持ちが示されていた。それはリンバロストの小さな空き地の床にも、壁にも、飾りつけにも一面に大きく書いてあった。

ダンカンがくると、マックリーンは闘争の一部始終を話してきかせ、声を合わせて笑っているうちにしまいに二人とも泣きだしてしまった。二人はその木を探しに境界線を回りはじめた。

「さて、あの子の身に困ったことが降りかかったわけだ！」

と、ダンカンが言った。

「そうではないと思うよ。あの犬奴《いぬめ》のように完全にやっつけられたのは見たことがあるまいよ。合唱をもう一度しようなどとよもや戻ってくることはあるまい。木は必ず見つかるよ。人夫たちを大勢つれていって、すぐに運びだすことにしよう。そうすれば少なくとも当座は事なく過ごせるだろうからね。もう一と月もしたら人夫たちを全部こっちに移動できるようにしたいと思っているのだ。もうすぐ秋になるから、そうしたらそばかすにその気があれば僕の母のところへやって教育するつもりなのだ。頭も体も機敏だから、二、三年よく面倒をみれば、どんなことでもできるようになるだろう。まったくダンカン、百ドル払ってもいい、お前にここでじかにその目で見せたかったよ」

「まったくだ。そしたらわしは人殺しをやってのけたでしょうわい。ねえ、旦那さま、どうかそばかすに結構な考えをめぐらしてくんなせえましよ。もっともわしにしてみりゃ、生みのわが子を家から取ってかれちまうのはつらく思いますがね。わしも、セイラもあの子がかわいくてたまんねえんですよ」

　木のありかはわけなくわかった。聞いたとおりにぴったりだったからである。あくる朝、湿地へ向かう大きな荷車の音がガラガラと小屋のそばを通る音に目をさましたそばかすは、跳び起き、すぐにそのあとを追っていった。体が痛みこわばるので、最初のうちはちょっと体を動かしても苦しかったが、だんだんらくになり、まもなく大して苦痛を感じなくなった。マックリーンはなぜでてきたと叱りつけたが、内心、一つ一つ明らかにされる少年の美点が誇らしくてたまらなかった。

　その木というのは楓の大木で、あまり貴重なのでほとんど根元から掘りだした。掘り倒され、一定の長さに挽き、車に積んでみると、まだ一台、からの荷車が残っていた。一同が道具を集めて立ち去ろうとした時、ダンカンが言った。

「このどっかすぐ近くに、わしがうちの家畜の水槽にしたいと前から考えてた大きながらん洞《どう》の木がある。今わしのところにある奴はあんまり小さすぎるんでね。去年ポートランドの会社が、これをニレの台座にするので切ったっけが、さしわたし二メートル、空洞が十二メートルという、すばらしい代物《しろもの》さ！　人手はこうして揃ってるし、からの荷車はあるしするから、それを積んでって、とおりがかりに納屋へおいてっちゃいけませんかね？」

マックリーンは快く承知し、駁者に言いつけて、木を車につけるため、積み込みの道具を持った人夫たちを応援によこした。

マックリーンはそばかすに楓を運ぶ一隊と一緒に車に乗って帰るようにと言ってあったが、そばかすはダンカンと一緒に沼地へいかせてくれと頼みこんだ。

「どうしていきたいのかね。きょうは君を外にだす用事など一つもないんだよ」

「わたしの『ひよっこども』のことなんです」そばかすは、途方にくれた。「あのね、きのうわたしの新しい本で、あの雛が木の洞《うろ》にばかり巣をかけるってことを読んだところなんで、しかも沼地には洞のある木はあまりたくさんはないんです。ですから今の話の木の洞にいるかもしれないんです」

「いってよろしい。それなら話はべつだ。もしそこにいたなら、いいかい、巣ごもりがすむまでその木をあきらめるように、ダンカンに言うんだよ」

そう言うと、マックリーンは荷車によじのぼり駆け去ってしまった。そばかすは沼地へと急いだ。少し一行からおくれていたが人夫たちの姿は見えた。まだ追いつかないうちに、男たちは西の道を折れて東に向かい沼地にはいっていった。

一同は横たわっている巨大な木の幹のところで止まった。それは根元から一メートルのところを切ってあり、道の四分の三をおおっていた。東に向いて倒れており、幹はまだ切り株にのっていた。下草はほとんど通り抜けられないほど茂っていたが、ダンカンは飛び込み、幹のどの辺まで空洞になっているか、それによって切る場所を定めるため、鉄梃《かなてこ》で幹を叩き始めた。一同が待っていると、洞の口から大きな黒い鳥が、一同の頭上をかすめんばかりに飛び立っていった。

そばかすは狂喜して踊り回った。

「わたしのひよっこだ！　ああ、おれのひよっこだ！」彼は叫んだ。「早く、おじさん、きてごらん。おじさんが見つけてくれたんだよ。わたしの大事なひよっこの巣を！」

ダンカンは急いで幹の口へきたが、それより早くそばかすは危険をもかえりみず、毒葛《どくかずら》や繁みを踏みつけて切り株によじのぼった。ダンカンがいってみると、そばかすは気が狂ったようにどなっていた。

「卵がかえったよ！　ああ、わたしの大きな黒いひよっこがおれの小さいひよっこをかえしたよ。もう一つ卵があらあ。はっきり見えるよ。ああ、なんておかしな白いひよっこだろう。ああ、おじさん、わたしの小さいひよっこを見てごらん」

ダンカンにもほかの者にも見えた。そばかすはそっと幹の中に忍び込み、葉をしきつめた帽子の中に入れて、シューシュー鳴き、まぶしそうに目をしばたいている雛を明るいところへ持ち出してきた。男たちが素敵だ、珍しいと感心するので、さすがのそばかすさえも満足したほどで、彼は自分の体が痛むのもこわばるのも忘れ、知るかぎりの子供言葉であやした。

ダンカンは、自分の道具をかき集めながら愉快そうに呼ばわった。

「しまってくれ。そばかすのひよっこどもが用がなくなるまで、この幹にゃさわってならねえ。俺たちゃ心優しき男さね。そばかす、もとへ戻してやったがいいぞ。生まれたばかりだで、寒かろうぞ。あすの朝はおそらく二羽になってるかもしれねえよ」

そばかすは幹の中へそっとはいり、注意しながら雛鳥を卵のそばへおいた。でてくるとそばかすは言った。

「雛と一緒に卵も持ちださなかったとは大失敗だったな。だけどさわるのが恐かったんだもの。形はニワトリの卵のようで、大きさは七面鳥の卵ほどもあって、なんとも言えない美しい青い色をしてるんだ——大きな茶色のまだらがいっぱいついていて、ちょうど本に書いてあるとおりだ。けれど、あのおかしな革のような顔の、白い雛のうしろに黄色い朽ち木をとり合わせた具合は、誰も見たことがあるまい」

「いいことを教えてやろうか、そばかす」と、馬方《うまかた》の一人が言った。「カメラを持って全国をまわっちゃ写真をうつす『鳥のおばさん』のことを聞いたことはないかい？この人は去年の夏、おれの弟のジムのとこで何枚か写したっけが、ジムはすっかりそれに夢中になっちまって、畑仕事もうっちゃっといて、巣をみつけるたんびにその人のあとを追い回してるよ。写真を一枚くれるんだ。ジムはそれが自慢でならねえもんで、聖書の中にはさんでおくのだ。そしてだれかくるたんびに見せびらかして、その写真をとる時、自分がどんなに手伝ったか吹聴して聞かせるのさ。お前さんがはしっこく立ち回ろうと思うなら、その人を呼びにやればいい。きて本物そのままに写真をとるよ。手伝ってやればお前さんも一枚もらえるよ。お前さんの鳥どもがいなくなっちまってからのためにしまっておくがいい。そりゃあ、めったになくきれいだよ。おれにゃ、この鳥がなんだかわからねえ。今まで見たこともねえ鳥だ。きっとなにか珍しいもんにちげえねえ。てめえたち、この辺でこんな鳥を見かけたことがあるけえ？」

誰も見た者はなかった。

「よしっ」とその馬方は言った。「この木を運ぶのが、とりやめになったからにゃ、おれの体は昼まであいてるから、おれが町へいってきてやろう。まっすぐその人の家へいくんだ。話してやったら写すこと請け合いだ。もしその人がすぐに馬車でやってきて西の道から沼地へはいり、この大きなスズカケの木のところで東に折れるなら、たとえばそばかすが案内役についてなくても、この木を見つけそこなうはずがねえ。

この人の仕事は合衆国のほまれであり、できるだけの手伝いを喜んでしないような男はくだらねえ人間だって、ジムが言ってるんだ。おれのおやじが言ってたっけが、信心とは、自分が他人にしてもれえてえことを、自分も他人にしてやるこんだとね。だからもしおれが鳥の写真をとって暮らしをたててるとしたら、こんなのを写せるおりがあればえらく喜ぶわな。だからちょっくらいって話してくるよ。そうすりゃきっと、その骨折り賃にこの小ちゃい白い赤んぼの写真を一枚くれるかしれねえな」

そばかすは馬方の腕にさわった。

「その人は乱暴なことはしないだろうね？」

「とんでもねい！　ぜったい大丈夫だ。鳥を射ったり巣をこわしたりする者を、おっそろしく叱りつけなさるんだ。だってあらゆる場所や天気をおかして半死半生の目にあいながら、人に小鳥をかわいがり大事にするようにと、教えてまわんなさるくれえだもの。鳥の扱いに気をつけるこた大したもんで、ジムのかみさんが言ってたっけがどんな鳥にしろ、子どもでよわいうちは、写真の焦点を合わせるまで、ジムがまの抜けたかっこうで突っ立ってその人と鳥どもに傘をさしかけてやるんだとさ。ジムの地所の鳥で、ほんの二、三日その人が機嫌とりすれば、どれもみんなその人がそばへくるのを喜ぶようになるんだ。そうして写した写真というのが、そばに立って見ていた者たちでなけりゃ、信じられないほどのすばらしいできばえだと、ジムが言ってるんだ」

「きっと、くるように言っておくれ」と、そばかすは頼んだ。

その夜、自分の家で眠ったダンカンは、あくる朝早くそばかすが外へ忍びでていく音を聞いたが、あまり眠くて不審とも感じず、朝の雑用にでて初めて知ったのだ。家畜どもがいっこう喉のかわいた様子がないので、見ると水槽がなみなみと満たしてあった。

これでダンカンは知ったのだった。あんなにダンカンが欲しがっていた大きい水槽を取りやめにしてしまったのでそばかすはその埋め合わせをつけようとしているのだった。

「なんとまあ、心のやさしい子だろう！　なにするにしても体が裂けそうに痛むくせして。わしらみんなから好かれるのも無理はねえ」

そばかすはてきぱき動きまわり、あまりの幸福に傷の痛みなどすっかり忘れてしまった。急いで小径を巡り、東側へ行く途中、雛たちを見に寄ってみると、母鳥が巣についていた。あとの卵がかえるところかもしれないと思い、母鳥の邪魔をする気になれなかった。巡回をすませ、早目に「書斎」にやってきた。昼食はたずさえてきたし、二度目の見回りは午後のなかばまででかけなくてよかった。花苔《はなごけ》の手入れや、勉強や、彼の鳥類の研究などにつかってよい時間が、ふんだんにあるわけだった。いとおしそうに部屋を整理したり、花や苔じゅうたんに水をそそいでやったりした。休息所としては西側のほとんどいつもそよかぜが吹いている一番涼しい場所をえらんだ。しかし、きょうばかりはここでさえ、暑さが押しよせてくるほどだった。

「家の中へはいる用がなくてありがたいな！　そよとも風がないんだもの、汗が滝のように流れるだろうよ。ああ、だけど、こんなに我慢できないほど暑くなる前に、おじさんがあの巣を見つけてくれてよかったなあ！　ぜんぜん、おれには見つかんなかったかもしれなかったんだ。あんなところをのがしたら、どんなにくやしいことかしれやしない。あのかわいいちびめ！　あの幹をよたよた歩いておれを出迎えにくるようになったら、見ものだろう。いまにあれの父鳥か、母鳥みたいな上品な姿で歩けるようになるかしら！」

暑さの度はますます加わってきた。正午になったのでそばかすは昼の食事をすませ、一時間か二時間、ベンチにすわって読書にすごした。

5　沼地の天使

たぶんかすかな物音でもしたにちがいない——その時のことを振り返ってみてもそ

ばかすには思いだせなかったが——とにかく彼が頭を起こした瞬間——茂みが二つに分かれそのあいだから天使の顔があらわれた。これまで、なんとも言えない美しい姿と声を持った聖者やニンフや妖精たちが、彼の大伽藍の通路に舞いくだったような思いをしたことは何度あったかしれなかった。

しかし、入り口の野バラをかきわけたのは、そばかすがついぞ夢にも見た事のない美しいものであった。これは現実であろうか。それとも、今までの夢と同じように消えてしまうのかしら？　そばかすは本をとりおとすと、立ち上がり、一心に見詰めながら一歩近づいた。それは血の通う人間だった。どこから見てもリンバロストの一族だった。一片の湿地の上に立ち、軽やかに身をゆすぶっているこの優美な少女にまさるしなやかさで、枝にとまる小鳥はないほどであった。ほっそりした姿は、かたわらの若木よりもまっすぐで丸味を帯びており、柔らかいふさふさした髪は、汗ばんだ額にまつわりつき、肩のあたりにくるくる波打っていた。そしてそれは梢をもれる金色の日光と一つになって輝いていた。目はいちはつのように深い青をたたえ、唇は狐火《きつねび》が燃えるように赤く、頬はそれをなぶる野バラの、繻子《しゅす》を思わせる花びらにまがうばかりだった。少女は信じきった様子でそばかすにほほえみかけた。

「ああ、よかったわ、あなたが見つかって！」

激しく打ち鳴ったそばかすの心臓は体を突き破って、少女の足元の黒い沼土にどさっと音をたてて落ちたようだった。その音がどうして少女に聞こえないかと不思議に思えるほどだった。もしもこの時少女が下を見たならば目にはいったろうにと、そばかすは本気で考えた。信じられないかのように、そばかすは震える声で言った。

「そいじゃ——そいじゃ、あんたはわたしをさがしてたんですか？」

「あなたが見つかればいいがと思ったのよ」と、天使《エンゼル》は答えた。「あのね、あたし言いつけを守らなかったもんで迷い子になってしまったのよ。鳥のおばさんから、おばさんが戻ってくるまで馬車の中にいるんですよって言われたの。だけど、おばさんは何時間たっても帰ってこないし、馬車の中はまるでトルコ風呂みたいだし、蚊にさされて、そこら中こぶこぶだらけになってしまってね、もうこれ以上は一分だって我慢できないと思った時、今まで見たこともないほど大きな『アジャックスあげは』がやってきたの。おばさんがどんなに喜びなさるか知ってたもんで、あたし追いかけていったの。それがとってもゆっくりと低く飛んでいくので、そら捕まえたと何度思ったか知れないわ。ところがいきなり木の上のほうへいって見えなくなっちゃったの。そしてあたしは帰り道がわからなくなってしまった、というわけ。一時間以上も歩きまわっていたんじゃないかしら。腰までぬかるみにはまっちまうし、腕は茨にひっかかれて、血がでるし、くたくたに疲れるし、暑いし、たまらないの」

少女はさらに茂みをかきわけた。見ると、汗でぐっしょり体にまつわりついた小さな青い木綿の服の胸のところにかぎざきができており、一方の袖は肩から肘まで口をあいてたれさがっていた。茨に刺されたため腕は血にまみれており、そのまわりに蚊が群れ集まっていた。レースの靴下に短靴をはいているのを見て、そばかすは息も止まるばかりに驚いた。リンバロストの森で短靴をはくとは！　そばかすは彼の苔じゅうたんから苔を一と抱え取ってきて、少女の前の泥土に埋めて足がかりとした。

「そこをどいて、あんたの立っているとこをわたしに見せてください。早く、さあ、命が惜しかったら！」

と、彼は命じた。

少女は、おうようにほほえんだ。

「どうして？」

「あんたをここにこさせた人は、蛇のことをなんとも言わなかったですか？」

「丸太道でマックリーンさんにお目にかかったらなにか蛇のことをおっしゃっていたようですわ。鳥のおばさんは革のゲートルをはいていらっしゃるのでしょうよ。あんな苦しいものってほかにはないくらいだわ。暑さでヘトヘトになってしまうのが関の山ですもの」

「そこをどいてくれませんか？」そばかすはうめいた。

少女は素敵な冗談でも聞いたかのように笑った。

「知らざあ言って聞かしょうが、ちょうどあんたの立ってるところにとぐろを巻いてたガラガラ蛇をわたしは殺したんだ。長さはわたしの背ほどあって、太さはこの腕ぐらいの奴をね。さ、これを聞いたらあんたもそう落ちついて立ってもいられまいが」

と、そばかすはなおもせきたてた。

「なんてかわいいアイルランド訛をおつかいになるんでしょう。あたしのお父さんもアイルランド人なの。だから血筋から言っても、あたしだってそのくらいはつかう資格があるわけだわ。そんなら――話して――聞かしょうが」

と、少女は真似て一語一語念入りに丸味をつけ、調子を強めて発言した。

そばかすは、気も狂わんばかりになってきた。おとといのちょうど今時分、ウェスナーをさんざん愚弄《ぐろう》したそばかすが、今や目にいっぱい涙をためていた。

「あんたにゃ危険の度合いがわからないんだ！」

そばかすは必死になって説きつづけた。

「あら、たいした危険なんかないと思うわ！」

湿地の上で少女の体はかしいだ。

「ここで一ぴき殺したからには、たぶん、もうこの近辺にはいないでしょうよ。それにとにかく、ガラガラ蛇っていうのは紳士だから、攻撃する前にかならず前ぶれをするって、鳥のおばさんがおっしゃってよ。あたしにはガラガラなんて音は全然聞こえないわ。あなたには聞こえるって言うの？」

「音さえしたらわかると言うんですかね？」

そばかすはいらいらした。

どんなに少女の笑い声がひびき渡ったことか！「わからないでどうしますか。まあ、あなたにミシガンの沼地をお見せしたいわ。あそこじゃ浚渫機《しゅんせつき》で一回泥をさらうたびにガラガラ蛇を三びきも四ひきもほうりだすのよ！」

そばかすは仰天した。少女は知っていたのだ。それでいて少しも恐れていないのだ。ガラガラ蛇が、約束をまもって、ガラガラ音をたててわきへよけるだけの時を与えてくれるものと信じているのである。アイルランド人がなににも増して尊敬を寄せる婦人の特性はその勇気にある。崇拝の気持ちをあらたにしたそばかすは、戦法を変えてでた。

「あんたにわたしの玄関からはいってもらいたかったたっけが、裏手へ到着しなすったからには、どうかここから中へはいってすわってくれませんか？」と、そばかすは手でベンチを指し示した。

エンゼルは、たちまちはいってきた。

「まあ、なんて素晴らしくて、涼しいんでしょう！」

彼の部屋を歩きまわるエンゼルの姿に、そばかすはひざまずかずにいるのに骨がおれた。足がふらふらしているうえ、伏し拝みたいという強い衝動に駆られたからであった。

「あなたがこの飾りをつけなさったの？」エンゼルはたずねた。

「そうです」と、そばかすはぽっつり答えた。

「誰かぜひとも大きなカンバスを持ってきて、この四方を写生すべきだわ。こんな美しいもの、あたし見たことがないんですもの！　あなたとここにいたいわ！　いつか、そうするわ、あなたさえよければ。でも今はね、もし時間があるならあたしと一緒に馬車を捜してくださらない？　鳥のおばさんが戻ってみてあたしがいなかったら、大騒ぎするでしょうからね」

「西の道からきたんですか？」と、そばかすは聞いた。

「そうらしいわ。鳥のおばさんに知らせにきた人が鉄条網が張ってないのはそこだけだって言ったのよ。あたしたち馬車をのりいれてきたけど、もの凄い道だったわ——切り株や丸太の上をごろごろ渡るし、ぬかるみに車の轂《こしき》まではまるし。でも、あなたは知っていらっしゃるわね。あたし、馬車の中にじっとしてればよかったんだけれど、だってとても飽き飽きしちまったんですもの。迷い子になるなんて夢にも思わなかったのよ。きっとひどく叱られるでしょうよ。あたし夏休みの間、半分は鳥のおばさんと一緒にでかけるの。その方が学校でおそわるよりもっとたくさんのことをおぼえて身につけることができるからってお父さんは言うの。今まで一度も迷い子になんぞなったためしがないのよ。だから最初おそろしいことになるんじゃないかと思ったの。だけど、あなたをみつけたからには、やっぱり愉快なことになりそうだわ」

「馬車の中じゃ暑くてたまんなかったのでしょう。何時間もじっと動かずに我慢するなんて、できるこっちゃないです。ぼくあんたのいた小径までつれてってあげます。そしたらあんたは馬車の中にすわってなさい。ぼくが鳥のおばさんをめっけにいってきますから」

　そばかすは自分が言いわけをしているのに気づいて、我ながら驚いた。

「そんなことをしたら殺されちまうことよ！　こんなに手間どっているのは、おばさんがなにかに焦点を合わせているにちがいないからなのよ。いいこと、焦点を合わせて草や水の中に何時間も身をひそめて、あたまの上からカンカン日に照りつけられ、いろんなものが這いあがってくる中で、やっとその鳥の機嫌がとれたと思った瞬間、誰かがやってきて、鳥がびっくりして逃げだしてしまったら——まったくおばさんは邪魔者たちを殺しかねないわよ。たとえ暑さであたしが溶《と》けてしまっても、あなたはおばさんを迎えになんかいっちゃだめよ。おばさんはきっと水ぶくれをこさえたり半分くらい食べられちゃってるにちがいないけど、気がすむまで決して動かないでしょうよ」

「そんならあんたの番をしているほうが安全ですね」と、そばかすは言った。

「それでこそものわかりがいいというものだわ！」と、エンゼルはわが意を得たりという顔だった。

「あんたの腕の手当てをさせてくれませんか？」そばかすはたずねた。

「どんなに痛いかおわかりになって？」と、少女は受け流した。

「少しはわかります」

「あのね、支配人のマックリーンさんが、僕の息子はきっとあそこにいるでしょうかっておっしゃって――」

「僕の息子ですって？」そばかすは叫んだ。

「そうおっしゃったことよ。そしてあなたがあたしたちにできることはなんでもしてくださるでしょうって。そしてあなたには命をまかせても大丈夫ですって。でも、あたし、あなたについてなに一つ知らなかったとしても、どっちみち、あなたを信用したでしょうよ。まったくあなたのお父さんは、ひどくあなたを自慢していらっしゃるのね」

「わたしにゃわからんです」

そばかすは呆然となった。

「よろしい、信用すべき情報がご入用の節はあたくし方へどうぞ。マックリーンさんはあなたのことが得意で、まるでイソップの寓話にでてくるあのひきがえるのようにふくれあがっていらっしゃるわ。あなたも腕をこんなにひどく怪我した覚えがあって、手当てをしてくださることができるなら、お願いだわ、してちょうだいな！」

少女は袖を折り返し、そばかすに腕を差しだした。それはどんな彫刻家ののみも及ばないほど、精巧にかたどられ、青白い浮彫宝石《カメオ》を思わせた。

そばかすは箱の鍵をあけ、木綿の布をとりだして引き裂いた。それから一番清いと思う水を捜してバケツに運んできた。少女は幼児のようにそばかすのなすがままに任せたので、彼は血を洗い落とし、ぞっとするようなぎざぎざの傷口にほうたいをした。手当ての仕上げとしてそばかすは破れた袖をほうたいの布に重ね、結び目はエンゼルに手伝ってもらって撚糸《よりいと》でしばった。

動かす指先は震え、一心のあまりそばかすの顔は緊張しきっていた。「少しはらくになりましたか？」と、彼はたずねた。

「あら、もうなおっちゃったわ！」と、エンゼルは叫んだ。「もうちっとも痛まないわ」

「それはよかった。だけど、家へ帰ったらすぐ医者のところへいって、ちゃんとしてもらうがいいですよ」

「まあ、面倒くさい。こんな小さなかすり傷ぐらいで!」と、エンゼルはあざわらった。「あたしの血はとってもきれいだから、三日もすればなおってしまうわよ」

「傷がひどく深いから、痕《あと》がつくかもしれない」そばかすは地面に目を落としたまま口ごもった。「そんな――そんなことになったらたまらないもの。医者ならなんとかそれを防ぐ方法を知ってるだろうから」

「まあ、あたし、そこまで考えてもみなかったわ!」と、エンゼルは叫んだ。

「そうだろうと思ったんです」そばかすはやさしく言った。「よくは知らないけど、たいていの女の子は気にするんじゃないですかね」

そばかすがなおも傍にひざまずいているあいだ、エンゼルは真剣に考えていた。突然、気短に体を振ると、美しい目をまともに向けたが、そのやさしい若々しい顔をかすめた微笑は、そばかすが今までに一度も見たこともない愛らしいものだった。

「心配するのはやめましょうよ」と、彼女は打ち解けた態度で言いだした。「痕にはならないわ、あなたがこんなに上手に手当てをしてくださったんですもの」

彼女の暖かいビロードのような腕の感触がそばかすの指先でうずいた。優美なレースや上質の白い織物が破れた服のあいだからのぞいており、指には美しい指環がはまっていた。少女のまとっているものはいっさいこの上ない立派な品であり、洗練された趣味のものだった。それにひきかえ、この震えおののくリンバロストの番人のほうはそまつな服装に木綿のボロきれと、沼の水を汲んだ古バケツを手にしているというでたちであった。そばかすは十分この対照に気づいており、それによって痛い気持ちを味わうだけのこまかい神経をそなえていた。

暗い苦痛の影をやどした目をあげたそばかすは、少女の目が澄み渡った、無邪気な純真なものであるのを認めた。その言葉は親切な、汚れのない、若々しい心からほとばしりでたものであり、その一言一言は本気で言われたのであった。そばかすはみじめな気持ちになり、立っている力さえおぼつかなかった。

「馬車を捜しにいかなくてはならないわ」と、エンゼルは立ち上がった。

そばかすは跳び立ち、棍棒をつかんで一歩一歩するどく警戒の目を放ちながら、先に立って進んだ。できるだけ丸太に近く歩いた。馬車はすぐ見つかった。そばかすはエンゼルのために道を開き、彼女が無事に乗り込んだのを見て安堵の息をついた。暑さは猛烈だった。エンゼルはじっとりした髪を頭からかきあげた。

「たまらないんですね。あんたは二度とここにくる気はないでしょう?」と、言うそばかすに、

「ええ、きますとも!」とエンゼルは答えた。「鳥のおばさんが言ってらしたけど、あの小鳥たちはひと月以上巣にいるのだから七週間か八週間のあいだ、二、三日おきにきては写真をとりたいんですって」

喜びのあまりそばかすはもうすこしで大声をあげるところだった。「そんならあんたも馬も二度と再びこんなほうからきて苦しい思いをすることはないですよ。東の小径からまっすぐ巣のところにいける道を教えてあげましょう。そうしたら、鳥のおばさんが仕事をしているあいだ、あんたはわたしの部屋へきていられるでしょう。あそこはたいていの時涼しいし、らくな腰掛けもあるし、水もあるし」

「あら、あそこに飲み水があったの？」エンゼルは叫んだ。「あたしあんなに喉がかわいて、あんなにお腹が空いていることってなかったのよ。だけど言うまいと思ったの」

「それがわかんないとは、わたしもなんて気がきかないんだろう！」そばかすは嘆いた。

「すぐに良い水を持ってきてあげます」そばかすは小径のほうへいきかけた。

「ちょっと待ってちょうだい」と、エンゼルが呼びとめた。「なんていうお名前なの？　あなたがいないあいだ、あなたのことを考えていたいの」

そばかすは褐色のかすりきずのついた顔を上げ、からかうようにほほえんだ。

「そばかす？」と、エンゼルは言い当てて笑いだした。「それじゃあ、あたしの名前は――」

「あんたのは知ってます」と、そばかすはさえぎった。

「そんなこと信じられないわ。では、なんていうの？」少女はたずねた。

「あんた、おこりませんか？」

「おこらないわ、とにかくお水をいただくまではね」

　今度はそばかすが笑う番だった。彼はばたばた音を立てる大きな麦藁帽子をさっと脱いで、少女の前に立つと、せい一杯のやさしさをこめて言った。

「あなたはほかならぬ沼地の天使《エンゼル》です」

　少女はうれしそうに笑った。

　いったん少女から見えないところへくるや、そばかすは小屋まで走りとおした。ダンカンのおかみさんは井戸から汲んできた冷たい水を、小さなバケツに入れた。そばかすはそれを右手の肘でかかえ、バタつきパンや冷肉、アップル・パイ、ピクルスなどぎっしりつまった籠を左手に持った。

「ピクルスを食べると涼しくなるんだよ」と、ダンカンのおかみさんは言った。

　そこでまたもや、そばかすは駆けだした。彼がいくとエンゼルは膝をついてバケツに手をさしのべた。

「ゆっくり飲むんですよ」と、彼は注意した。

「おお！」と、エンゼルは深い満足の息をついた。「なんておいしいんでしょう！　これを持ってきてくださるとは親切なんて言葉では言いたりないわ！」

エンゼルのまぶしいほどの微笑に、そばかすは目も眩んで立っていたが、ようやくものが見えるようになると籠を差しだした。

「あらまあ！　あなたこそ『エンゼル』って名前をつけたほうがいいわ。あたしの守護天使と言うのね」

「そうですよ。ぼく、毎日そうなろうとしてるんだが、きょうは特別そうなりたいです」

「エンゼルは姿や形には関係ありませんわ」少女は笑った。「あなたのお父さんが言ってらしったけど、あなたは殴り合いをなさったんですってね。でも、そのわけもおっしゃったことよ。あたしもうちの父をあなたのお父さんみたいに得意にしてやれたら、よろこんであなたの切り傷やすり傷をいただくことよ。あなたのお父さんの気取りようといったら！　あたし、あんな鼻たかだかとしている人見たことがないわ」

「わたしを自慢にしてるって言ってましたですか？」驚いてそばかすは問い返した。

「口にだして言う必要はないわ。毛孔一つ一つから得意さが吹きだしていたことよ。あなた、ご自分のご馳走を持ってきてくださったの？」

「わたしの食事は二時間も前にすましちゃったんです」

「ほんとう？」と、エンゼルはひやかした。

「ほんとうですとも！　それ、あんたのために持ってきたんです」

「ねえ、あたしがどんなにお腹をすかしているかおわかりなら、あたしがどんなにありがたく思っているかもよくわかってくださるわね」

「そんなら食べてください」と、うれしそうにそばかすは叫んだ。

エンゼルは大きなカメラの上にすわり、馬車の座席に弁当をひろげてそれを二つにわけた。一番おいしそうなところを選んで注意深く箱にもどし、残りを自分が食べた。そばかすは彼女が沼地の人間であることを再び認めた。なぜなら彼女はほとんど飢えきっているにもかかわらず、食物の扱いが彼の小さな黄色の友だちにおとらず上品で、その動作がすべてらくらくとしていて愛らしかったからである。そばかすはむさぼるような目つきで少女を見守りながら、自分の鳥や花や本のことを語って聞かせた。そうしながらも自分がなにをしているのかわからなかった。

深い水溜りへ馬をつれていくと、苦しい目にあってきた馬は夢中で水を飲み、胴体のみみずばれをそばかすが草で拭ってやると、愛情をこめて鼻をこすりつけてきた。ふいにエンゼルの「鳥のおばさんが帰ってきた！」という声が聞こえた。

そばかすは鳥のおばさんが戻る前に去るつもりだったが、今になってみると、いてよかったと思った。これほど暑そうな、これほど疲れきった、これほどひどく虫に刺された人を見たことがないくらいだったからである。彼女はカメラや付属品の重荷でよろめいていたので、そばかすは助けに飛んでいき、持てるだけの荷を受け取って馬車の後ろに積み込み、おばさんを馬車にたすけ乗せた。エンゼルは水を与えるやら、ゲートルをほどくやら、顔を洗うやらしてから食事をすすめた。エンゼルが知っており、そばかすは馬をつれてきた。馬具のつけ方がよくわからなかったがエンゼルが知っておりまもなく一同は沼地を離れた。そこでそばかすは外からあの鳥のいる木のところへはどんなふうにしてきたらよいかを教え、馬をつなぐのにもっと涼しい場所を示し、この次にくる時、エンゼルが待っているあいだ、彼の部屋へくるよう道順を告げた。

鳥のおばさんは食事をおわり、疲れて口もきけない様子で後ろにもたれていた。

「ひよっこの写真はとれましたか?」と、そばかすはたずねた。

「うまくいきましたよ！　よいポーズをとってくれましたんでね。けれど母鳥のほうはどうしようもなかったんですよ。機嫌をとらなくちゃならないでしょうよ」

「大したことだなあ」と、そばかすは口の中でつぶやいた。

鳥のおばさんは、だいぶ気分がよくなり、

「あなたはどうしてあの禿鷹の雛を『ひよっこ』と言うの?」と、興味をおぼえた様子で、そばかすのほうへ身を乗りだした。

「そう呼びはじめたのはダンカンのおじさんなんです。あのね、冬のきびしい寒さのあいだじゅう、沼地の小鳥たちは飢え死にしそうになったんです。ここはひどく淋しいところで、わたしの仲間といえば鳥だけだったんです。それで食べものの残りや穀物を持っていくようになったんです。ダンカンのおじさんは物惜しみしない人なもんで、自分のとこのニワトリのえさの中から麦だのとうもろこしだのをわたしにくれて、小鳥たちをわたしの沼地のひよっこだって言ったんですよ。それからあの大きな黒い奴らがやってきた時、支配人さんがあれはヨーロッパで『ファラオのひよっこ』と呼ばれている種類に一ばん近いんだと言いなすって、『そばかすのひよっこ』って名をつけなすったんです」

「すばらしいっ！」と、鳥のおばさんはよごれた赤い顔を興味で輝かしながら叫んだ。「なにかときどき射《う》ってやらなきゃいけませんよ。生き餌がいるんですからね。私もこんどはもっと食べものを持ってきますからね。私、この写真をひと組とってしまうまで、鳥があのままいるように手を貸してくださるなら、私のとった一枚一枚を綴込み帳にはりこんだのをあげますよ」

　そばかすは息を呑み込んだ。

「できるだけのことをやってみます」と、約束したそばかすは、心の底からそのつもりだった。

「もう一つのほうの卵はかえるかしら？」鳥のおばさんは心配した。「かえらないいんじゃないかと思うんだけど。きょうは殻を破っていなければならないはずだ。なんてまあ美しいんでしょうね！　私は卵もあんな雛も見たことがないんですよ。こんな遠い北国では珍しいですものね」

「マックリーンさんもそう言ってなさいました」とそばかすは言った。

立ち去るまえに、鳥のおばさんはエンゼルと自分への、そばかすの親切に礼を言って、別れる時そばかすと握手した。そばかすはこの人をもまた好きになれることをうれしくも悟った。二人が馬車を駆っていってしまった後にも、そばかすは自分に片手がないことを、あの二人が気がついたかどうかさえ思いだせなかった。生まれてはじめて手のことを忘れていたのだった。

帰路にむかいながら、エンゼルは彼女が迷いこんだあの小さな楽園の一角と、自分の新しい名前のことを鳥のおばさんに話した。鳥のおばさんはエンゼルをしげしげと眺めて、その名にふさわしいことを見てとった。

「マックリーンさんに息子がおありになるなんて知ってらしったこと？」と、エンゼルは聞いた。「あの人のちょっとした訛とあの言い方をよじるところ、とってもかわいかありません？　それに自分のお父さんのことを『マックリーンさん』と呼ぶなんて、いかにも昔ふうで変わっていることね？」

「珍しくいいことですよ」と、鳥のおばさんは、エンゼルの最後の言葉からさきに返事をした。「私はね、今どきの青年たちがえらそうに自分の父親をば、やれ『とうちゃん』の『大将』の、やれ『じいさん』の『親爺《おやじ》』のって言うのにはうんざりしているもんでね、あの子の尊敬のこもった謙遜な態度が宝石のように立派に思われて私は心を打たれましたよ。あの青年にはどこか人並みすぐれたところがある」

しかし鳥のおばさんは自分が数年にわたり知り合っており、誇らしげにそばかすの父と名乗る、その人が独身者でありスコットランド人であることは、エンゼルに告げる必要がないと思った。鳥のおばさんは自分に関すること以外には絶対に口をださない主義だった。

そばかすは、小径を戻りはじめたが、野茨《のいばら》の繁みに出会うたびに足をとめて、繻子のようなピンクの花びらを眺めた。彼女が自分の世界の人間でないことはなににましてもよくわきまえてはいた。だがあの少女は自分の天使《エンゼル》になってくれるかもしれないのだ。そばかすが夢みるのは盲目的な無言の崇拝にほかならなかった。生涯で最も幸福な日を終えたそばかすは、その夜、目に見えない力に引かれて沼地へ引き返した。あのウェスナーが仕返しをすることはわかっていたし、彼がブラック・ジャックにけしかけられるだろうということもほぼ確実だった。しかし恐怖はそばかすの幸福な胸から逃げだした。自分は信頼に背《そむ》かず、支配人の尊敬をかち得たのだ。エンゼルの出現で湧きでた清らかな崇拝のほとばしりを、誰一人、自分のこの胸からぬぐい取ることはできないのだ。最善をつくし、自分の力を信じて、おそかれ早かれ訪れるにきまっている恐ろしい日にそなえよう。そばかすはてきぱきと鉄条網を叩きながら元気よく小径を歩き、たとえようもない優しさのこもった声で歌った。

開墾地にさしかかったそばかすは、にわかに明るい月光の中へでた。見るとマックリーンが彼の牝馬にまたがっていた。そばかすは急いでそばへいき、

「なにか起こったんですか？」と、心配そうにたずねた。

「それはこっちで聞きたいことだよ」支配人は答えた。「休む前にちょっとお前に会おうと小屋に寄ったところが、こっちのほうへでかけたと聞かされたのだ。こんなことをしてはいかんよ、そばかす。沼地はいつの時でも健康にはよくないが、夜はおびただしい毒気があるからな」

そばかすはネリーのたてがみを指で梳きながら立っており、美しい牝馬は撫でてもらおうと頭を彼のほうにねじ向けた。そばかすは帽子をあとに押しやり、マックリーンの顔をまっすぐに見た。「今じゃ夜の目も眠らないというところへきてるんです。この、一、二週間はなにごとも起こらないつもりですが、必ずじきに起こります。わたしが支配人さんと自分に誓ったとおり約束を守ろうとするなら、仕事場の人たちがくるまで、ほとんどここを離れるわけにはいかないんです。支配人さんもそれはわかっていなさるでしょう」

「残念ながらそのとおりだよ」と、マックリーンもみとめた。「そこでだ、われわれ

がここにくるまで見張りを倍にすることにしたのだ。あともう一、二週間のことだし、それに僕はお前が案じられてならないのでこれ以上お前を一人きりにしておくわけにはいかないのだよ。もしもお前の身になにごとか起こったら、僕の生涯で一ばん大事にしている計画が一つ台なしになってしまうのだ」

第二の番人をおくという提案を聞いてそばかすはひどくあわてた。「ああ、やめてください、やめてください、マックリーンさん」と、彼は大声をだした。「絶対にょしてください！　知らない人間にまわりをうろつかれて、わたしの鳥たちを嚇《おど》して追っぱらわれたり、おれの『書斎』に入りこんだり、いろんな点でわたしの邪魔をされるなんぞどんなに給金をくれるからって、ご免です！　わたしだけで支配人さん、番人は十分です！　忠実につとめますから！　木一本そこなわずにこの土地をお渡ししますから——命にかけて守りますから！　ああ、べつの者をよこして、みんなからわたしが臆病者になってしまって助けをたのんだなんて言わせないでください。そんなことになったらわたしの名誉を殺しちまうことになるんですから。たった一つわたしの欲しい物は銃をもう一梃《いっちょう》です。ことが起きた時、弾薬包みが六つじゃたりないし、それにわたしは弾丸をこめるのがのろいですから」

マックリーンは腰のポケットに手をやり、ピカピカ光る大型のピストルをそばかすに渡した。それをそばかすはすでに帯革にさがっているのとならべて吊るした。しばらくマックリーンは思いに沈んですわっていたが、ついに口を開いた。

「そばかす、人の心にひそむ才能はなにものかに深くきり込まれ、その木目をむきだしにされるまではわからないものだ。お前は立派な家具になるだろうよ。そして、このさき何週間かお前の好きなようにやるがいい。そのあとで、僕はお前を町にやって教育するつもりなのだよ。そしてお前は僕の息子、僕の子供——僕の、ほんとうの息子になるのだ！」

そばかすはネリーのたてがみに指をからげて、身をささえた。

「だけど、どうしてそんなにしてくださるんですか？」と、そばかすはためらいながら聞いた。

マックリーンは、そっと少年の肩に手をまわして抱きしめた。

「どうしてって、お前がかわいいからだよ、そばかす」

そばかすは真っ青な顔を上げた。「神さま、ああ」彼はささやいた。「ああ、神さま！」

マックリーンはさらに固く抱きしめたかと思うと、小径を去っていった。

そばかすは帽子をとり、空を仰いだ。明月が見おろし、沼地一面に銀の光を投げていた。リンバロストの森は夜の歌をうたい、沼地は静かに風の中でそよいでいた。夜飛ぶいきものが顔をかすめていったが、そばかすはなおも上を見あげたまま、自分の身に起こった事柄を考えきわめようとした。空からはなんの助けもくだらなかった。空はいかにも遠くへだたり、冷たく、青かった。花は咲き、天使は歩み、愛の見いだされる地上のほうがずっとよかった。しかしこのような奇蹟を与えてくださった高いところにいます神に、感謝をささげねばならない。そばかすの唇は動き、静かに話しはじめた。

「わたしに一つ一つよい物をくだすってありがとうございます。とりわけあの羽根を落としてくだすってありがとうございます。なぜなら、たとえあれが天使から脱け落ちたものでないにしろ、あの羽根が天使をひきよせてくれたからです。それからもしあなたの大きなお心の中に、このうえとも、わたしになにかしてくださるおつもりがあんなさるなら、おお、どうかエンゼルをよく守ってください！」

6　ブラック・ジャック

そのあくる朝、言うに言われぬ幸福な気持ちでそばかすはリンバロストの森を巡回した。鉄条網を叩きながらひっきりなしにいろいろな歌をうたった。嬉しさが胸いっぱいで目には涙が光っていた。思いをマックリーン支配人とエンゼルの二人に公平にわかとうと一生懸命努力した。支配人の今までの恩も、また昨夜、言い渡された事柄や約束がいかに重大であるかも十分にわきまえていた。そばかすは自分のこの責任を果たし、それから次に支配人が自分に適当と思って与えてくれる仕事をなんであれ、今に劣らぬ熱意でやっていこうと考えていた。ウェスナーとブラック・ジャックが、自分をだし抜くために張りめぐらすどんな企みにも応じられる準備を、整えておきたいとも思った。そばかすには二人が二重の利益をつかもうとしていることがわかっていた。木を一本でも伐り倒すのに成功すれば、大儲けができ、そのうえにマックリーンは賭けを払わねばならないからである。そばかすは眉をひそめて真剣に考えようとしたが、揺れる野バラの一つ一つからエンゼルが彼を手招きしているのだった。蛇川クリークを渡ると、いつものように待ちかまえていたオウゴンヒワが「見たか？」と、呼びかけてきたが、そばかすの目にうつったのは鳥のかわりにエンゼルのしとやかな姿だった。自分の手足をばらばらにし、それを沼地一面にまきちらして、いたるところでなまなましい思い出の種を突きつけるような天使を、男としてどう扱ったものだろうか？

そばかすは日を数えてみた。第一日は鉄条網をたたき、とりとめもなく歌をうたったり、空想にふけったりするほか、ほとんどなにもできないが、今週ふたたびエンゼルがくる前にはいろいろしておこう。エンゼルに見せるために自分の本を全部沼地にはこんでおこう。花壇を仕上げ、部屋を前もってたててあった計画に一分一厘のくるいなくととのえて、妖精も羨むようなあずまやとしよう。水を冷たくしておく工夫もしなくてはならない。ダンカンのおばさんに頼んで、エンゼルが今度くる日にはお弁当を倍にして特別おいしいものを作ってもらおう。そうすれば鳥のおばさんが手間どってもエンゼルは飢と喉のかわきで苦しまずにすむから。小径をぐるっと案内するのに頑丈な革のゲートルを持ってくるように言わなくては。わたしの雛たち全部とちかづきにさせてやり、その巣を見せてやろう。

境界線をまわりながらそばかすはしきりにエンゼルのことばかりしゃべった。「おれがくる日もくる日もこの境界線へ一人でやってくるからといって、いつもいつもそうとはかぎらないんだぞ」と、彼はオウゴンヒワに言いきかせた。

「近頃お前はこの鉄条網の上で、からだを揺すり、おれの姿が見えると、体を振ったり跳ねたり、ふざけまわったりしたあげく、『見たかっ？』なんて威勢のいい声を張りあげるだろう。わたしは言うんだ、『見たかだって？　お前をかい？　とんでもないあの人を見たか？』ってね。お前が見ると、そこにあの人が立ってるんだ。日光はもはや金色には見えないし、バラは桃色じゃないし、空は青く見えない。なぜってあの人こそみんなの中で一番桃色で青くて金色をしているからだ。お前はやきもちをやいて声を嗄《か》らしてわめくだろう。鋸鳥は首をのばしすぎて骨の番いをはずしちまうだろうし、花はみんなあの人のほうを向いてしまうにちがいない。あの人がいったところはどこであろうと、おれはあとでもう一度戻ってみるし、あの人の見たものを見、あの人の歩いた道を歩き、あの人の言った言葉を繰り返す草の葉のささやきに耳をくっつけて聞こう。そしてもしもあの人の小さい足があまりにぬかるみがひどいところへきたら、ああ、神さま！——たぶん、たぶん、あの人は美しい腕をおれの首にまきつけて、わたしに抱えて渡らせてくれるかもしれない！」

そばかすは寒いかのように身震いした。棍棒をくるくる空に投げあげて、巧みに受けとめ、ブンブンまわした。

「この生意気な馬鹿者めっ！」そばかすは大声をあげた。「抱えて渡ろうなんて大それたことだぞ。あの人の足で踏みつけてもらうんだ。そうさせてもらうだけでも大したことなんだぞ。

きっとあの人はおれの青と茶色の鳥たちがひよっこを育てた茶碗を欲しがるかもしれない。それから池のところに足をとめて、あの親切にも人間の言葉につうじるようななきごえで、おれに分別を教えてくれたひきがえるを見たいとも思うだろう。その日に、もしかして羽根が落ちてくるとすれば、たしかにおれの雛どもの翼から抜けるものなんだ。——だって天国の門の外にでているたった一人の天使《エンゼル》が、この境界線をお歩きあそばすっていうんだもの。そのひと足ごとにおれは息もとまる思いで、あの人が今にも翼をひろげて、おれのひもじがってる目の前で飛んでっちまわないようにと祈ってるんだ」

こうしてそばかすは、夢を追ったり、計画をたてたり、境界線に警戒の目を光らせたりした。日を数えるだけでなく、一日一日の時間までも計算した。その一刻一刻がエンゼルを近づけてくれるのを数えながら、そばかすはエンゼルを待つ喜びでうれしさが高まる一方だった。例の黒い雛たちのために日ごとなにかしらおみやげを大きなニレの丸太のところに置いていった。また通りかかるたびに鉄条網をくぐって、黒い雛たちがなにかに苦しめられていないか、確かめにいった。ずいぶん遠い道だったが、蛇や鷹やあるいは狐が雛鳥を見つけやしないかと、心配のあまり一日に何回も見回った。というのも、今ではそばかすの鳥に対する興味のすべてが、この雛たちに集中してしまったばかりでなく、この雛たちこそエンゼルを引き寄せた動機をつくってくれたからである。

きっと鳥のおばさんが欲しがっている材料をほかにも見つけてあげられるかもしれない。あの馬方はその兄弟が巣を一つ見つけるたびに、鳥のおばさんのところにいくと言ったっけ。自分は幾つぐらい巣を知っているか数えたことがないが、沼地の鳥の中にはおばさんにとって珍しいものもあるにちがいない。

リンバロストの鳥たちは彼らの自然の敵は別として、ほとんど害をこうむることがなかった。この鳥たちの雛の中には黒い雛におとらず奇妙なのが見つかることだろう。おばさんが育ちざかりの鳥の写真をとりたいというなら、朝、境界線をひと回りしただけでも五十羽手に入れられる。雛たちの目があいた時からずっと餌をやり手にとり、付き合ってきたのだもの。

春の間じゅうそばかすは、草や繁みで昆虫類や這いでる虫けらが目につくたびに摑まえておき、行き当たった雛の大きくあけた口に落としてやるのだった。雛たちは自然の養い手に、さらにもう一人あらわれたこの妙な第三の親をよろこんで受け入れた。その週の終わりには、そばかすの部屋は虹の色にもまがう新鮮な植物で輝いていた。小径のひどいぬかるみには残らず、樹皮を持っていってうずめた。

七月もなかばとなった。この数日の暑さで、リンバロスト周辺の水がぜんぶ涸れてしまったために、どの方向へなりと歩いて渡れるようになった——どの方向とは言っても、草木や繁みがはびこり、からまり合っている中で、西も東もわからなくなる、ということがなければばである。いつもにも増して鮮やかな色の花が開き、巨大な樫や、ニレのてっぺんからノウゼンカズラが豪華な紅く光る金色のラッパ形の花をみせびらかし、下を見れば、池ぜんたいがゼニアオイの花で一面に桃色に染まっていた。

暑さのためにもう一つ、善良なアイルランド人のそばかすを身ぶるいさせることがあった。湿地が干あがったのであの住民たちは、もっと涼しいところを求めて、沼地の奥へ移っていった。彼らは暑さもいやだったが、自分たちが定めた場所の野鼠やモグラや子兎などをあとに残していくのも心もとなかった。暑さが烈しくなるにつれ、毎日のようにそばかすはこの住民たちが小径を突っきっていくのを見た。情けないことにガラガラ蛇は行儀作法を忘れてしまって、何の前ぶれもせずあとからガラガラ音を立てることさえ思いつかなかった。そばかすは大切にしている雛たちの巣から大きな黒蛇や青蛇を追い払わない日は一日としてなかった。親鳥のけたたましい悲鳴が境界線からはるかへだたったそばかすの耳に届き、一散に駆けていって雛たちを助けてやることもたびたびだった。

そばかすがエンゼルの姿を目にしたのは馬車が丸太道を折れ、開墾地に入ってきた時だった。エンゼルたちは沼地の西側の入り口でとまり、そばかすに小径を案内してもらおうと待っていた。自分が先に立てば馬にとって一ばん安全だからと前もってそばかすに言われていたからである。一同は東へと境界線をつたい、大きな雛のいる木の真向かいの地点についた。そばかすはカメラを運びだし、鳥のおばさんを鳥のいる丸太へと彼がきり開いておいた道を案内した。暑さが蛇にあたえる影響のことをおばさんに話してから、そばかすはそっと雛鳥のところに戻って明るいところに連れてきた。カメラを据え付けているおばさんは、そばかすが境界線の小鳥たちのことを話すと目を丸くして、信じられないというふうにまじまじと彼の顔を見つめた。

馬車はそばかすが東の入り口の木蔭に移し、馬を彼のよく知っている北のほうのもっとよい場所に連れていくことにした。それから鳥のおばさんの仕事がすむまで、エンゼルを自分の部屋なり、小径なりで、もてなしていいのだった。

「時間はほんのわずかしかかからないでしょうよ」と鳥のおばさんは言った。「もうカメラの位置もわかりましたし、雛もだいぶ大きくなったからおとなしくしているし、そうかと言って逃げだしたりわるさをするには小さすぎるというころですからね。早くきりあげて、巣のほうを見にいきましょう。種板《たねいた》を十枚持ってきたから、雛には二枚以上使わないようにしましょうよ。そうすれば今朝はなにか巣か若鳥を幾つかとれますからね」

そばかすは、自分の夢がこんなに早く実現したので躍りあがらんばかりだった。境界線を歩いていく彼の後ろからエンゼルがついてきた。そばかすは先に立って歩いてご免なさいと言った。小径がエンゼルにとって安全かどうかを確かめたかったからである。エンゼルは彼の心配を笑いとばし、「とにかく、そんなにしてくださるなんて、礼儀正しいこと」と言った。

「ああ、そんならあんたはやっぱり知ってなすったんですか？　じつはね、知ってなさらんと思ったもんで、わたしが先に立ったりして、わたしのことを失礼だと思やしないかと思ったんですよ！」

びっくりしてエンゼルはそばかすの顔を眺めたが、その目におさえきれないアイルランド人の茶目っ気が輝いているのを見ると、二人は立ち止まって一緒に笑いだした。

その朝そばかすは自分がどんなふうにしゃべったか自分ではわからなかった。エンゼルに境界線にある美しい巣や卵をたくさん見せた。その中のいくつかはエンゼルの知っているものであったが、知らないものもいくらかあったので、二人は卵の数や色、巣の材料や構造、鳥の色や大きさ、形などを書きとめておき、本で調べることにした。

部屋にきて、張りだしている繁みをかきあげ、退《の》いてエンゼルをくぐらせた時、そばかすの心には時や場所の観念がなくなっていた。「書斎」は一週間前よりもきわだって美しかった。エンゼルは思わず息を呑んでまず一方の側を、ついでもう一方の側を眺め、それから大伽藍の通路はるかに目をやった。

「これこそ妖精の国だわ！」エンゼルはうっとりと叫んでから、ぐるっとこちらを向いて、その作品を眺めたと同じ目付きでそばかすを見つめた。

「あなたは何になるつもりなの？」

エンゼルはゆっくりとたずねた。

「なんでもいい、マックリーンさんの希望しなさるものになるんです」

「たいてい何をしていらっしゃるの？」

「境界線を見張ってるんです」

す」

「あたしの言うのは仕事じゃないのよ!」

「ああ! 暇な時には部屋をきちんとしたり、本を読んだりしてるんです」

「部屋に一ばん力を入れていらっしゃるの、それとも本のほう?」

「部屋はただ維持していくだけのことをして、あとの時間をそっくり本に当てるんです」

エンゼルは、鋭くそばかすを見やった。

「それじゃあ、きっとあなたは偉い学者になるかもしれないわ。でもそんなふうには見えないわね。あなたのお顔はそういう向きじゃないわ。だけど、なにかしら大きな——こう偉大なものがあるわ。それがなんだか、あたし、どうしても見つけださなくちゃ、そうしたらあなたはそれに向かって努力しなければだめよ。あなたのお父さまはあなたがなにかひとかどの仕事をすると期待していらっしゃるのよ。それは話しぶりでわかるわ。あなたは今すぐに始めなければいけないことよ。これまでにもうずいぶん時を無駄にしてきたんですものね」

哀れなそばかすはうなだれてしまった。これまで一時間として無駄にするような自分の時間は、一度としてなかった。

熱心にその様子を観察していたエンゼルは、そばかすの表情で彼の思いを読みとった。

「ああ、あたしが言うのはそういう意味じゃないのよ！」十六歳の少女らしくエンゼルはまったく途方にくれてしまった。

「むろん、あなたは怠けものではなくってよ！　あなたを見れば誰だってそんなこと思う人はないわ。あたしの言う意味はこうよ。あなたのお顔にはなにかすぐれた、強い力に満ちたものがあるの。なにかあなたがこの世界ですするはずのものがあるの。だからそのほかのことでいくら一生懸命努力しても、またそれでいくら成功したとしても、あなたが自分の一番の値打ちをだせるそのただ一つの事を見つけるまでは、なにもかも無駄だということなのよ。かりにこの世になんにも絆《きずな》がなくて、どこへなりと好きなところへ行けて、好きなことをしていいのだったら、あなたはなにをなさる？」

エンゼルは追求した。

「そしたらシカゴへいって第一監督教会の聖歌隊にはいって歌うのです」即座にそばかすは答えた。

エンゼルはぽんとベンチに尻餅をつき――脱いで手にしていた帽子は、ころころとその足元へ転がった。

「そうらね！」エンゼルはたいへんな勢いで叫んだ。「あなたが何になるかはわかったでしょう。あたしなんかは何にもなれないのよ。あなたは歌えるんですって？　もちろん歌えますとも！　あなたのからだ全体に書いてあるわ」

（この人が歌えるってことはべつに聞かなくったって、のろまにだってわかるわ）エンゼルは思った。（指のほっそりしているところや、素早い神経質な触れかた、美しい髪、目の輝き、広い胸、喉や首の筋肉、ことに声の抑揚《よくよう》一つ一つにはっきりそれがあらわれている。だってこの人が話している時の声でさえ、人間の喉からと思われないくらい美しいのだもの）

「あたし、お願いがあるんだけど！」エンゼルは言った。

「あんたがしろと言いなさることなら、どんなことでもします」とそばかすは大きくでた。「あんたのお願いどおりにできないことなら、わたし、すぐにそれと取り組んで、できるまでやってみます」

「いいわ、約束よ！　あそこの生垣《いけがき》のところに立ってなにか歌っていただきたいの。なんでもいいわ、最初に考えついたものをね」

そばかすは青々とした緑を背景にした褐色、真紅の土手から、エンゼルと向き合って立ち、空を仰いで最初に心にうかんだ歌をうたった。それは孤児院で彼が子供たちに指揮した童謡で、さっきエンゼルが口にした感嘆の言葉で思いついたのだった。

妖精の国へ、さあ、いこう
喜びの歌をうたいつつ

ヘイオー。
かしこの岸辺に立てば夢の中
王国すべて見はるかす
見るもまばゆい光景は
妖精の国のものなのだ。
さあいこう、探検に
その美しさをきわめよう。
おお、トラララ、おお、ハ、ハ、ハ
たのしいわれら、たのしいわれら
歓迎の歌を長びかせ
　妙なる調べで迎えます
おお、妖精の国、美しき妖精の国よ
われらのうたう――

そばかすの熱をおびた美しい、しかもユーモラスな声の真価がこれ以上見事に発揮されることはあるまいと思われるほどだった。彼はすべてを忘れ、ただ自分の声のなすわざへの誇りあるのみだった。そばかすが合唱の部分を歌いエンゼルが恍惚として身を震わしている最中に、カッ、カッと鋭くきざむ、あわただしい馬蹄が小径の北から響いてきた。二人は入り口に跳びだした。

「そばかす！　そばかす！」

鳥のおばさんが呼ぶと同時に彼らは小径にでていた。

「そのピストルは二梃とも弾丸がこめてあるの？」と、おばさんはたずねた。

「あります」そばかすは答えた。

「この沼地を突っきって、音を立てないようにして、二、三分であの雛鳥の木のところにいける近道はないかしら？」

「あります」

「では大急ぎでいきなさい。エンゼルをわたしのあとに乗せてやってちょうだい。わたしたちはさっきあなたがたがこの馬をつないどいた場所に戻って、待ってますからね。わたしは雛鳥のほうをすぐに済ませて巣の中に戻してやったんです。母鳥がそばへやってきたのできっと丸太の中へはいるにちがいないと思ったものですからね。光線の具合は申し分ないし、カメラの焦点を合わせて枝をかぶせてから長いホースをつけて、わたしは三十メートルばかり離れた繁みの中にかくれて待っていたのです。そうしたら背の低い肥《ふと》った男と、背の高い色の黒い男がわたしのすぐそばを、手をのばせば触れられるぐらいのところを通っていったのです。二人とも、大きな鋸をかついでね。そして昼近くまで仕事ができる、それからそばかすがとおって、見えなくなるまでかくれていて、夜になったら積みだそうと話しているのですよ。二人はどんどん歩いていって——全然見えないところまでいかないで——木を伐りはじめたんです。先日マックリーンさんから、ここでそんなことが起こるかもしれないし、あの男たちがあの木を倒したらマックリーンさんはあなたに賭けた賭けに負けるのだとおっしゃいましたからね。東北ですよ、急いでね。馬車のところで会いましょう。わたしはいつも武装しているから、この子にあなたのピストルを一つやって、もう一つのをあなたのにしておきなさい。みんなばらばらに分れて別々の方向からそっとあの男たちのほうへ忍び寄って、一斉射撃を浴びせて追っ払いましょう。さあ、早く！」

鳥のおばさんは手綱を取りあげると元気よく小径をくだっていった。エンゼルは無帽のまま、目を輝かせながらおばさんの腰にしがみついていた。

そばかすは向きを変えて走りだした。用心に用心を重ねながら、足音をたてないように大枝や繁みをよけて進み、自分の姿を見せてならないとあれば、できるだけ男たちがいそうなところから離れるようにした。走りながらそばかすは考えた。これから打ち向かうのは復讐に燃えたウェスナーで、この地方の誰か、荒くれ男の援《たす》けをかりたのだ。それは今始まった考えではなかったが、自分のことで二人の婦人まで巻き込もうとは夢にも思ったことはなく、たとえ鳥のおばさんが手伝ってくれると申しでたにしても自分があの二人を保護すべきだったのである。走っているうちにこれまでになくそばかすの胸は不安に騒いだ。鳥のおばさんの計画に従って馬車のところで会うことは会うが二人とも本気で自分を援けるつもりでいるにしても、そうさせてはならない。おれを守るためにエンゼルにピストルを扱わせるのだって？　とんでもない！　リンバロストじゅうの木をなくしたっていい、いけない！　エンゼルは自分を射ってしまうかもしれないし、注意して見回すのを忘れ蛇を踏んでしまうかもしれない。蛇は特別、今朝は振る舞いがかんばしくないのだ。そばかすは疾走しながら物凄い微笑を洩らした。

馬車のところへ着いてみると、鳥のおばさんとエンゼルは馬を馬車につけ、道具類を積み込み、静かに待っていた。おばさんの手にはピストルが光っていた。おばさんは黒っぽい服装をしていたが、エンゼルは明るい色の洋服なので、前側にヴェールを留めた。

「この子にそのピストルを一梃やってちょうだい、早く！」鳥のおばさんは命じた。

「ちょうどよい射程距離に入るまで、そっと忍び寄るのですよ。くさむらは深いし、あの男たちは仕事に夢中になっているから、音さえたてなければ、わたしたちに気がつきっこありませんよ。まず、あなたが射つんですよ。それからわたしがこちらから射ち込みますからね、そうしたらあなたの番ですよ。それでひどく高いところか、そうでなければいっそごく低くねらって射つのですよ。実際に命中させてはいけないからね。あの臆病者どもを面白い目にあわせるだけのことをすればいいのよ。追い払ってしまうまでつづけるんです」

そばかすは反対した。

鳥のおばさんは手をのばすと、そばかすのバンドから小さいほうのピストルを抜き取り、エンゼルに渡した。

「気をしっかり落ちつけるのですよ。足元に注意して、高く射つんです。自分のいるところからあの男たちを目がけてまっすぐに狙うんですよ。まずそばかすが射つまで待って、それから、わたしが射ったらすぐにつづくのです。そうしてあの連中にこちらが大勢だと思わせるんです。さあ、あなたはマックリーンさんの賭けをまもりたいと思ったら、いきなさい！」と、おばさんはそばかすに命令した。

そばかすは、身も世もない一瞥《いちべつ》をエンゼルに投げると、そのまま東のほうへ駆けだした。

鳥のおばさんはまん中の位置をえらび、向こうへいこうとするエンゼルに、腹ばいになり高いところを射つのですよと注意した。

くさむらの中をくぐっていくうちに、鳥のおばさんは予定以上に近づいてしまったが、見とおしのきく場所を探し当て、そばかすの発砲を待った。息づまる沈黙がつづいた。男たちはひと息入れた。沼地の暑熱にうだりながら手鋸《てのこ》一梃では仕事も骨が折れた。休んでいるうちに、大きな色の黒い男のほうがポケットからビンを取りだし、鋸に油を引きはじめた。

「おれたちゃ、じいーっと静まってなきゃならねえよ。あの番人の畜生が昼の食事にいっちまうまで伐り倒すなあ、待ってるんだ」

再び二人はかがんで手入れにかかった。そばかすのピストルが火を吐き、弾は鋼鉄にあたった。ウェスナーの手から鋸の柄が吹っ飛びその衝撃でウェスナーはよろめいた。ブラック・ジャックが恐ろしいけんまくでののしりながら身を起こしたとたん、離れた北東の方からヒューと彼の帽子をさらっていった。鳥のおばさんを待たずにエンゼルが射ったのであった。しかもその弾はどう見ても高いとは言えなかった。ほとんど間髪を入れず東から三発目のが飛んできた。ブラック・ジャックは悲鳴と共に飛びあがった。靴の踵を飛ばされたのである。そばかすは二番目の輪胴《りんどう》を空にし、ウェスナーは土を浴びた。弾は息もつかずに飛来した。武器に手をやろうともせず、転ぶように東の道さして、逃げていく二人の周囲に、容赦なくばら弾が唸《うな》りを立てて迫った。

そばかすは自分の一角からできるだけ思いきって奮闘したが、エンゼルのほうは、ほんとうに射当てるつもりではないとしたら、じつに目もあてられぬ危険をおかしていた。

男たちが小径に達したのを見て、そばかすはせい一杯の声を張り上げてどなった。

「みんな、南をさえぎれ！　南から射て！」

そばかすの願ったとおり、たちまちジャックとウェスナーは湿地の中へ飛び込んだ。弾はバラバラ二人を追ってきた。二人とも一度も振り返ろうともせず、身を低く伏せたまま走って湿地を突っきり、丸太道の向こうの森へ入っていった。

そこで一行は木の下に集まった。

「この鋸を一つ、あいつらが戻ってきても使えないようにしといたほうがいい」

そう言いながらそばかすは手斧を取りだして、鋸の歯を打ち砕いてしまった。

「さあ、わたしたちは姿を見られないようにしてここを立ち去らなくてはなりませんよ」と鳥のおばさんはエンゼルに向かって言った。「あの男たちをわたしの敵としてはならないのですよ、仕事をしている最中、いついかなる日にぱったり会うかしれませんからね」

「それにはこの道をまっすぐ北に進めば大丈夫ですよ」そばかすが教えた。「わたしが先にいって鉄条網を切ってあげましょう。湿地にはほとんど水がないから、せいぜい五センチか六センチうずまるくらいのもんでしょう。十メートルか十五メートルもいけばとうもろこし畑にぶつかるんです。わたしが垣根をこわして畑にはいれるようにしますから、畦をつたってまっすぐ畑の向こう側に抜けなさい。垣根にそって南へいくと、東のほうの森の中を通っている道にでますから、その道をどんどん東へいくと、通行税取立門にいきつきます。そうすれば町へ帰る道にでられるし、奴らは北のほう三キロも離れたところにしかいませんからね。絶対にあんた方がしなすったことを、口にしてはいけないですよ。恐ろしい敵を作ることになるんですからね」

そばかすは真剣に警戒した。

そばかすは鉄条網を切断し、一行は通り抜けた。エンゼルは馬車からのりだしてピストルを差しだした。そばかすは彼女の顔を見つめ息を止めた。エンゼルの目は黒味がかり、顔はいつもよりいっそう深い紅に染まっていた。自分のほうは死人のように青ざめているのをそばかすは感じていた。

「あたしが射った高さはあれで十分だったこと?」エンゼルは愛らしくたずねた。「あたし、腹這いになるのをすっかり忘れちまったのよ」

そばかすはたじろいだ。この子は自分がどんなに危ない真似をしたのか知っているだろうか? そんなはずはない! それとも、腕も度胸もあって、わざとあのように射ったなどということがあり得ようか?

「誰であれ、まっ先に出会った信用のおける人を、マックリーンのところに走らせますからね」と、鳥のおばさんは手綱を取りあげながら言った。「町に着いても、誰にも出会わなかったら、使いの者をよこします。あの連中に見られるということさえなかったら、わたしが自分でいくのだけれど、とにかく二時間とちょっとで必ず応援がくるようにしますから、よくかくれているんですよ。あの連中は、今ごろはもう仕事場の誰かがあなたのところにきていると思っているにちがいありません。あの男たちが引き返してくるはずはないけれども、決して危ない真似をしてはいけませんよ。わからないようにひそんでいらっしゃい。万が一、戻ってくるとしてもそれは鋸を取りにでしょうよ」

こう言うと、鳥のおばさんはそれが素敵な冗談でもあるかのように笑った。

7　小径の足跡

そばかすは目を丸くして、鳥のおばさんとエンゼルが馬車を走らせていく姿を見送った。やがて二人が見えなくなり、自分が小さな木の枝の中にうまく身をかくしてしまった時、初めてあの二人に礼も述べず、さよならも言わなかったことに気がついた。きょうのような目にあえば、あの人たちは二度とこないだろう。そばかすは底知れぬ絶望の淵へ沈んでしまった。

手足をぐんと伸ばしながら、そばかすは思案にふけった。鳥のおばさんとエンゼルはもう一度くるかしら？　そばかすが今までに知っている女たちならきそうもなかった。しかしあの二人は自分が今までに会った婦人たちと似ているかしら？　そばかすは鳥のおばさんの沈着な顔と、エンゼルの射撃ぶりを思いだしているうちに、二人が二度とはこないだろうとは考えられなくなった。

広い世界の人々というのはどんなだろう？　と考えてみてもそばかすの知識では見当がつかなかった。孤児院の人々がある。その人たちは給料と引き換えに、わざとらしいお座なりの慈悲をふり回した。訪問日におとずれる参観人を、そばかすは三種類にわけていた。目には涙、顔いっぱいに偽善をみなぎらせて讃美歌を歌う信心家、絹の着物に宝石というでたちで、「母の愛にかつえたかわいそうな子供たちのために」と言って自分の子供がもはや振り向こうともしない使い古したおもちゃを、ちょうど動物園の猿にビスケットを投げてやるのと同じ気持ちで与え、そして子供たちがそのおもちゃをどんなふうに受けとるかを眺めておもしろがるという種類の人々。そばかすがこれこそ人間らしい人間だと思うのはこれら以外の第三の種類であった。この人々が彼のことを本気に心配して、孤児院でないほかのところにおらせたいと思っていてくれるにちがいないのだった。

さて、ここにもう一つ別の種類があった。この人々は欲しいと思うものはすべてこの世で最上のものを持ち、立派な仕事に従事している。誇るにたるものを持っている。しかもこの人々はまるで息子や兄にめぐり会ったかのように彼を扱ってくれるのだ。この人たちと一緒にいる時だけは、そばかすも自分にとって日々新たな苦痛のもとである失った手のことを、忘れるのだった。この人々はどういうのだろう？　自分の知っている種類の中にはいるのかしら？　そばかすにはわからなかった。このような人たちをほかに知らなかったからである。しかしそばかすは、しんそこから彼らを愛していた。

自分がやがてでていくであろう世間では、大部分の人々がそのような性格なのだろうか？　それともお体裁ばかり気にする、例の菓子パンを投げ与える種族ばかりだろうか？　そばかすにはわからなかったが、しかし鳥のおばさんや、エンゼルやマックリーン支配人やダンカン夫婦たちのような人物は、ごくまれな存在にちがいないという結論に達した。

その朝の活劇のことも、時がたっていくのも忘れていた。そばかすは遠くから聞こえる人声でわれに返り、静かに頭をあげた。人声はますます近くなり、東の小径をガラガラくる重い荷車の響きとともに、人々の声もはっきり聞き取れるようになった。人夫たちは声を嗄らしてリンバロストの番人を呼ばわっていた。そばかすは、自分がそれに価《あたい》しないのを感じ、人夫たちにそのとおり説明したくてたまらなかったが、事実はマックリーン支配人一人にしか話してはならないのであった。

そばかすの姿を見つけると、一同は帽子を投げあげて喝采した。マックリーンは心をこめて握手をした。大男のダンカンはそばかすを固く抱きしめ、声をつまらせながら一言二言、賞讃の言葉をつぶやいた。人夫たちは荷車で乗りつけ、木を倒し終えた。マックリーンは自分の所有物にこのような仕打ちをされたことに対し怒り、天を衝《つ》くばかりだった。というのは泥棒たちは早く切り倒そうとあせったため、あまり高いところを切り込んだので、貴重な材木を五十センチ近く無駄にしてしまったからだった。

最後の荷馬車がごろごろ運び去られてしまうと、マックリーンは切り株に腰をおろし、そばかすは話したくてうずうずしていたありのままの事実を語った。支配人は自分の耳が信じられず、同時にひどく失望した。

「僕は道々ずっと祈りとおしてきたのだよ、そばかす。お前がなにか証拠を掴み、それによってあいつらを逮捕してわれわれの邪魔者どもを追っぱらえるようにとな。だがこれでは駄目だ。あの婦人たちに事件の巻き添えはさせられないよ。あの人たちはお前を助けて僕の木と、その上、僕の賭けまで守ってくれたのだ。ああして国じゅうを歩いている鳥のおばさんに、あいつらの不利になる証言をさせてはならないわけだ」

「そうです。ほんとうです。それからエンゼルだってそうです」と、そばかすは言った。

「エンゼルだって？」驚いてマックリーンは問い返した。

エンゼルの出現とその名の由来をそばかすが語るのを、マックリーンは黙々として聞いていたが、話が終わると、

「僕はあの子の父親と懇意だし、あの子にも何度か会ったことがある」と言った。

「お前の言うとおりだ。あれは美しいうえに虚栄とか愚かしさの微塵も見られない子だ。あんな宝物をなぜこんな危ない場所にだすのか、父親の気がしれないね」

「あの人が宝物だからこそ、お父さんは思いきってだすんですよ」そばかすは熱心に説明した。「だってあの人はガラガラ蛇でさえ、自分に飛び掛かる前には必ずガラガラ言うものと信じているのですから。もちろん、人間だって信用していいものと思っていますよ。あの人のためなら命を投げだしてもいいというふうに男はできているんです。あの人にはなんの心配もいりません。吠えわめく野蛮人の中においたって、あの人の顔とあのかわいらしい態度が十分身の守りとなりますよ」

「あの子がピストルをひねくったと言ったね？」マックリーンはたずねた。

「わたしは息も止まる思いをしました。あの人はお父さんから射ち方を教わっていたらしいですね。鳥のおばさんはあいつらをただおどかすだけなのだから、低く伏せていた高いところを狙うんだとはっきり注意したんだもの。大胆なエンゼルはあいつらを西

の道までぐんぐん追いかけて、あられのように飛ばした弾丸が、きゃつらの頭や足もとをかすめたんです。あの人はもし射当てたとしても平チャラだったようですよ。わたしは射撃のことはあんまり知らないけれど、あのくらいだったら相当なもんじゃないのかなあ。

あの人が、あいつらの一人を射留《いと》めやしないかと、命がちぢまる思いをしちゃいました。手を貸してくれる者といえば女二人で、しかもその人たちに巻き添えを喰わしちゃならないとしたら、わたしとしては奴らを逃がすしか方法がなかったんです」

「どうだろう、奴らは戻ってくるかな？」

マックリーンがたずねた。

「もちろんです。このまま引っ込むような奴らじゃありません。きっと戻ってくるにきまってますよ。少なくともブラック・ジャックは帰ってきますよ。ウェスナーのほうはそれだけの度胸がないかもしれませんが、酒の勢いをかりれば別ですがね。そうなれば恐ろしく厄介なことを仕でかすでしょうよ。そして今度は――」と言いかけてそばかすはためらった。

「何かね？」

「誰が先に、そしてまっすぐ射つかという問題になるでしょうよ」

「それなら僕のとるべき道は一つ、番人を倍にして、人夫たちを都合のつき次第、一刻も早くここに連れてくることだ。ここに特別値打ちものの材木があるかどうか確かめたら、すぐこよう。実際のところ、大ていの場合は、伐り倒してみるまではどの木がそうなのか判別がむずかしいのだ。もうこれ以上お前を一人にしておくわけにはいかないよ。射撃のほうではお前はまだ一年にしかならないのに、ジャックのほうは二十年にもなっているのだから、とうていお前がかなうわけがないのだ。人夫たちの中では誰が一緒にいるのが一ばんいいと思うかい？」

「誰もありません」と、そばかすはきっぱり言いきった。「この次はわたしが走っているところへでてくるんですが、むろんひとりで奴と闘ったりしないで、ただ奴らの様子を嗅ぎつけたら、一散に支配人のところへいきます。それには稲妻みたいに早くしなくちゃならないんだけど、ダンカンのおじさんは余分の馬を持ってないし、支配人が一頭あてがってくだすったらいいなと思うんです。でなければ自転車のほうがいいかもしれません。先に孤児院の医者の用事をたしてたもんで、その医者から貸してもらっちゃあの近所を乗り回したし、時々保育係長からも一時間ずつ借りたことがあります。自転車のほうが値段が安くて、それでいて馬よりも早いしそれに手もかかりません。近いうちに町へいきなすったらどんなのでもいい、どこか古道具屋で古いのを一つ買ってください。なぜなら、大急ぎで走らせなくてはならない時、あの丸太道を飛ばした日にゃ、どうせハンドルなんかなくなっちまうでしょうからね」

「いや、一級品の自転車でなかったら、いっそ丸太道なんか渡らんがよろしい」

小屋のほうへ歩いていきながらもマックリーンはもう一人番人を置くように主張したが、そばかすは頑として、自分の持ち場を一人で守るのだと言ってきかなかった。彼は心の中で一つ条件をつけていた。もしも鳥のおばさんが、あの雛鳥写真のシリーズをあきらめるというなら、おばさんの仕事と、リンバロストのエンゼルの身の安全のためにのみ、第二の番人を置くことにしよう。よくよく必要にならないかぎり、第二の男をよこしてくださいと言わないつもりだった。長い間、一人ですごしてきたので孤独と彼の雛たちと花とを心から愛するようになっていたからである。見も知らぬ人間にでるにも入るにもつきまとわれ、彼の考案したものに干渉されたり、大事な鳥や獣をおびやかされたり、彼の花を引き抜かれたり、勉強したいと思う時に邪魔されたりすると思うと、我慢ならなくなり、現状が実際に援けを必要としているのもわからないほどだった。

マックリーンのほうは自分の冷静な分別を少年が退けるがままにしたわけで、そばかすが可愛いあまりその願いに反対することさえ耐えられないほどのマックリーンにしてみれば、そばかすに彼一人でその責任を果たさせ勝利を得させるということは、金銭にかえられないことだった。

そのあくる朝、マックリーンが持ってきてくれた自転車をそばかすは小径にでて試してみた。それは新式の、チェーンのない自転車で、急いで走らせる時にも操作のたやすい、どこから見ても最上の品であった。そばかすは飛ぶように小径を一周してきてから、箱の中に自転車をしまい込み、さて徒歩で念入りに調べながら、境界線を回ろうとした。でかけようとして部屋を見回した時、そばかすは目をみはって立ちすくんだ。

彼の一番美しい腰掛けの前の苔の上に、エンゼルの帽子が落ちていたのである。きのうの騒ぎで、誰も皆わすれていたのだった。そばかすは近寄り拾いあげた。おお、なんと大切そうに取りあげたことか！　むさぼるように見つめながら。しかし手に触れたのもわずか箱の所へ持っていく間のことで、ぴかぴか光る新しい自転車のハンドルに、帽子を掛けると他の宝物と一緒に鍵をかけてしまった。それから小径へ出ていったが、顔には今までにない表情がうかび、胸が不思議に高鳴って、その朝のそばかすには恐れるにたるものは何一つなく、獅子と闘うダニエルここにありという気持ちだった。しかも敵とする獅子はみな弱虫で害なく思われた。

ブラック・ジャックがどんな手を打つかは想像できなかったが、なんらかの手段を講じることは明らかだった。あの荒くれ男は自分の目的を投げだしてしまうような人間ではないし、かぶっていた帽子を弾丸でさらわれておとなしくしている気づかいもなかった。ウェスナーはウェスナーで、オランダ人特有の一本気であくまで復讐を遂げようとするであろう。

そばかすは考えを一貫させようとしたが、しかし小径にありありとエンゼルの足跡が残っている場所があまりにも多かった。一か所ぬかるみに踏み込んだところはくっきりと跡が刻まれてあり、午後の太陽に固く焼きつけられて、他のところのように馬の蹄で踏みにじられていなかった。そばかすは魅せられたようにそれを見つめて立ちつくし、いとしげに目でその大きさをはかった。帽子にはエンゼル本人と同様、そばかすは愛撫を試みようとしなかったが、しかしこれは別である。小径にしるされた足跡はそれを見つけ、かつそれを欲する者なら誰でも、それを自分のものとしてよいにちがいない。そばかすは屈んで鉄条網をくぐり沼地にはいった。まもなくある丸太からとれかかっている厚い大きな樹皮の一片を見つけた彼は、それをていねいにはぎとり、運びだして足跡の上にかぶせ、雨にあっても消えないようにした。

自分の部屋に帰りつくと、帽子をそっと本棚にのせ、きまりわるさをまぎらすために自転車に乗りふたたび小径を疾走した。樹皮のところにくると遠くへよけて、通り過ぎながらこれに微笑を投げた。突然、彼は自転車をおりるとその傍にひざまずいた。帽子をぬぎ気をつけて樹皮をとりのけて、いとしそうに足跡を眺めた。

「あの人はおれの声のことを、なんて言うつもりだったのかしらん」そばかすはささやいた。「言いはしなかったけれど、あの顔つきから見るとかなり気に入ったらしい。

きっと、歌こそおれのなすべき偉大な仕事だと言おうとしたのかもしれない。孤児院ではみなそう思っていたもの。よし、そうならおれは目をふさいで、おれの小さな部屋や、じっと見守っているあの人の顔、あの人の胸の鼓動のことを考えて、みんなの心をつかんでみせるぞ。ぜったいにつかんでみせるとも。歌でそうすることができるなら、ベンチに座っている人たちが総立ちになるようにね」

この何かにとりつかれたような文句を吐くと、そばかすは路傍《ろぼう》の泉に向かうかのようにひざまずき、足跡にゆっくりと唇をつけた。やがて立ち上がった彼は、まるで喜びの泉の水を飲んだかのようだった。

8　エンゼルの父

「まあーったく、驚いちまうね！」と、ダンカンのおかみさんが叫んだ。

そばかすは、エンゼルの帽子を持って傍に立っていた。

「わたしはね、お前さんにしても、うちの人にしても、わたしみたいな者が帽子なんか気にするたあ思っていないことは知っているけど、でも、お前さんはわたしに、こんなきれいなものを持ってきてくれてうれしいよ」

おかみさんは帽子をあっちへ返したりこっちへ返したりして、麦稈《むぎわら》の編み方や葉飾りを調べたり、ざらざらした手で嬉しそうに帽子のリボンをなでてみたりした。こうして帽子をかかげて感嘆している姿に、セイラ・ダンカンの新しい一場面が呆気にとられているそばかすの目に映った。おかみさんは冗談を言っているのだったが、しかしその冗談のかげに、貧しくはあり、仕事に追われ、生まれながらの美しさのほか、何一つ身につけるものとてない彼女にも、このような些細な女らしい装身具への切ない憧れが心のどこかにひそんでいることが、はっきり現れているので、そばかすは胸痛む哀れさを感じ、自分が町へいったらたとえ五十ドルかかったっていい、帽子を届けようと決心した。

おかみさんは、手離しがたい様子でそばかすに帽子を返し、

「わたしのことを心にかけてくれるなんて、ほんとうにあんたは親切だね」と、浮き浮きした声をだしてみせた。

「もっとも見立ての点じゃ、ちょっとどうかと思うけどね。いっそこれを返して、半白髪のおばあちゃんにはもうちっと地味な頭飾りにしてもらえないかね？　これじゃあんまりわたしにゃ派手すぎるようだね。なに、これがちょうど欲しいと思ってるのとちがうというんじゃないよ。だけど笑いものになりたかないからね。これは誰か若いきれいな人、そうだね、十六歳ぐらいの人にあげるがいいよ。どこでこれを拾った

のかい、そばかす！　近ごろはなにか降ってきたにしてもあんたはわたしに話すのを忘れていたね」

「おばさん、この帽子になにか浮世ばなれした感じがしない？」そばかすは帽子を差しあげながらたずねた。朝風がはたはたと二本のリボンをなぶり、一本はそばかすの袖に巻きつき、もう一本は胸にのびてそこに磁石《じしやく》で吸いつけられたかのようにしがみついていた。

「するとも。ごくあっさりした簡単な作りだけど、材料は極上のものばかりらしい。これこそ天女の帽子とでも言いたいところだね」

「ぴったりだ！」と、そばかすは叫んだ。「だってそれはエンゼルのだもの！」

そこで彼はその帽子について話してきかせ、これをどうしたらいいかと相談した。

「むろん持ってってあげるのがいいに決まってるよ。たったひとつの大事な帽子で、困ってるかもしれないからね」セイラが言った。

そばかすは微笑んだ。エンゼルが持っているのは、この帽子だけだとにらんでいたからだ。自分のとるべき行動、とりたい行動ははっきりとしていたのだが、自信をもてなかったのだ。

「これを家に届けたほうがいいかしら？」

「むろんそうしなくちゃいけないよ。しかも一刻もぐずぐずしていないでね。もう二日もたってるんだしそのお嬢さんはこれが欲しくても、忙しいか、それとも怖くてこられないか、だろうからね」

「だけどどうして届けたらいいかしら！」

「あんたの自転車でひとっ走り飛ばしなさい。一時間もあればじゅうぶんだよ」

「だけど、こんな時刻になったんじゃ、もし――？」

「馬鹿なことを！」セイラ・ダンカンはさえぎった。「あんたはあんまり境界線ばかり見張ってるもんだから、境界線にこびりついてしまったんだよ。わたしにあんたの長靴と棒をよこしなさい。あんたが帰ってくるまで、南の端から東側と西側へ見張りに歩いて回るからね」

「おばさん！　まさか、そんなことが！」

そばかすが叫んだ。

「どうしてかね？」

「だってほら、おばさんは蛇だのそれからほかにも沼地のいろんなものを、死ぬほど怖がってるじゃないか」

「蛇は怖いさ。だけどこの暑さだもの、奴らは沼地にいってしまってるにちがいないよ。わたしが小径で見張りをしててあげよう。なるだけ早く戻ってきておくれ。あんまり天気がよすぎるところを見ると嵐がきそうな気がする。わたしが戻るまで、子供たちは遊ばせておこう。さあ、早くいってそのかわいいエンゼル嬢さんにきれいな帽子を届けてやんなさい」

「おばさん、ほんとうに大丈夫?」そばかすはまだ気がかりだった。

「もしマックリーンさんが見回りにきても、かまわないかしら?」

「かまわないとも」と、ダンカンのおかみさんは言下に答えた。

「あんたとわたしで、こうしなくちゃと承知のうえでのことだし、わたしがあんたの代わりに見張りに立つ以上、むろんマックリーンさんだっていいといいなさるにきまってるよ。その帽子を紙でくるんであげるから、自転車に飛び乗って早くいきなさい。よそ行きの服を着ていかなきゃなるまい?」

そばかすは首を振った。彼には自分のすべきことがわかっていたがこのような急ぎの場合、ダンカンのおかみさんに説明している暇《いとま》はなかった。長靴を短靴にはきかえ、棍棒をおかみさんに渡すと、町をさして疾走していった。エンゼルの家は何度も見たことがあったが、そばかすは通りから目をそらしもせずに、再びその前を通りすぎエンゼルの父の会社へまっすぐ向かっていった。

帽子を手にしてそばかすは、ずらっと居並ぶ事務員たちの列をとおり、社長室のドアのところで社長にお会いしたいと言った。待つほどもなく、背の高い、やせた、目の鋭い人が前に立ち、てきぱきした神経質な口調で「どんな用事ですか?」と、たずねた。

そばかすは、帽子を渡してそれに答えた。

「どうぞお嬢さんにこの帽子を渡してください。これはせんだって急いで帰んなさる時にお嬢さんがわたしのところに忘れていきなすったんです。それからお嬢さんと鳥のおばさんに、わたしのために勇気を振るってくだすって、言葉では表せないくらいありがたく思ってるってことを、伝えていただきたいんです。わたしはマックリーンさんとこのリンバロストの森の番人です」

「どうして君は自分で持っていかないのかね？」と、大実業家はたずねた。

そばかすは澄んだ灰色の目を、真っ向からエンゼルの父の目に向けた。

「もしもあなたがわたしだったとしたら、自分で持っていきますか？」

「いや、そうはしないね」即座に紳士は答えた。

「では、なぜわたしに持っていかないのかと聞きなさるのですか？」そばかすのおとなしやかな質問がとんできた。

「これは、やれやれ！」と言ったままエンゼルの父は包みを眺め、それから少年のそびやかした顎を眺め、またもや包みに目をやってつぶやいた。

「これは失礼した！」

そばかすは頭をさげた。

「ではまことにすみませんがその包みと伝言をお願いします。さようなら」

そばかすは立ち去ろうとした。

「ちょっと待ってくれたまえ」エンゼルの父は呼びとめた。「私が許してあげるから、君自身で帽子を返して礼を言ったらどうですか？」

一瞬そばかすは考えていたが、やがて例のゆるぎない誠実に溢れた目をあげてたずねた。

「どうしてでしょうか？　そう言ってくださるのは、ほんとうにご親切ですし、その気持ちはありがたいですが、しかし、わたしがいきたいからって、また、あなたが気持ちよくいかせてくれるからといって、それでお嬢さんがわたしに会いたがってることにも、わたしにかかりあってもかまわないと思ってなさることにもなりません」

エンゼルの父は、この途方もない青年の顔を鋭い目つきでじっと見つめていたが、それは好もしく思われた。

「もう一つ言うことがありました」そばかすは加えた。「毎日のように私は、鳥のおばさんが知りなすったらひどく写真にとりたがんなさるようなものを、なにかしら見つけてますし、時にはうんとどっさりあることもあります。そのことをおばさんに話してもらいたいんです。そしておばさんがその気なら、ほかじゃ見つからないようなものをわたしが見つけた時、おばさんにことづけをよこしますから」

「そういうわけなら、そして、君がいつか力をかしてもらったことに対して、鳥のおばさんに借りがあるように思っているんなら、それで恩返しができるよ。おばさんは、年がら年中森や野原で材料さがしにうき身をやつしてるんだからね。君が勤務地のあたりで、おばさんにはみつからないような珍しいものにいき当たるなら、おばさんも材料さがしの手間がはぶけるというものだし、それに君に保護してもらえば安心して仕事ができるわけだ。あの人の役に立ちそうなものが見つかったら、ぜひともあの人に知らせてあげてください。そして君ができる限りおばさんを援助し、おばさんが安全なように気をつけてくれるなら、われわれの力の及ぶことは君のためにどんなことでもしますよ」

「わたしはひどく人間に飢えているので、あの二人にきてもらうのはなによりも嬉しいんです。むろん、仕事のすきを見てはおばさんに知らせに行ったり伝言をしたりします。わたしにできることならどんなことでも、わたしは喜んでさせてもらいます。しかし」再び真実のことを言わなければならないはめになった。というのも彼、そばかすが話す以上はである。「あの二人を護《まも》るという場合になれば、間違いなくわたしはいのちも投げだします。だけどそうまでしてもなんの役にもたたないかもしれません。沼地には危険がたくさんあるもんで、めいめい油断なく身構えていなくちゃならないんです。泥棒の心配が実際なかったら、マックリーンさんだって高い給料を払って番人をおく必要なんかありませんからね。あの二人にはきてもらいたくてたまらないし、できるだけのことはしますが、しかし、またいつなんどきあの材木泥棒とでっくわすかわからないという危険を、承知してもらわなくちゃなりません」

「よろしい。そう言えばいつなんどき大地がぱっくり口を開いてこの町をのみこんでしまう、ということだってなきにしもあらずだが。しかし、私はそれが怖いからって仕事をやめる気はもうとうないし、鳥のおばさんだって同じだろうよ。おばさんと、おばさんの仕事のことは誰も皆知っているから、たとえマックリーンの金メッキの木を二、三本盗んでいる最中であるにしろ、ぜったいどんな人間でもどんな方法にせよ、おばさんの邪魔をする気づかいはないよ。材木泥棒のことなら、おばさんはリンバロストの森にいたって、自分の家にいると同様安全だ。ただ私が心配するのは蛇や毒草や虫のことなのだが、こういうものはおばさんがどこにいったっていたるところで遭遇しなくてはならん危険物だ。君はそのことでは少しもためらう必要はありませんよ。君の伝言をよろこんで二人に伝えましょう。どうもありがとう。では、さようなら」

そばかすは知るよすがもなかったが、ただ紳士たる者はこうあるべきだという自分の良識の命ずるがままにふるまったことが、この実業家を感嘆せしめ、その午前中そばかすのことが頭を去らず、幾度か帳簿越しに彼の顔が思い浮かんでくるのだった。もしもそばかすが心のおもむくままにエンゼルのところへいったならば、その父は二度とそばかすのことなど思い返しもしなかったであろうが。

往来へでると、そばかすはふかぶかと息を吸い込んだ。自分の振る舞いはどうだったろうか？　彼には自分が最もよいと思う気持ちに従ったことと、それは誰にでもできることだということと、ほかはわからなかった。そばかすは、自転車がどうかなってはいないかと目をやってから道ばたの石に足をかけ乗ろうとした、ちょうどその時、ぞくぞくっと全身を走り抜ける声を聞いた。

「そばかす！　おお、そばかす！」

エンゼルは笑いさざめいている愛らしい少女たちのむれを離れ、急いで彼のほうに近づいてきた。雪のような純白の装いで――優雅なかわいい洋服の襟と手首のまわりには柔らかな素晴らしいレースがついていた。薄い袖から美しい丸味をおびた腕がはっきり透いて見え、非の打ちどころのない首のところで、えぐってあった。頭にはふう変わりな打紐《うちひも》でこしらえた純白の飾りをつけており、くもの網のように柔らかくてしなやかな紗《しゃ》が、幾重《いくえ》にもかさなり合って、そのへりをふちどっていた。そしてひとかたまりの白バラが金髪にむらがり、項《うなじ》をとりかこむとみると、肩のうしろにかけてこぼれるようにちりばめてあった。指には青の宝石に金がきらめいており、まったくそばかすが目にしたこともない優美な美しい姿であった。そばかすは石の上に立つなり、自分が木綿のシャツとコールテンのズボン、それに針金切りやペンチがつりさがっているバンドという身なりのことも忘れ、自分の崇拝する女性がそれにふさわしい美々しい装いのため、いっそうあますところなくその魅力を放っているのを、はじめて、まのあたりに見る男の目つきで見つめていた。

「おお、そばかす」と、エンゼルはそばまでくると叫んだ。「せんだってもあたし不思議に思ったのよ。だって一度もあなたと町でお会いしたことがないんですもの。あの境界線を後生大事に見張ってらっしゃるせいね。なんでいらしたの？　なにか起こったの？　これからリンバロストへ帰ろうとしてらしったの？」

「あんたの帽子を届けにきたんです。こないだ急いで忘れていきなすったから、いま、あんたのお父さんのところに置いてきたところで、それからあんたと鳥のおばさんがわたしを助けてくれたのを、どんなにありがたいと思ってるか、それを伝えてくださいと頼んできたんです」

　エンゼルが真面目な様子でうなずくのを見て、そばかすは彼女の父のところへいってよかったことを知った。次の瞬間、心臓がどきんと跳ねあがり、そのひょうしに体が裂けるかと思われた。エンゼルが雛鳥のシリーズの次の写真をとりにいくのが待ちきれないと言ったからだった。

「あの歌のつづきも聞きたいし、あなたのお部屋だってこれから拝見するってところだったんですもの」とエンゼルはこぼした。

「歌といえば、あなたが毎日あんなふうに歌えるのなら、あたしいつまでたっても聞き飽きないわ。バンジョーとそれからあたしの一番好きな歌をいくつか持っていっていいかしら。あたしがバンジョーを弾いてあなたが歌うのよ。小鳥どもも顔負けするくらい歌ってみましょうよ」

そばかすは目を伏せたまま石の上に立ちつくしていた。目を上げれば、愛慕《あいぼ》の情がどっと溢れでて、エンゼルに恐れをいだかせるにちがいないと感じたからだった。

「わたしはこないだ、あんな目にあいなすったもんで、恐ろしくなってもう二度とあんたがこないんじゃないかと思ってたんです」

エンゼルは愉快そうに笑い、

「あたし、怖がったように見えて?」と、聞いた。

「いいや。そうは見えなかった」そばかすは答えた。

「だって、とても面白かったんですもの。あの憎らしい泥棒たちめっ！　どちらか一人に風穴をあけてやりたくてたまらなかったんだけど、でもそうしないほうがなんだかあなたのためにはいいような気がしたのよ。ほんとうはその必要があったんですけどね。あんなことちっとも怖くはなかったわ。鳥のおばさんだって蛇だの、浮浪者だの、不機嫌な犬だの、羊だの、牛だの、なんだのかんだのに、出会いつけていらっしゃるんですもの！　写真にかかっている時には絶対におばさんを怖がらせることはできなくてよ。泥棒たち戻ってきて?」

「いいや。人夫たちが昼少しすぎて、あの木を運びだしましたからね。しかしあんたに言っておくが、あんたも鳥のおばさんに言っといてください。あいつらはきっとまたやってきますよ。それも今となってはちかぢかにこずにはいますまい。人夫たちがまもなく沼地で仕事をするようになりますからね」

「まあ、なんて悲しいんでしょう!」と、エンゼルは叫んだ。「みんな、道を切り開いたり美しい木を切り倒したり、なにもかも根こそぎにしちまうんだわ。小鳥たちを追っぱらったり、大伽藍も台なしにしちまうのね。せい一杯ひどいことをしちまうと、今度はこの辺の工場が全部そのあとへいって安い材木を積みだすのよ。それから地主が溝を二つ三つ掘って火を放って、ふた夏もすればリンバロストは、とうもろこしとじゃがいも畑になっちまうんだわ」

二人は顔を見合わせ共に悲痛な呻きをもらした。

「あんたも好きなんですね」と、そばかすは言った。

「そうなの、大好きなの。あなたのお部屋は妖精の国の一部なのよ。それから大伽藍は神さまのお手で作られたもので、あなたではないのよ。神さまがあれをすっかり完成なさったあと、あなたはただあれを発見してドアを開けただけ。小鳥も花も蔦もみんなそりゃあ美しいわね。実際、あそこのゼニアオイやフォックス・ファイアやイチハツやユリは、この地方のどこよりも大輪で色も鮮やかだって鳥のおばさんおっしゃってるわ。きっと肥えた沃土《よくど》のせいでしょうって。あたし、沼地が掘り返されるなんていやだわ。あなたにとっちゃあ一番大事なお友だちをなくすようなものでしょう、そうじゃない？」

「そんな気持ちです。けれども心の中にわたしはリンバロストの森をしまい込んであるから、たとえリンバロストがどんな目にさらされようと、いのちのあるかぎりわたしにとって、あれは生きていることになるんです。せめて人夫たちがくる前だけでも、あんたがただ二、三度きてくれれば、口で言えないくらい嬉しいです。その後のことは考えないことにしているんですよ」

「さあ、いらっしゃい。帰る前になにか冷たいものを召しあがったらいいわ」と、エンゼルはすすめた。

「そうしていられないんです。ダンカンのおばさんに見張りを頼んできたんですが、おばさんはおそろしくいろんなものを怖がるんですよ。大きな蛇でもでてきたらどうするかと思うんです」

「時間はほんのちょっとのことだし、その分だけよけいに早く走らせて埋め合わせをつければいいわ。あのはじめての日あなたにしていただいたご親切に、幾分なりと恩返しになるような、素敵なことが考えつけないかしらと思っているのよ」

　そばかすはただ呆れてエンゼルの美しい顔を眺めていた。本気で言っているのだろうか？　不具で、ぶきりょうで、みすぼらしいなりをして仕事道具をぶらさげている自分と一緒にこの町なかを歩いていき、自分をもてなそうというのだろうか？　そばかすにはとてもそんなことは信じられないことだし、エンゼルの気持ちさえ本気には取れなかった。しかしその純真な愛らしい明けっ放しの顔を見れば、エンゼルの口と心が別だとは考えたくなかった。たしかに本気で言っているに違いないが、自分の申しでを実行する段どりとなって、友だちにじろじろ見られたり、敵から——彼女に敵などというものがあるならば——軽蔑されたり、物見高い人間どもにひそひそ噂されたりしたら、その時になってエンゼルは自分の誤りを悟って後悔するだろう。これは自分のほうが思いきってこの寛大な心がけが招く不愉快さからエンゼルを救ってやることこそ、男として取るべき道だ。

「ほんとうにいかなくちゃならないんです」と、そばかすは真剣になって言いはった。「だが、あんたのご親切はあんたの想像もつかないくらいありがたいと思っているんです。途中ずっとその気持ちをつめたい飲み物のように味わいながら帰ります」

　バタンとエンゼルは足を踏み鳴らした。その目は怒りに燃えていた。

「そんな馬鹿なことってないわ。あたしが暑くって喉がかわいてたまらないのを知って、あんたがわざわざ水を持ってきてくれたのに、どんな理由でか知らないけれど、あたしがそれを受け取らないとしたら、あんた、どう思う？　帰りは早く走らせてその時間の埋め合わせをつければいいんじゃありませんか。ちょうど今、あなたに調合してあげたいものを思いついたところなのよ」

エンゼルはそばかすのそばへ歩み寄り、彼の腕の中に悠々《ゆうゆう》と自分の手をすべり込ませた——袖のさきがからっぽでぶらぶらしている右腕をとったのだ。

「さあ、くるんです。こなけりゃあたしが承知しないことよ」

そばかすは自分ながらなんとも説明のできない気持ちを味わったが、まして他の者にはむろん説明ができなかったことであろう。血は恐ろしい勢いで駆けめぐり、頭はぐらぐらした。しかしどうやら正気だけは失わなかった。そばかすはエンゼルに身を屈め、やさしくさとした。

「どうかやめてください、エンゼル。あんたにはわかっていなさらないんです」

そばかすにはわかっているのだから問題だった。

「こうなんですよ。わたしのような身分の、こんななりをした者が、あんたの腕をとっていくところが、もしも往来であんたのお父さんの目に入ったら、たとえわたしを人前で杖で叩きのめしなすったところでもっともな話で、わたしはそれに対して指一本あげるわけにはいかないんですよ」

エンゼルの目がピカッと光った。

「あたしが正しい親切なことをするのに、しかもそれがあたしの喜ぶことだというのに、それを父がとやこう言うなんて思ったら、それこそあんたは父の人柄を見誤っているのよ。そんなら、父に聞いてきて、あなたにわからしてあげるわ」

エンゼルはそばかすの腕を放し、ビルディングの入り口へいきかけたが、

「あら、ごらんなさいな」と、叫んだ。

通りに面した大きな窓のところに彼女の父が書類の束を手にしたまま、このやりとりの光景を面白そうに眺めながら立っており、まるで一言も洩らさず聞いていたかのように、なにもかも呑み込んだ目つきだった。エンゼルは父の目をとらえ、そばかすを指して手に負えないという仕草をして見せた。実業家は限りない、いつくしみをこめてエンゼルに答えた。頭でうなずいてみせ、エンゼルの示した方向に書類を振ってみせ、唇を動かしてどんな間抜け者にも読みとれるように言った。

「連れておいで！」

そばかすは突然震えだした。エンゼルの父の姿を見るやいなや、できるだけ遠く離れ、自転車を引き寄せ、帽子をパッと脱いだのだった。

エンゼルは勝ち誇った目で、そばかすのほうを向いた。

彼女は気がつよくて、人から邪魔されることに慣れていなかった。

「あなた、あれをごらんになって？　これで安心したこと？　さあくる？　それとも

お巡りさんに頼んであなたを引っ張ってってもらいましょうか？」

そばかすはついていった。ほかにどうしようもなかったからである。自転車を曳きながらエンゼルと並んで通りを歩いていった。どちらを向いてもエンゼルは朗らかな挨拶を交わすのに忙しかった。まるで自分が経営している店でもあるかのように、ある喫茶店にはいっていった。店の者が一人急いで、でてきた。

「窓ぎわの涼しいところにお席が一つあいております。お取りしてまいりましょう」

エンゼルはそれをとめて、

「あの、結構よ。あたし、この人が急いでいるのをむりやり連れてきたんですから、腰をおろしたら時間をとりすぎて、あとでこの人から恨まれますからね」

エンゼルが噴水のほうへ歩いていくのを、居並ぶ客の列が、無礼な好奇心の目でじろじろ眺めているように、そばかすには感じられ、エンゼルを見やった。これでこの人にもわかっただろうに。

（なんということだ。全然気にしてやしない）

エンゼルはさっさと日傘と手袋を置くと、カウンターのはずれにいき、係の者にその美しい目をそそいだ。

「すみませんけど」

白いエプロンをかけた係の者はわきへ退《の》いて、喜ばしげに承知の意を表わした。エンゼルはその傍へいき、丈の高い、紙のようにうすい、きらめくコップを選びだし、砕いた氷のはいった盆の中にコップをころがした。

「あたし、お友だちに飲み物を調合してあげたいの。あの人は暑い中で長い道のりを走らせなくちゃならないのよ。だからあなたがよくお客さまを十分間ぐらいで追い返そうとして調合なさる、あのしつこく甘いのをあてがって帰したくはないの」

わが意を得たりという笑い声が、カウンターにならぶ列からまきおこった。

「ちょっと酸味のある澄んだ冷たい炭酸の飲み物が欲しいの。チェリー味の炭酸はどこにあるの？　あれなら甘いばかりじゃなくていいと思うわ。あなたそう思わない？」

係の者もそう思うと言った。彼が別の呑み口を指すと、エンゼルはそれを調合した。一方、そばかすはのけぞるほどまっすぐ立ったまま、他の者には目もくれず、エンゼル一人をじっと見つめていた。エンゼルはコップをなみなみと満たすとそれをかしげ、中身を少しばかり第二のコップに移して味をみた。

「これじゃ喉のかわいた人にはあまり甘すぎるわ」

調合したものをなかばあけてしまい、もう一度満たしてからまた味見をし、係の者にあんばいをみてもらった。

「そのくらいでちょうどいいかしら」

「私にこんなコツがおぼえられたら、月給を十ドルもあげてもらいますよ」係は興奮して答えた。

エンゼルはふちに溢れるほどの、氷のようなコップをそばかすのところに運んできた。そばかすは帽子を脱ぎ、なおもその冷たい飲み物から目を離さないエンゼルから受け取ると、まっすぐ彼女の目を見ながら、豊かな美しい声で言った。

「沼地のエンゼルの健康を祝します」

あのはじめての日に、そばかすがエンゼルに注意したことを、今度はエンゼルが彼に言った。

「ゆっくりお飲みなさいね」

スクリーン・ドアが二人の後ろにさっとしまった時、カウンターにいた男の一人が係に聞いた。

「いったい、あれはどうしたことかね？」

「あなたがごらんになったとおりのことで」と係は少し素気ない返事をした。「ここじゃ、われわれももう慣れっこになってるんです。この暑い陽気じゃ、あの方が誰かしら哀れな浮浪児を拾いだしてここに連れてこない日は一日としてないんですからね。そしてこのカウンターの後ろへきては自分でそのおりにあった飲み物を調合してやんなさるんですよ。あのお嬢さんは、あらゆる時と場合にはまった思いつきを持ってなさって、それがまたぴたっとうまくいくんですからね！ ここにいる給仕は誰一人として飲み物にかけちゃ、あの方にかないませんよ。コツを心得ていなさるんですな。時たまオーナーがあのお嬢さんを見かけなさると、声をかけて飲み物の調合を頼みなさるほどですよ」

「して、あの娘さんはこさえてやるのかね?」と、その客は面白そうにニヤニヤ笑いながら聞いた。

「そうでさ。だが最初にオーナーがなにか飲んでからどのくらい時間がたったのか、なにを飲んだのか、どのくらいの暑さの中をとおってきなすったか、一番あとで食べたものは何かなど聞きます。それからここへきて、ソーダ水にちょっと酸味や、チェリー、レモン、ぶどう、パイナップルなどを合わせたり、またはなにか酸っぱくて涼しそうなものをまぜ合わせるんです。そうしてからそれをあの青い目の上にかざして見るんですがね。そのでき具合といったら比類まれですね。コツといえば半分はあの方の趣味のせいじゃないかと思うんですよ。そのわけはね、私はじっとあの方のやり口を注意して見てるんですが、いくら見ていてもあの調合の腕にかけちゃ、私なんか足元にも及ばないんですからね。勘定は掛けにしておきなすってね。月に一回あの方のお父さんが精算なさるんです。そのうち十に九つまでは人におごんなすった分なんですよ。自分じゃめったに口をつけようとしませんが、自分であがる時には私に調合させなさるんです。この店じゃ掃除の男の子にいたるまで、あの方のためならいのちも投げだすという意気込みでいますよ。一年じゅうああなんです。冬にゃ貧しいこごえかけた奴を、熱いコーヒーかココアで暖めてやんなさるんですからね」

「今度はまたひどくふう変わりなのを連れてきたもんだな」と、別の男が口をだした。

「アイルランド人で、手がなくて、引矢みたいにまっすぐな体つきの、しかも顔にゃどっか見どころがあってな。帽子を脱ぎ取った時の、あの目を見たかい？　あれも『いのちを投げだす』組だな。あれはいったい誰だね？」

「あれがマックリーンのとこの、リンバロストの森の番人だと思うよ」第三の男が言った。

「そしてあの娘が、鳥のおばさんと沼地に写真をとりにいったことから知り合ったんじゃないかと思うんだ。あの男は鳥にかけちゃ、大した腕を持ってるんで、鳥のおばさんとうまが合うんだと聞いてるよ」

通りでは、エンゼルがそばかすと並んで最初の四つ角までいき、そこで立ち止まった。

「さあ、この五分間の埋め合わせに早く走らせてね。あたし、ダンカンのおばさんが少し心配になってきたの」

そばかすは車道へ自転車をだした。彼はあの氷のような液体の美味が、胃袋にではなく全身の血管にそそぎ込まれたような気がした。頭にまで回っていた。

「あんたはあれがどんなに酔わせるか知ってたもんで、どうでも調合すると言ってきかなかったんですね」と、彼は言った。

この巧みな讃辞はエンゼルを喜ばせ、嬉しそうに笑った。

「きっとこの次は、あんなにやいやい言わなくてすむわよ」と、からかった。

「わたしだって、あんたのお父さんとあんたをもっとよく知っていたら、あんなふうには言わなかったですよ。ほんとうに鳥のおばさんはまたくると思いますか?」

エンゼルは笑った。

「槍《やり》が降ったってでかけていきなさるわ。一週間すぎるのが待ちきれなくていらっしゃるでしょうよ。今すぐでかけると言ったってあたしちっとも驚かないわ」

そばかすはそれ以上、不安な思いにたえてはいられなくなった。どうしても確かめてしまわずにはいられない。

「それで、あんたは?」と、たずねはしたが目をあげることはできなかった。

「あたしだってそうよ。やっぱり槍が降ったってあたしを引き留めることはできなくてよ! いきたくてたまらないんですもの。そして今度いく時にはバンジョーを持っていくから、あたしが弾いてあなたはあたしの大好きな歌をうたってね。そうしてくださる?」

「いいです」そばかすはそれだけ言うのがせい一杯だった。

「嵐がきそうだわ」エンゼルは言った。「急いでいらしったら大丈夫よ。では、さよなら」

9　ダンカンおばさんの災難

リンバロストへの道のなかばとなったころ、そばかすは自転車からおりた。道が見えないため、その先へ乗りつづけることができなくなったのだった。ある木の下に腰をおろし背をもたせ、すすり泣きが身をふるわせ、体をよじらせ、胸を裂いた。あの人たちがわたしの身分を思いださせようとしたり、わざと丁重な物言いをしたり、あるいはわたしの手に注意を向けるかするならば我慢もできようが、しかし、これでは――まったく死ぬ思いだ！　そばかすのたぎるアイルランド人の血はかき乱れた。あの人たちはどういうつもりなのだろう？　なぜああしたのかしら？　人さえ見ればあのようにするのが好きなのだろうか？　憐れみからなのかしら？

そんなはずはない。鳥のおばさんもエンゼルの父も彼がほんとうはマックリーンの息子でないのを知っているし、そんなことはどうでもよいと思っていることを、彼は承知していた。右手が失く、貧しくはあってもなにかしら世の中で立派な仕事をするにちがいないと、彼らが期待をかけていてくれることは明らかだった。それを救いとしなくてはならない。自分の修養に励もう。わたしは去らねばならない。エンゼルが言った偉大な仕事を見つけ、それにかからなくてはならない。この時はじめてそばかすは町や勉学のことに真剣な思いを馳せた。マックリーンさんやダンカンのおじさんはおれのことを「子供」だなんて言っているけれど、おれはもう一人前の男だ。勇敢に人生に立ち向かい、男としての役割を果たさなくてはならない。エンゼルはまだほんの子供だ。無邪気な友情にも限りがある。そのエンゼルの友情こそおれにとっては高いところにある天国であり、地上の富であり、天と地の間に介在するありとあらゆるものを意味するが、エンゼルにとってはなんの意味をもなさないのだ。

不気味な雷鳴のとどろきに、はっと我に返ったそばかすはあわてて自転車をひっ摑み、沼地さして走らせた。小屋の戸口に彼の長靴がおいてあるのを見て、そばかすは心配になった。木材置場で遊んでいる子供たちの話によれば、かあちゃんはあんまり重いので、それをはいちゃ歩けないから、戻ってきて脱いだとのことだった。愕然としたそばかすは急いで長靴に足を突っ込むと息せき切ってリンバロストへ駆けつけた。西のほうにはさえぎるものもなく踏み固めた小径が長く黒くつづいていた。しかし、東側のほうに目をやった時、遥か向こうの小径にさしわたしに褐色の姿が横たわっているのがはっきり見えた。そばかすは根《こん》かぎり走った。

セイラ・ダンカンは小径にうつぶせになっていた。それを引き起こしたそばかすは、その顔に刻まれた恐怖の表情に血も凍る思いをした。ぶんぶん低い唸り声と共に何かがそばかすの顔をかすめ飛んだ。あたりを見回すとそばかすは恐ろしさに身ぶるいをした。わずか二、三メートル離れた藪茨《やぶいばら》に野蜂《のばち》のむれがとまっているのである。空中には、はみだした蜂がいっぱい適当な足どめの場所を求めて前進しようと興奮した声を張りあげていた。そばかすはこれで理由がわかったと思い、セイラが危機一髪のところで助かったことを感謝しながらセイラをかついで小径を急ぎ、ようやく危険から遠ざかることができた。木蔭にセイラを横たえておいて、そばかすは帽子の中に沼の水を入れてきて、セイラの顔や手を冷やしたが、相変わらず身動きもせず生きている気配とてなかった。

セイラはそばかすの長靴があまり大きくて重いので、それをはかずに沼地に近づくことは死ぬほどこわかったにもかかわらず、引き返して脱ぎ捨てたのだった。しかし長靴なしだという不安に加えて、これまで一度も一人で沼地へきたためしがないということがいっそう心配をつのらせた。セイラの悩みは小径をいくらも進まないうちに始まった。彼女はそばかすではなかったし、境界線の小鳥は一羽として彼女がそばかすだなどとごまかされはしなかった。ひっきりなしに小鳥たちはバタバタと巣から飛び立ったり、思いがけない場所から羽音鋭くセイラの頭や足のあたりに突き進んでくるので、セイラはぎょっとしたり、飛び上がったりしつづけだった。そばかすが町へまだ半分もいかないうちに、哀れなセイラは半狂乱の状態になり、リンバロストは、彼女のためには歌をうたったり目を楽しませたりする場所ではなくなった。

しかし困難は差し迫っていた。あたりはしんと静まり、暑さは烈しく、夏の嵐を思わせる息づまるような静寂がたちこめていた。鳥や獣は神経質になって不安におびえていた。小鳥は二声三声とぎれがちに歌うだけで、飛び回って避難場所を探していた。一瞬間、物みな生気を失ったかに見えた。が、次の瞬間とつぜん、バタバタという羽音、ぶんぶんという唸り、つんざくような鳴き声があたりにみちた。森の奥からは吠える声、シューシューという声、唸り声、ブウブウいう声が修羅場さながらにまきおこった。

ごおーっと吹きつけた突風で黒い雛は沼地の上をだんだん低く舞いおりてきた。ちぎれ雲が寄り集まり太陽を遮ってしまったので、あたりはたいへん暗くなった。と、次の瞬間、雲は吹きやられ太陽はギラギラと燃えるように輝きだし、すべてのものは静まり返った。そばかすがはじめて空模様に気がつき、自分の悩みを押しやって、急ぎ沼地へ駆けつけたのは最初の雷鳴を聞いた時だった。

セイラは小径で足をとめた。

「まあーったく、月に百万くれると言ったたって、わたしゃこんなところにいるのはいやだね」こう声をだして言ってみたが気は少しも休まらなかった。自分の声がいかにもかぼそく響いたので、セイラはあわててぐるりと見回し、今なにか言ったのははたして自分かどうかと確かめたほどだった。顔にしたたる汗の滴《したたり》を震えながら日除け帽のへりでぬぐい、あえぎあえぎつぶやいた。

「おっそろしい暑さだこと。ひどい嵐になるにちがいない。早くそばかすが帰ってきてくれるといいが」

セイラの顔はおびえた子供のように震えていた。帽子をかぶりなおそうと脱いだ拍子に傍の繁みにさわった。バタバタッとセイラの顔に突き当たらんばかりに飛びだしたのは夜鷹《よたか》で、昼寝の夢を結ぼうと、大枝さして飛んでいったのだ。悲鳴もろともセイラが小径に飛びさがったおりもおり、道を突っ切ろうと跳ねてきた大蛙の上に乗ってしまった。ギャッとつぶれた物凄い声にセイラはぞっと胸がむかつき、たまげる叫びをあげて片側にとびのいた。とびのいたところが湿地だったので腰の辺まで草に埋まってしまった。そうなると再び蛙の恐ろしさがよみがえり、セイラは鉄条網のわきに転がっていた古丸太へと飛び移った。見事に着陸はしたが、じんめりした腐《くさ》れ木のため、膝まで沈んでしまった。沈む拍子に鉄条網につかまろうとし、狙いがはずれて手首を鉄条網のさかとげで引っ掻き血が流れでた。手は思わず二段目を握りしめた。恐ろしさのあまり今は悲鳴さえあげられなかった。舌はこわばるし、たるんだ鉄条網にただ狂気のようにしがみついているうちにようやくもう一方の手に持ちかえることができ、やがて鉄条網の上段にとどいて体を引きあげ、固い地面に立つことができた。もがきでようとして取り落とした棍棒を拾いあげると、セイラはぐったりそれにもたれながらどうにか小径に戻れたが、しかし体が震えてろくに歩けないほどだった。さらに二足三足運ぶうちに、最初に伐りだされたあの木の切り株のところへでた。

セイラは腰をおろすと根が生えたようにじっと身動きもせずにすわり、考えをまとめ理性で恐怖を払いのけようと骨折った。頭上のリスがクルミを一粒おとし、それが枝から枝へとカラカラはね返って落ちてきた音には、全身の神経がぎくっと緊張した。あきれ返ったリスが大きな声で鳴いた時には、セイラは小径に跳ねだしていた。

風は前より強まり明暗の移り変わりがいっそう急激になった。雷は鳴り渡るごとに強く大きくなってきた。黒い鳥たちは群れをなして沼地から飛び立ち、「やめろ、やめろ」と、騒々しく鳴きながら森の奥へ向かってきた。むく鳥たちは、「ツヅケー、ツヅケー」というその種族の呼び声に応じて整列しているし、赤い翼の黒鳥は低く飛びながらおくれた連れ合いに「ついてこい、ついてこい」と呼びかけていた。黒玉のようにまっ黒な大ガラスはセイラのすぐ傍に群れ集まり、手遅れにならないうちに逃げろと警告するかのように鳴いていた。近くの池でそばかすの「めっけろ」蛙を捕まえようとしていた青サギがジャコウネズミと悶着《もんちゃく》をおこし、ギッギとはりあげた耳障りな叫び声に、セイラは思わず小径を一間もとびすさり、走ろうとしたが全身が震えてもう足が動かなかった。彼女は立ち止まり、こわごわあたりを見回した。

　数匹の蜂はブンブン唸り声をたてていたが、やがて唸りは四方八方に拡がっていった。すすり泣きに身を震わせながらセイラはむらがりくる蜂から逃れようと、今度は繁みへ、今度は湿地へと必死になって身をかわし、とびのき、闘った。そのうちに唸り声はいくらか薄れたので、再び小径にでたセイラはなお追いくる数匹から全速力で駆けだした。全身の筋肉を張りつめながら走っていくうちに、ふと気がつくと、背中に幾何模様《きかもよう》の褐色の斑点をつけた大きな丸い、黒い胴体が行く手をさえぎっているのだった。セイラは立ち止まろうとしたが唸り声が背後に迫っているのでそうはしていられず、スカートをたくしあげると髪を振り乱し、目をとびだすばかりみひらいて、その物めがけてまっしぐらに走っていった。彼女の足音と蜂の唸り声にきっと身構えたガラガラ蛇は横切ろうとしていた小径の中途で止まり、湿地の草の上にむっくり頭をもたげ、物問いたげにガラガラ鳴りだした。ガラガラガラガラ、しまいには蜂の声もかき消されるほど大きく鳴った。

　恐怖に駆りたてられた女は真っ向からそれに向かって狂気のように、とめようもない勢いで突進し、ひと跳びで蛇の体を躍り越え、あとは足に翼を生やして逃げだした。一撃を加えようと、とぐろを巻いた蛇は、セイラを打ちそこない、そのかわり蜂どもの中へ飛び込んでしまったので、蜂は蛇の体の上や周囲に群がり集まった。これは面倒なことになったと気がついた蛇は、草の中に身を沈め、柳にふちどられた深い低地の洞穴へと草をかきわけながら進んでいった。湿地はまるで巨大な草刈り人が幅広に刈り取っていくかのように見えた。怒った蜂のむれは蛇を求めて勢いするどく飛び回るうち、藪茨につきあたり、恰好な落ちつき場所かどうかを試すらしくひと休みした。精根つき果てたセイラはその先でよろめき、小径にうつぶせに倒れているのをそばかすが見つけ、静かに横たえたのだった。

そばかすが手をつくしているうちに、ようやくセイラはおののく吐息を深くついて目を開いた。

そばかすが自分の上にかがみこんでいるのを見ると、セイラはしっかり目をつぶり、そばかすにつかまりながらどうにか立ち上がった。彼に抱えられるように開墾地へ向かったセイラは、彼にしがみつきながらわずかに残っている力をかきあつめて身を支えたが、目だけはどうしても開こうとしなかった。ようやく開いたのは子供たちがまつわり寄ってきた時であった。すると逞《たくま》しい大女のセイラは再びくたくたと倒れてしまった。子供たちの泣き叫ぶ声がそばかすの恐怖をいやがうえにもあおりたてた。

この時には小屋もま近だったので、家の中にかつぎ込みベッドに寝かせることができた。そばかすは上の子供に言いつけて丸太道を大急ぎで走らせて一番近い隣の家へ人を迎えにやり、二人でセイラの着物を脱がせてどこもかまれていないことを確かめた。手首からは血が流れているので洗ってほうたいをし、苦心の末ようやく意識を取り戻させることができた。セイラはすすり泣き、身をふるわせながら横たわっていた。はじめて口にしたまともな言葉は、「そばかす、台所のテーブルにのってるかめのところへいって、イーストが醱酵《はっこう》しすぎちゃいないか見てきておくれ」と、いうのだった。

ようやくセイラが事の詳細をダンカンやそばかすに語れるようになったのは、何日かしてからであったが、その時でさえ、末の赤ん坊さながらに泣かずには話せなかった。そばかすは身も世もなくせつながり、女のようにいき届いた看護ぶりだった。一方、大男のダンカンはこの二人のどちらもがかわいそうでたまらず、小屋の割れ目一つ残らず詰め物をしたり、小屋の近くで蛇のかくれ場となりそうな場所を調べてまわったりして、朝早くから晩おそくまで働いた。あの朝の小径での事件でセイラはなにかというと震えがやまず、マックリーンを呼び寄せて、そばかすをあんな恐ろしい場所でこれ以上危険な目にさらさないように、なんとかしてくださいと頼むまでは落ちつかなかった。支配人はそうしようと固く心を決めて沼地へでかけた。

そばかすは足をふんまえてマックリーンを笑った。「支配人さん、女の臆病風に吹かれてわたしのことを気づかうなんてやめてください。ダンカンのおばさんがどんな気持ちだったか、それはわかります。わたしだって経験してきたんですからね。だけど、それはもうすっかり過ぎたことなんです。この古い沼地の中のいっさいのもの、またここへやってくるどんなものともあくまでも闘い抜くことこそわたしにとってはなにより名誉なんです。いっぱいに帆をあげて走っている今、これを取りあげられたら、たちまちわたしの胸は張り裂けてしまいますよ。まだ三、四週間はあぶない時期ですが、わたしだってもうかれこれ一年も過ごしてきたんですもの、それぐらいなんだと言うんです？　女の取り越し苦労なんか聞いちゃいけませんよ。悶着のもとになるといつも聞かされていますからね」

マックリーンは微笑した。

「このあいだの材木の件はどうだったかね？」

そばかすは赤くなり、賞讃の気持ちをこめてにやっと笑い、「エンゼルや鳥のおばさんは並みの部類にゃ入りませんよ」と、恥ずかしげもなく言いきった。

マックリーンは馬上で笑いだした。

10 エンゼルの成功

たしかに鳥のおばさんとエンゼルは並みの部類にはいっていないらしく、期日がくるとシリーズの三番目を写しにやってきて、境界線で話をしていたマックリーンとそばかすに出会った。マックリーンは鳥のおばさんが著わした湿地帯の記事を読んだばかりで、非常に興味をそそられ、ぜひ沼地にお供をしてそのような位置で、どんな方法により写真を写すのか拝見したいと、おばさんに頼んだ。

鳥のおばさんは、目下着手している対象ではいともお易いご用だ、雛はまだ小さくて、マックリーンを見ても怖がるほどになってはいないが、そろそろ手数のかかるころになってきたから、喜んでいらしていただきたいと答えた。二人はエンゼルの世話を大喜びのそばかすにゆだねて、雛の丸太のほうへとでかけた。エンゼルはバンジョーとそれからそばかすに歌ってもらう歌謡集をたずさえてきた。鳥のおばさんは自分が雛のほうをすますまで、そばかすの部屋で練習していい、すんだらマックリーンと一緒にその音楽会へいくからと二人に言った。

三時間近くもかかってようやく終わり、鳥のおばさんとマックリーンは休息したり昼食をとったりして、西の小径をつたってきた。マックリーンは鋭く小径に目を配り、さしだした木々から倒れ落ちた大枝をとりのけながら先に立ってくるうちに、大きな樹皮を一枚勢いよく湿地へと投げ飛ばした。が、はたと立ち止まり、小径をじっと見つめた。

鳥のおばさんも身を屈め、共にエンゼルの足跡を認めた。ついに二人の目は合ったが、おばさんの目にはありありと驚きの色が浮かび、マックリーンのほうはいとおしさでうるんでいた。どちらも一言も言わなかったが、しかし彼らは知ったのだった。マックリーンは湿地のほうへ入り、樹皮を探しだしてきてそっと元のところへ置き、鳥のおばさんは気をつけてその上を踏み越えた。

入り口の繁みについた時、ふと聞こえてきたエンゼルの声に二人は足をとめた。命令的ないらいらした調子だった。「ジェームス・ロス・マックリーン！　あんたはあたしをまっくらな失望の谷へ追い込んでしまったわ。まるであんたの声がガラスかなんかで、今にもこわれそうだと言わんばかりの歌いぶりじゃないの。なぜ一週間前の時みたいに歌わないの？　さあ、返事を聞かしてちょうだい」

そばかすは照れくさそうにエンゼルにほほえみかけた。エンゼルは例の、風流な腰掛けの上にすわって、バンジョーで伴奏曲をかなでているのだった。

「あんたはペテン師よ。先週は大歌手の素質があると思わせたくせに、さて今の歌い振りといったら——どんなに下手な歌い方をしてるかあんた知ってて？」

「知ってます」と、そばかすはおとなしくみとめた。「うまく歌えないのは、あんまり楽しいからじゃないかと思うんです。淋しい悲しい時でなければ歌はうまくでてこないんです。今は世界に日の光がいっぱいに照ってます。あんたや支配人さんや鳥のおばさんと一緒にいると、わたしはあんまり幸福で自分の歌に精根こめてなんかいられないですよ。あんたをがっかりさせてなんともすまんです。また弾きなおしてください。もう一度やり直しますからね。今度は一生懸命やってみますよ」

エンゼルは、愛想もつき果てたと言わんばかりに、

「まあね、あんたくらい自慢できるものを持っていたら、あたしなんか頭をぴんとあげて歌うでしょうよ！」

「で、わたしの自慢できることってなんだろうな？」と、そばかすはまじめにたずねた。

「あら、素晴らしいことが山ほどあるじゃないの」と、エンゼルはこらえかねたように叫んだ。

「たとえば、この地帯に材木泥棒を寄せつけないこともそうだし、あんたのお父さんからの信用だって得意に思っていいことじゃありませんか。お父さんを一度だってがっかりさせたり、その信頼を裏切ったりもしないことだって誇っていいことだわ。み

んなが、あんたのことを信用と尊敬をこめて噂しているとだって、それからあんたがどんなに勇敢な心と強い体を持っているかということだって誇るべきことだわ。つい二、三日前にも頑丈な男の人が言ってたのよ。リンバロストはいやなところで――危険でいっぱいな、恐ろしい沼地ですって。不健康なことこのうえなしだし、草分けのころから脱獄人だの泥棒だの人殺しだのの巣としてしか憶えられていないんですって。リンバロストという名だって、ここへ迷い込んでさまよい歩いているうちに餓死《がし》した男の名前なんですとさ。あたしと話したその男の人が言ったけど、月に千ドルもらったってあなたのやってる仕事をする気になれないって――実際のところ、どんなに給料をくれたって、いやだと言ってたわ。それだのにあんたは一日も怠けずこの中の木一本なくさないんですもの。なにを自慢にできるかですって？　まあ、こう考えただけでもいばって歩けるじゃありませんか！

それにアイルランド人に生まれたことも自慢していいことだわ。あたしの父もアイルランド人よ。父が得意になってふんぞりかえって歩くところを見たいと思ったら、同国人のことをちょっとでも、吹聴させるように話を向けさえすりゃいいのよ。父はよく言うのよ、適当な国土さえ持ってればアイルランドは世界をリードできるんだって。土地と肥えた地面のないことがいつも邪魔になってるんですって、アイルランドがアメリカのインディアナ州くらい広くて地味が肥えていたら、英国なんかの支配を受けはしなかったろうってね。英国なんか属国にしているだろうですとさ。考えてもごらんなさいな、英国が属国ですってよ！　今はアイルランドにはヨーロッパ一のすぐれた雄弁家や一番頭のいい政治家がいる、いざ英国が戦おうという時には、その塹壕《ざんごう》をどんな人間で満たすと思って？　アイルランド人よ、もちろん！　アイルランドにはね、またとない青々とした草や木があり、立派な石や湖水がありジョーンティング・カーという二輪馬車があるのよ。あたし、ジョーンティング・カーってどんなものかよくは知らないけれど、とにかくアイルランドにはどんなものでもあるのよ。名優も大勢いるし、歌手も二、三人いるわ。それから詩人の中にこれほど素晴らしい人はないと思うのがいてよ。あたしの父さんが『わが祖国のなつかしき竪琴《たてごと》よ』を朗詠《ろうえい》するところをあなたに聞かせたいわ。こんなふうにするのよ」

エンゼルは立ち上がり、ゆかしい古風なお辞儀をしてからバンジョーをかかえ、リズムに合わせて体を振りながら得も言われぬアイルランド訛をまじえ、韻脚《いんきゃく》を詰めて誦《しょう》し始めた。

「わが祖国のいとしき竪琴よ」（エンゼルは烈しくバンジョーを抱きしめた）

「われ闇の中に汝《なんじ》を見いだせり」（バンジョーを光にかざす）

「冷たき沈黙の鎖《くさり》久しく汝がうえにあり」（そのばら色の掌《てのひら》でおさえる）

「やがて誇らかに、わがアイルランドの竪琴よ、われ汝のいましめを解き」（エンゼ

ルは頭を振りやり、さっと美しい音を掻き鳴らす）
「汝の絃《いと》のすべてに光と自由と歌を与えたり」（エンゼルは、先刻そばかすのために弾いていた伴奏に移った）
「これがあんたの考えなくちゃならないことなのよ。今すぐにはあたしアイルランドの誇りとすべき偉大な輝かしいものをそっくり思いだすわけにいかないけれど、でもそれがなんであれ、みんなあんたのものよ。そしてあなたはその一部なのよ。そんな『一番悲しい時に歌える』なんてのは軽蔑するわ。あんたは歌えるんですもの！　さあ、あそこへいってやってごらんなさい！　アイルランドは政治家や勇士や名優や詩人を生んできたじゃありませんか。今度はあなたがアイルランドの声になるのよ！　あの大伽藍の戸の前にお立ちなさい。あたしが伴奏しながら通路を歩いていって、あんたの前で止まったら——そうしたら歌うのよ」
エンゼルの顔は異常に紅潮しており、目は輝き、胸は興奮し高鳴っていた。
エンゼルは繁みをかきわけ姿を消した。そばかすは若松のようにまっすぐ立ち、緊張して待っていた。まもなく、まだと思っているうちに、ひとすじの光線を金髪に落としたエンゼルが、迫るようにかなでながら、通路を彼のほうへ進んできた。そばかすはすくみあがった。血は血管をかけめぐった。

大伽藍は美々しく荘厳であった。アーチ形の円天井には果てなき影と調和のあやなす金、緑、青の壁画が描かれてあり、エンゼルの踏んでくるモザイクの通路には選りに選ったゆたかな色彩が敷きつめられ、神のおん手になる巨大な柱は何世紀もの日光と風雨の仕上げをうけて立ちならんでいた。しかしエンゼルの美しい若々しい顔と、神々しいまでの姿こそ、神のすべての作品の中でも最も完全なものであった。これほどきわだって美しく見えたことは、これまでになかった。今エンゼルは励ますかのようにほほえみ、そばかすのほうへと近づきながら、絃をせい一杯強くかき鳴らした。哀れなそばかすの胸は鈍い痛みと、エンゼルへの偉大な愛のために破れんばかりだった。エンゼルの期待にそいたいと願うあまり、彼は他のいっさいを忘れた。エンゼルが歌いだしの一節を奏ではじめた時には、そばかすの用意はすっかりできていた。

彼は文字どおり爆発した。

「アイルランドの小さき緑葉《みどりは》三つ
　ひともとに結ばれたる。
　その愛、誠、勇気をあらわし、
　奇《く》しき力こもる宝石ともなる」

エンゼルは不思議そうに目を丸くし、唇をぽかんとあけた。頰の紅はさらに深まった。そばかすを振るい起こすつもりだったのが成功以上のものとなったのだ。年のいかないエンゼルには、男を振るい立たせようとの努力のあまり、女はしばしば自分で消すことも押さえることもできない火をたきつける結果になることを知らなかった。そばかすは今エンゼルを見おろしながら、彼女だけに聞かせるため、その歌をかつてためしがないほど見事な歌い振りで、歌っていた。そしてエンゼルの助力を借りるかわりに、そばかすのほうがエンゼルを声の波にのせて自分と共に、遥かなる彼女の知らない世界へと運んでいったのであった。合唱の部分にきた時に、エンゼルは目をみひらき、喘ぎながらゆらゆらと彼のほうに身をかしげ、必死になって伴奏を合わせようとした。

「おお、愛するや？　おお、愛せよ。
みどり色なすしろつめ草の花を愛せよ！」

調べが最後にくるとそばかすの声はやみ、じっとエンゼルの目を見つめた。自分の最善のものを全部捧げつくしたのである。彼はひざまずき手を胸に組んだ。エンゼルは魅せられたように通路をまっすぐ歩み寄ると、くるくる渦巻く彼の赤い髪に指をさし入れて顔をあおむかせ、額に唇をつけた。それからあとにさがりそばかすの前に立った。

「素晴らしかったわ」と、讃える声までも感激で乱れていた。「素晴らしかったわ！　あんたにできることがあたしにはわかっていたわ！　あんたの中に潜んでいるってことがわかっていたわ。そばかす、あなたが世の中にでたとき大勢の聴衆を前にして、今のように歌ったら、ただ一度であなたは成功するでしょうよ。そうして欲しいものはなんでも自分のものにできることよ」

「なんでも？」

そばかすはあえいだ。

「なんでも」

エンゼルは繰り返した。

そばかすは立ち上がり、何かつぶやきながら古いバケツをつかみ、水を汲んでくるふりをして、やみくもに、沼地に突進した。エンゼルはゆっくり「書斎」を横ぎり、腰掛けにすわると目をすぼめながら靴の爪先を一心に眺めていた。

小径では呆然として鳥のおばさんがくるっとマックリーンのほうへ向きなおった。

「大したものだ！」と、マックリーンはささやいた。

鳥のおばさんはようやく口を開いて「エンゼルは自分があれほどに歌わせたのだと

いうことを知っているんでしょうか？」とやさしくたずねた。

「いいや、そうは思いませんね。だがかわいそうに、息子のほうは知っていますよ」

鳥のおばさんは静かにそよぐ湿地を見つめていたが、しばらくしてから、

「わたしにはあの娘を責める気にはなれません。わたしだってあのとおりにしたかもしれませんものね」

「残らずおっしゃってください」マックリーンはかすれた声で迫った。「あの子を正当に扱ってやっていただきたい」

鳥のおばさんは、答えないわけにはいかなかった。

「あの子は生まれながらの紳士です。つけこもうとはせず、あの娘に触れようとさえしませんでした。あのキスがあの子にとってどんな意味のものであれ、激しい感動からの子供らしい愛情のあらわれにすぎないことを、あの子は承知しているのです。あの子はどんな男子も及びつかないほど立派な男らしい態度でしたわ」

マックリーンは帽子を脱ぎ、

「ありがとう」と、一言いうと、繁みをわけてそばかすの部屋へと鳥のおばさんを案内した。

はじめて部屋を訪れたおばさんは帰る前にカメラを取り寄せ、部屋の四方や大伽藍を熱心に調べた。おばさんはこの場所の美しさに恍惚となり、これがそばかすの創意

と工作になったものとは信じかねる様子で、絶えずそばかすの姿を目で追っていた。

それは幸福な一日だった。鳥のおばさんが持ってきた昼食とそばかすのご馳走を「書斎」の床にひろげ、一同腰をおろして楽しい憩いをとった。しかしエンゼルはバンジョーをケースにおさめ、黙々として楽譜をまとめてしまい、誰も音楽会のことを口にだす者はいなかった。

鳥のおばさんは食事の始末をマックリーンとエンゼルにまかせ、そばかすと部屋の壁を調べてまわりながら、そばかすの集めた灌木《かんぼく》や花について知るかぎりのことを語ってくれた。ベニバナを一輪分解して、そばかすが夏じゅう知りたがっていたことも教えてくれた——すなわち、蜂鳥《ハミングバード》がいつも用意ができているこの花のご馳走にありついている間、どうして蜜蜂《みつばち》は手のくだしようもなくただその周囲をぶんぶん唸っていなければならないか、ということの説明であった。そばかすの標本の中には非常に珍しくておばさんでさえ知らない物もあり、二人は花の本を中にしてすわりこみ、それら異種のものを調べた。おばさんはそばかすと一緒に大伽藍の通路を果てまでさまよっていき、燃えるようなフォックス・ファイアの花を一列に植えこんで、祭壇を明るくしたらよいと意見を述べた。

長い一日を沼地ですごしたそばかすが小屋に帰ってくる時、黒い雛の奥さんが、さっと南に舞い飛んでいくのを見て、いったいどこへいくつもりかしらと不思議に思った。そばかすは明るい居心地よい台所へはいり、洗面器に手をのばしかけたが、ふとダンカンのおばさんにたずねた。「おばさん、キスって洗ったら消えてしまうかしらね？」

おばさんの胸に熱い波が押し寄せ、顔がさっと紅くなった。おばさんは肩をそびやかすと、いとしげに自分の両手を眺めて叫んだ。

「そんなことはないよ、そばかす。とにかく、あんたの好きな人からもらったのは消えっこないよ。外側には残っちゃいないがね。中にどんどんはいっていって心臓のまんなかまでいくと、そこを落ちつき場所にしてしまうから、どんなものがきたってあんたからそれを奪い取ることはできないんだよ――たとえ死んだって――。大丈夫、安心していいよ。キスは洗っても落ちないからね」

そばかすは洗面器を下に置き、疲れはてった顔を水に突っ込みながらつぶやいた。

「それなら安心して顔を洗っていいな。あれも中へはいってしまったんだから」

11　酔っぱらう木

ある朝、食事の時にそばかすが言いだした。

「なんとかして鳥のおばさんにことづけをしたいんだけどなあ。沼地に今まで一度もなかったと思うようなことが起こってるんだけれど、きっとおばさんが見たかろうと思ってさ」

「今度はなんだね、そばかす？」ダンカンのおばさんはたずねた。

「まったくこんな奇妙な話は聞いたこともないと思うな。虫どもがみんな大浮かれに浮かれてるんだ。もともとはおれのせいだと思うんだけど、偶然そんなはめになっちゃったらしいんだ。ほら、境界線の湿地寄りの小径のところに野生リンゴが一本あったろう？　そのまわりの草が繁ってるところは蛇にとっちゃこの上なしの場所なんだ。女衆がやってくるもんで、少しばかり奴らを退治してやれと思っていたんだが、きのう、通りがかりにひょっとその木に気がついて、これを取り払ったらよかろうと思いついたんだ。最初、手斧で切り倒そうと考えたんだ。おれの二の腕ぐらいの太さしかないもんでね。だけど春になると花をつけて、そこら一面にいい匂いをさせてるのを思いだしたんだ。その花の色がとてもきれいでね。だもんでその木を殺しちまうのがいやになったってもんさ。それでまわりの草をすっかり刈り取ることにして、それから幹をおれの肩ぐらいの高さまで刈り込んで、上のほうは拡がってるまんまにしといたんだ。そうしたら実に素敵な恰好になったので、いい気持ちになってのんびりとでこぼこをなおしたりしたんだ。ところが、けさの有り様といったら！　ほら、枝を払ったり幹を刈り込んだりしたもんでさ、こんな暑い日に照りつけられれば二、三時間で醱酵しちゃうんだ。この木にもうこれ以上隙間がないほどいろんなものがたかっていて、これ以上酔っぱらえないくらい酔ってるんだ」

「まあーったく、たまげちまうね。で、どんなものがたかっていると言うのかい、そばかす？」

「黒蟻の大群なんだ。その中には大酒飲みを気取って汁をすすってるのもあるし、そうかと思うと尻尾や後足ですわって前足をこすり合わせたり、目を拭いたりしているのもあるしね。それからまた満足しきって地面を転げているのもいるし、大きな青蠅《あおばえ》もたくさん木の皮や回りの草にとまっていて、あんまり酔っぱらっちゃって飛べないんだ。だもんでまるで飛んでる時のようにブンブン唸りながら、その実、すわりこんだままなんだ。トンボときたら、満腹してるくせに——また吸おうとするのさ、かたいかぶとをつけた虫もたくさん——かぶと虫じゃないかと思うんだけど、くじゃくのしっぽみたいな褐色と青と黒の色をしたのがたくさんいたっけ。しがみついているうちに足が弱ってもう我慢ができなくなると、ガサッと地面に落ちて背中を下にして寝ころんだまんまむずむずと手足をもがいているんだが、少しばかり酔いがさめるとむっくり起きあがってもっと吸おうとまた這い戻ってくるんだ。奴らはあんまりどっさりいるもんでぶつかり合っちゃ転がり落ちるのさ。もっと酔いがさめないと木にも登れないんだ。黒と金色がだんだらになったマルハナバチもどっさりいて、ぐでんぐでんになって、木から転がり落ち、地べたにあおむけにひっくり返ったまま、ごろんごろんと体を左右にゆすぶって、まるでふとった赤んぼみたいに上機嫌で歌をうたってるのさ。野蜂は羽音をたてて唸りつづけてるし、一番ひどい大酒飲みは蝶々ですよ。まったく見ものだから！　あんなきれいなものはおばさん見たことがないだろうよ！いろんな色で、ありとあらゆる恰好をしたのが、飲んで飲んで飲みまくり、わたしが追いかけると、飛びながらふらふらして空中でとんぼがえりするんだ。そっとしておけば草にしがみついてさも嬉しそうに身をふるわしてるんだ。まったく見ものだよ、おばさん。いちばんのお調子者なら鉛筆で、玄関の扉をこじあけかねないよ」

「そんな不思議な話、聞いたこともないね」

「めったに見られるものじゃない！　今までこんなところを写真にとった人は、誰もないと思うな」と、そばかすは真剣な面持ちで言った。

「そうとも。あるまいともね。あんたが境界線をまわっている間にわたしが町へいって鳥のおばさんに話すなり、なんとかして知らせなくちゃいけないね。夕食のあとでいいんならあんたが自分でいってこられると思うよ。ダンカンが帰ってくることになってるからね。あんたのかわりに見張りをするだろうよ。もし帰らなかったり、ことづけを頼める者も通らなかったら、朝早くわたしが知らせにいってくるよ」

そばかすは昼の弁当をたずさえ沼地の監視にでかけた。熱心に目を光らせたが異状は見あたらなかった。しかし、なにか危険をはらんだ空気がただよっており、さっと神経が緊張するのをおぼえた。鉄条網の区切りの一つ一つを調べ、誰か通った形跡はないかと、湿地の草に絶えず鋭い注意を払っていったが、不安を裏づけるものはなにも見あたらなかった。帽子のつばをぐっと引きさげて日をよけながら、彼の雛鳥の姿をさがした。雛たちは空高くほとんど目に見えないくらいのところに浮かんでいた。

「やあお前たちのような鋭い目があって、あんな都合のいい場所にいられたら、こんなに気をもまなくてもすむんだけどな」

部屋に着くと、はいる前に入り口のところを用心深く調べてみた。それから左手を愛用のピストルの柄《つか》にかけ、右手で繁みをかきわけて中に入った。すぐに彼は何者かきたことを悟った。壁や床にくまなく目を走らせながら部屋の中央に進んでいったが、それを証拠づける手がかりはなに一つ見つからなかった。しかし、この場所の雰囲気につうじきっているそばかすにはわかっていた。どうしてわかったのか自分でも言えなかったであろうが、それにもかかわらず誰か部屋に入り、腰掛けにすわり、床の上を歩きまわったことをはっきり感じた。ことに箱の周囲では確信がもてた。べつに乱れてはいなかったが錠をはずそうとした跡が見てとれた。そばかすは箱の後ろにまわり、ぐるりの地面を念入りに調べてみた。すると箱が打ちつけてある木のすぐそばに真新しい足跡がぶくぶくした土に深く刻まれているのが発見された。細長い幅のせまい足跡で、ウェスナーの足ではなかった。それを目分量で測った時、そばかすはぎょっとした。しかしその場にぐずぐずしてはいなかった。誰かに監視されてる気がしたからである。背中に誰か侵入者の目が向けられているのをはっきり感じた。彼はあまりに綿密に調べすぎているのに気がついた。もし誰かが監視しているのなら、それに気づいたことを知られたくないと思った。そこでこのうえなく明けっぱなしの態度をとり、いつものように花や苔にやる水を汲んできた。しかし体を全部さらす位置には絶対おかないようにし、手は絶えずピストルから離さなかった。ついにこの緊張に耐えられなくなったそばかすは、大胆にも沼地に飛び込み部屋のまわりを綿密に調べたが、それ以上警戒を呼ぶようなものはなに一つ発見できなかった。そばかすは箱の鍵をあけ、自転車を引きだすとその日は一日じゅう乗り回し、これまでにかつてなかったほど一心に見張った。幾度か自転車をしまいこんでは、沼地じゅう足のふみ入れられる場所は、残らずジグザグ型に徒歩で横断してみた。一歩一歩に細心の注意をこめて、危険のおそってきそうな方向を用心した。

マックリーンを迎えにいこうと何度か考えたが、自分の言葉を証拠だてるものが足跡ただ一つであってみれば、それも実行する気にはなれなかった。

そばかすは夕食にいく前に、ダンカンがその晩帰ってくるかどうかを確かめようと思った。湿地を突っきっていったそばかすの目にまっ先に映ったものは、裏庭にいる栗毛の馬たちだった。

その日通りかかった者は一人もなく、ダンカンはそばかすが町へ走り歩いてくるあいだ、見張っていることを快くひきうけた。そばかすはダンカンにあの足跡のことを話し、用心するように頼んだ。ダンカンはこともなげな様子でパイプを詰め、頑丈なピストルを取りあげると、がっしりした体躯《たいく》をリンバロストの森へと運んでいった。

さっぱりと身づくろいをしたそばかすは、一路町へと急いだが、鳥のおばさんの家へついた時にはもう頭上に星がまたたいていた。遠くから家が灯りでこうこうと輝いているのが見え、芝生にもベランダにもしゃれたランタンが吊るしてあり、来客でごった返していた。そばかすは自分の用向きが重要に思えたので、引き返そうとは思いもよらなかった。これだけが自分にとって唯一の機会なのだ。ぜひ今すぐ鳥のおばさんに会わなくちゃならない。彼は自転車を塀の内側にもたせかけておき、広い正面玄関のほうへ歩いていった。階段のあたりは若い人々でいっぱいだった。エンゼルは自分を取り囲んでいたひとむれにちょっと会釈してから、急いで彼のほうへきて、うれしそうに叫んだ。

「まあ、そばかす！　抜けられたのね？　でてこられないんじゃないかしらって、とても心配してたのよ！　こんな嬉しいことってないわ！」

「なんのことかわかりませんが、待っててくれたんですか?」

「あら、もちろんよ」エンゼルは、驚いた様子だった。「あなた、あたしのパーティにいらしってくださったんじゃないの? あたしからの招待状を受け取らなかったこと? あたし、お送りしたのよ」

「郵便で?」

「ええ。あたし支度《したく》を手伝わなくちゃならなかったもんで、でかけていく暇がなかったの。でも手紙で、鳥のおばさんがあたしのためにパーティを開いてくださるから、あたしたち、ぜひあなたにいらしていただきたいってお知らせしたのよ。あたし、その手紙をダンカンさんとこの郵便と一緒にしといてくださいって、局の人たちに頼んだんだけど」

「それなら今もそこにそのまま置いてあるでしょうよ。おじさんは一週に一度しか町へでないし、時にはでないことさえあるんですからね。今夜は今週になってはじめて家へ帰ってきたんです。わたしの代わりに一時間見張りをしてもらって、その間に鳥のおばさんにぜひ知らせたいことがあってやってきたんです。会えますか?」

エンゼルの顔はくもった。「まあ、つまらない! あたし、お友だちぜんぶにあなたをお引き合わせしたいと思っていたのに。どうしてもいられないの?」

そばかすは自分の長靴からエンゼルの友人たちの革靴にちらっと目をやり、謎めいた微笑を見せたが、エンゼルの心持ちは決して誤解しなかった。

「そうしていられないことがわかるでしょう、エンゼルさん？」彼は言った。

「わかることはわかるわ」エンゼルはしぶしぶ言った。「なんて残念なことでしょう！　でも、あたしのパーティへきてくださることより、もっとお願いしたいことは、あなたの仕事を頑張って勝ち抜いていただきたいことなの。あなたのことを毎日考えているのよ。そして、あの泥棒たちの先手を打てるようにお祈りしているの。おお、そばかす！　しっかり見張りをしててね！」

彼の目的達成を切望してそばかすの前に立つエンゼルの絵のような愛らしさから、そばかすは目を離すことができず、彼女の友人たちがなんと思っているか考えるゆとりさえなかった。エンゼルがかまわないのなら、おれがどうして気にかけることがあろう？　どっちにしても、あの人たちがエンゼルのほんとうの友だちであるなら、おれよりもっとエンゼルのやり方には慣れているだろうからな。

エンゼルの顔やあらわな首や腕は野バラの花のようだった。やわらかな白い紗の服はあるかないかの夜風にひらひらなびいていた。額や耳のあたりに離れるのがいやかのようにまつわる美しい金髪は、うしろにかき上げられ、幅広の青い繻子のリボンで結んであった。腰には青いサッシをしめており、その結び目がドレープをおさえていた。

「鳥のおばさんをお呼びしてこなくちゃいけないこと?」エンゼルは懇願するように言った。

「ええ、そう願います」そばかすは強く言いきった。

エンゼルは立ち去ったがまもなく戻り、鳥のおばさんは中の人たちと話をしているから、少しのあいだこられないと言った。

「ねえ、中におはいりにならない?」と、エンゼルは頼むように言った。

「そうはしてはいられません。あんたの友だちの仲間入りができるようなみなりもしていませんし、つい、うっかり長居をしてしまうかもしれませんから」

「それなら家の中を通らないようにしましょう。お話の邪魔になりますからね。でも、外から温室へいらしってちょうだい。そうすればあたしの誕生日のご馳走を少し召しあがっていただいて、ダンカンのおばさんや子供たちにお土産のお菓子を差しあげられますわ。どう、愉快じゃない?」

そばかすは愉快どころかもっと素敵だと思いながら、いそいそとついていった。

エンゼルは、なにか氷のように冷たい炭酸の液体をなみなみとたたえた大きなコップを渡してくれたが、こんなおいしいものは初めてと思うほどだった。冷たいフルーツジュースを調合した飲み物など、たびたび飲める身の上ではなかったからである。暖かな夜であり、エンゼルはたとえようもなく美しくやさしかった。心も頭も体も恍惚となった。そばかすはいつになく大胆になり、温室と来客の仕きりになっている、どっしりしたカーテンを細くあけてのぞいてみた。彼は息が止まりそうになった。このようなことは本では読んだことはあるが、見たことは一度もなかった。

広々とした場所は六室ばかりも突き抜けになっているらしい。灯りがまばゆく輝き、花の香りがたちこめ、優美に着飾った人々で一杯だった。ピカピカした床やきらめくコップ、立派な家具もかいま見えた。どこからか大好きな鳥のおばさんの声が高くなり低くなりして聞こえた。エンゼルもそばに割り込んで眺めていたが、

「きれいでしょう?」と、ささやいた。

「天国ってこれよりもっと素晴らしいところかしらなあ?」と、そばかすはたずねた。

エンゼルは笑いだした。

「あんたをもっと笑わせてあげましょうか?」とそばかすは念を押した。

「笑いというものはいつだっていいものよ。あたし、何を聞いてもへいちゃらよ。先をおっしゃいな」

「それなら言うけど、わたしはあの床の上を歩きまわったり、あの中の一番偉い人たちと対等でつきあえるような気がしただけなんですよ」

「それのどこがおかしいの?　笑うことなんかないじゃない?」

エンゼルは、狐につままれたような顔をして問い返した。

「これを聞いてなにがおかしいかと、わたしの顔を見て聞きなさるんですね」

「あたし、そんなわかりきったことを笑うなんてそれほど馬鹿じゃないわ、あたしの半分もあなたを知らない人だって、あなたが一度も無作法な振る舞いをなすったことがないことや、ここにいるどんな男の人よりも、倍も上品な態度をしていることがわかりますもの。あなたは上品で礼儀正しい人たちの仲間じゃどうしていけないの？」

「ああ、そんなに思ってくださるなんて、あなたはほんとうに親切です。それを口にだして言ってくださったことはそのまた倍もありがたいです」

カーテンがさっとわかれて一人の婦人が二人に近づいてきた。磨きあげた床にレースの衣装が裾を引いていた。首や腕に落ちる灯りが珍しい宝石に反射して、燦然《さんぜん》たる光を放った。婦人は晴れやかにほほえんでいた。しかし婦人がもの言うまで、そばかすにはこれが大好きな鳥のおばさんであるとはわからなかった。

そばかすのまごついた様子に気がついておばさんは叫んだ。「あら、そばかす、戦闘服を着たわたしを知らないの？」

「リンバロストと闘いなさる時の制服なら知ってます」

鳥のおばさんは笑った。そこでそばかすが用向きを話すと、おばさんは、自分の耳を信じられないほどに驚いて、いつとはっきり日は言えないが、できるだけ早くいく、調べてみたくてたまらないからと答えた。

二人が話している間にエンゼルは、せっせと箱にサンドイッチやケーキや果物などを詰めていた。そして最後に冷たい飲み物をそばかすに与え、新しい題材を知らせてくれたことを何度も感謝した。夜の闇の中にでたそばかすは目を星空に向け、リンバロストへと自転車を走らせた。やがて彼は帽子をとってバンドに吊るし、夜風に髪をなぶらせながら、演説のきれっぱしや讃美歌や方言や黒人霊歌など、びっくりするほど目まぐるしいプログラムで、空気をふるわせた。今のそばかすにできることは歌をうたうことだけだった。ダンカン一家では丸太道の一キロも向こうからそばかすの歌声を聞きつけ、われとわが耳を疑った。そばかすはバンドに結《ゆ》わえておいた箱をほどき、中の食物は全部ダンカンのおばさんと子供たちに与えたが、大きな菓子の一片だけは、甘い物好きなダンカンの所へ持っていこうと別にした。花は箱に戻し自分の本を並べたところに飾った。彼はなにも言わなかったが、それにさわってはならないことが一同にわかった。

「あれは、兄ちゃんの花ね」と、小さなスコットランド人は言ったあとで、嬉しそうにつけ加えた。「だけど、これはあたいたちの、おかちだ！」

そばかすは赤くなりながらダンカンの菓子を手にして沼地へでかけていった。ダンカンが食べている間、そばかすはその晩の様子を適当な表現が見つかるところだけ語って聞かせると、大男のダンカンは目を丸くし、手にしたケーキをもしばし忘れるほどだった。

それからそばかすは自転車を走らせ、ダンカンの鶏小屋の一番大きなプリマス・ロック種の鶏が刻《とき》をつくり、長くたなびく光が東の空を染めるころようやく巡視をやめた。自転車を駆けらせながら、そばかすは歌い、歌いながら神を讃えたが、その讃えんとする神がはるかかなたにかすむ神秘的な存在であるにひきかえ、エンゼルのほうは暖かな血の通う人間であった。

樹皮をかぶせてある小さな足跡のところを通るたびに彼は自転車からおり、帽子をぬいでおごそかにひざまずき、足跡に唇をつけた。そばかすは自分では数えなかったので、それが幾度くり返されたのか知っているのは、笑っている月の老人だけであり、世の創《はじ》め以来、地上の馬鹿気たおこないに対して、この老紳士は常に親切であった。暁《あかつき》もまぢかなころ、そばかすは歌いやめた。ほとんど倒れないばかりに疲れはてた彼は、二、三時間眠ろうと、境界線から小屋への小径に折れた。

12　わなに陥る

そばかすが境界線を去るや、南の入り口近くの湿地から逞しい男が四人、頭をもたげあたりに気を配りながら素早く馬車道から沼地へ入っていった。中の二人は大鋸《おおのこ》をかついでおり、三番目のは縄と針金のコイルをたずさえ、隙のない武装に身をかためていた。一人だけ入り口に見張りとして残り、あとの三人はぐんぐん暗闇の中を進んで、まもなくそばかすの部屋についた。そばかすは自転車で西側の小径から沼地をでたのだから、戻る時も自転車で東側の境界線を回ってからこの部屋にくるにちがいないと、男たちは見当をつけていた。

そばかすの部屋の西口からやや下手《しもて》寄りの湿地にブラック・ジャックは踏み込み、針金をしっかりと小さな樫の木に結わえつけ、そよぐ草の下をくぐらせて小径を横断し、ピンと張らせて沼地の木にむすんだ。それがすむと自分のした仕事の痕跡をすっかりくらますために、よくよく念入りに調べない限りわからないほど完全に草で針金をかくしてしまった。一同は粗暴なたんかをきったり冗談をとばしたりしながらそばかすの部屋に入った。ほどなくそばかすの箱は貴重な中味もろとも沼地に放りだされ、鋸はリンバロスト一をほこる見事な木の一本に喰い入っていった。

見張りの男から、ダンカンが荷馬車を駆って南の仕事場へいったという第一の情報が入り、次いでそばかすがやってくるという知らせに、見張り男はそばかすがどちらの側から小径にはいってくるか偵察にやられた。その結果は一同の予期どおりでそばかすは東側をとった。彼はいくらか疲労しており、思うように眠れなかったために頭がぼんやりしていたが、しかしたいそう幸福だった。目が痛くなるほど見回りしたのだが、沼地へ入り込んだ者の痕跡は一つとして見いだせなかった。

そばかすは彼のひよっこどもに元気よく挨拶の言葉をかけた。蛇川クリークではびっくりしてすんでのことで自転車からころがり落ちるところだった。鋸鳥のまわりを、不恰好なひょろひょろした雛が四羽とりかこんでいるではないか。雛どもは朝食をせがんでしきりに鳴きたてており、父鳥は、鼓手長のように重々しく気取り返って歩きまわっていた。

「きょうは鳥のおばさんは来ないんだろうな。こんなまたとない撮影のチャンスを見れば、飛びつくにちがいないのに」

そばかすが東の境界線を遠のくが早いか、見張りは部屋の西側の下手にうつされ、そばかすの到来を知らせることになった。合図は間もなく伝わってきた。たちまち鋸は止み、縄が取りだされ、一本の若木のそばでほぐされた。ウェスナーとブラック・ジャックは、鉄条網よりわずか上のほうの沼地のへりにうずくまって待ちかまえた。姿より先にそばかすの声が聞こえてきた。彼は境界線を疾走しながらやさしい声で歌っていた。

「おお、愛せよ、

　おお、愛せよ――」

　そのさきは続けることができなかった。勢いよく走っていた自転車がピンと張りきった針金に引っかかり、もんどり打って倒れたからである。

　そばかすはハンドルの上につんのめって、小径へ胸を下に投げだされた。彼が落ちるやいなや、ブラック・ジャックとウェスナーが飛びかかってきた。ウェスナーは、少年の腕をうしろにねじあげ、ブラック・ジャックは少古ぼけたフェルト帽をパッと脱いでそばかすの口をふさぎ、ブラック・ジャックは少年の腕をうしろにねじあげ、二人がかりで彼の部屋へ急いで連れ込んだ。何事がおこったのかもわからないうちに、そばかすは木に縛りつけられ、かたく猿ぐつわを喰《は》まされていた。

　それがすむと男たち三人はもとのとおり木をひく仕事を続け、残る一人はそばかすが「小さな雛の木へ」と踏みならした細道を辿っていったが、まもなく、材木を積みだす荷馬車が鉄条網を破って二台やってくると報告した。その間も鋸はじりじりと巨木に喰い入っていった。

　ウェスナーは小径にでて、針金を片づけてしまい、破損しなかったらしいそばかすの自転車をおこし、万が一誰か小径を通る者があっても、草の中に二つに折れて倒れているところを見られないよう、繁みにもたせかけておいた。

それからウェスナーはそばかすの前に立ちはだかると、悪魔のような憎しみをこめてからからと打ち笑った。驚いたことに、ウェスナーの顔には恐怖の影がみられたのである。しかも自分のほうは恐れを覚えぬのが不思議だった。四人に一人である！木にはなかば刃物がとおり、荷馬車は裏道をやってくるし、自分は縛りあげられ猿ぐつわをはめられているではないか。ブラック・ジャックやウェスナーと一緒にいる男たちはこの前、噂に聞いたのではマックリーンの使用人だったはずである。しかし荷馬車とともにくる男たちが誰だか、そばかすには見当がつかなかった。

この者どもがこの木を確保すれば、マックリーンは損害をこうむるだけでなく、賭けには負けるし、そばかすへの信頼も失うことになる。エンゼルの言葉が耳もとで鳴りひびいた。

「おお、そばかす、油断しないで見張ってね！」

それだのに、鋸はたゆみなく喰い入っていく。

木を伐り倒し車に積み込んでしまったとき、男たちはどうするつもりだろう？彼をその場に放りだしておいて、逃亡してしまい、事態を急報させるであろうか？それは望むべくもなかった。

法律など存在しないこんな場所で意味することはただ一つしかなかった。

そばかすの目はかすみ、めまいがしてきた。幸福に酔いしれエンゼルを崇拝したのは、つい昨夜のことではなかったか？　それが今はどうだ？　鋸をひく役目が交代になり、ウェスナーは花壇に歩みより珍しい種類のシダを一つかみ根元から引き抜くと、そばかすのほうへ近づいてきた。その意図するところは明らかだった。ブラック・ジャックは荒々しい声でウェスナーをたしなめた。

「やい、このオランダ人奴《め》！　貴様はそいつで小僧の顔を洗ってやろうというんだろう。だがそうはさせねえぞ。契約は契約だ。おれたちが木を運びだしちまったあとは、この小僧を煮て喰おうが焼いて喰おうが貴様の好きにするてえのが約束だ。ただし、貴様が事この件に関する限り永久に小僧を黙らせる条件でな。だが、からださえ自由なら、相手をたたきのめせるのが、縛られて責めさいなまれてる図なんざ、おれは見る目を持たねえぞ、いいか、おれたちがいっちまったあとで、この小僧がどんな目にあわされるかと思っただけでも、胸がむかついてくらあ。だがな、その前に勝手に事を始める権利があるなんてこたあならねえ。おれがここにいるうちは、小僧に指一本ふれさせねえぞ。おい、みんな、どう思う？」

「そうとも」と、ついこの間までマックリーンの部下だった一人が吐きだすように言った。

「そればかりじゃねえ。小僧奴をばらそうなんぞという危なっかしい仕事に手をだすたあ、どいつもこいつも馬鹿者ぞろいだ。おまえは小僧奴の顔を地びたに押しつけて背中の上からおさえつけてりゃよかったに。いってえ、どうしておれたちがいっちまうまで、奴の頭をくるんで繁みに転がしこんでおかねえんだ？　おれが今度のことに加担するについちゃ、小僧奴が一ぶしじゅうわれわれのすることを見ていることや、あげくの果てに人殺しまでやるなんぞとは聞いちゃいなかったぜ。おりゃそんなこたあご免だ。それが木を伐りだす目的のためなら構わねえが、おれの手を血に染ませるなんざ、こんりんざい真っ平だ」

「いいとも、貴様が手をだすにゃ及ばねえ」ジャックはどなりつけた。「てめたちゃ、おれがしるしをつけといた木を運びだす手伝いさえすりゃいいんだ。小僧奴はウェスナーのもんなんだから、どんなことになろうとおれの知ったこっちゃねえ」

「そうだろうとも。だがな、小僧を首尾よくかたづけちまったところで実際問題として、おれたちまで材木泥棒ばかりか人殺しにまで加わったことになるんだからな。そうかといって、うまくいかなかった日にゃわれ人もろとも地獄いきだ。まったくこんどのことじゃ、おめえ、とんでもねえどじをふんだもんだ。そうとしか、考えられねえじゃねえか！」

「なんとでも考えるなら考えるでいいから黙ってろ」ジャックはわめいた。「事を運んでるなおれたちなんで、なにもかもしっかり安全に仕組んだことなんだ。そんなやさ男を殺すってえのは——まあ考えてもみろ——奴にゃそれがいいんだ。どっちみち小僧みてえな人間はよすぎて、こんなせちがれえ世の中にゃ向いちゃいねえよ。言っとくが、大丈夫と言ったら大丈夫なんだ。リンバロストが口をつぐんで明かさねえ秘密は、なにも今度の小僧の始末に始まったこっちゃねえからな。奴が材木を持ちだす手伝いをして、それからずらかったというふうにみせかけるなんぞ、造作ねえじゃねえか。実際、小僧奴おれたちに有利に動いてくれたもんだ。ゆんべ一晩じゅうこの沼地にいて、一時間かそこらでまた戻ってきた。だからよ、おれたちのもくろみがうまくいきゃ、あの老いぼれ爺のダンカンでさえ、小僧の死骸を探すに指一本動かすめえよ。これほど恰好なかたづけ方はまたとなかろうじゃねえか」

「いいか、おれはな、この小僧奴にゃ、お返し申さなきゃならねえ借りがあるんだ。畜生！　返してやるから見ていろ！」

　と、そばかすに向かってウェスナーは歯をむいた。

　ではやはり殺すのか。男たちが目的とするのはこの木一本だけでなく何本もあるのだ。そして彼そばかすの体とともにその名誉までも殺す計画なのだ。こんな者どもと一緒にされて泥棒の烙印をおされ、エンゼルや鳥のおばさんや大事な支配人、それにダンカン一家の目にさらされるとは――そばかすは絶望のどん底に突き落とされ、ぐったり縄に身をまかせた。

　だが、やがて彼は力をふるいおこし、すばやく考えをめぐらした。マックリーンがくるということは望めない。南の仕事場でマックリーンが大きな契約の取り決めに当たっていることを知っていて奴らはこの日を選んだのだから、どうしても明日にならなくてはこられないだろう。しかも自分にとって明日という日はないのだ。ダンカンは南の仕事場に向かっているところだし、鳥のおばさんはできるだけ早くいくと言っただけである。パーティの疲れがあるだろうからおばさんやエンゼルをきょう待ちうけるというのは無理なことだし、またくるようなことがあったら大変だ。エンゼルの父はあの二人はリンバロストにいたって自分の家同様に安全だと言ったが、これを見たらどう思うだろう?

汗がそばかすの額からほとばしりでた。隙をうかがっては思いきって縄をぐいと引っ張ってみるのだが、縄は木と体のまわりに幾重にもまわされ、胸で結んであるのでどうすることもできなかった。一縷《いちる》の望みも助けもなかった。そして奴らは自分を、あの大切な人たちの目に逃亡した泥棒としてうつるように仕組んだあとで、ウェスナーはおれをどうするつもりなのだろう?

それがなんであれ、そばかすは頭を起こし、いつか鳥のおばさんが言ったことを心にとどめておこうと決心した。立派に死のうというのである。たとえ恐怖を感じたとしても断じて彼らに見せてなるものか。彼らが悪魔のような悪企《わるだく》みでおれの不名誉をでっちあげようとするのなら、結局、体などどうされようとそれがどうしたと言うのだ。

その時、不意に希望がそばかすの胸に湧いてきた。彼らにはそうはできないぞ！　エンゼルは信じまい。マックリーンさんだってそうだ。勇気をなくしてはならない。おれを殺すことはできるが、おれの名を汚すことはできないのだ。

しかし、いくら心を確かにもっても、木に喰い入っていく鋸の音は神経を苛《い》らだたせる一方だった。頭がぐらぐらしながらも、それと意識したわけではなく、ただなにものかを求める気持ちで、そばかすはリンバロストの森の奥をじっと見やった。ところがぞっとしたことには、その目がエンゼルにとまったのである。エンゼルはかなり離れたところにいたが、血の気のないその唇、大きくみひらかれた怒りに燃えた目をそばかすは、はっきりと見た。

先週のこと、そばかすはエンゼルと鳥のおばさんを案内して自分の部屋から雛の住む木にかよう細道を通って沼地を突っきったのであった。蝶々の木がこの細道のすぐ傍の境界線にあることを二人に話したのは、つい昨夜のことである。二人がその日こないとばかり思い込んでいたそばかすは、うかつにも鳥のおばさんの猛烈な熱心さを計算に入れなかったのだ。さっそく二人は調査にきたものにちがいなく、エンゼルは危険をおかして沼地を渡りそばかすをたずねてきたのだ。それともおれの部屋にあの人たちの入用なものでもあるのだろうか？　嵐にたけり狂うリンバロストのうなりのようにそばかすの耳もとに血が押しよせた。

彼は再び見た。それは夢だったのだ。エンゼルはそこにはいなかった。はたしていたのだろうか？　自分がほんとうにエンゼルを見たのか。それとも張りつめた神経のこのうえない残酷ないたずらの仕業なのか、そばかすにはどうしてもわからなかった。残酷なというよりこのうえなく親切な仕業ではなかろうか？　今やエンゼルの愛らしい面影をいきいきと胸にして死ねるのだから。

「おお、神さま、ありがとうございます」そばかすはささやいた。「ご親切などという言葉では言いたりないほどで、ほかにはもうなにも望んだりしてはならないと思います。けれど、もしできることなら最後がくる前にどうしても知りたいことは、もしや、おれのおかあさんが――」そばかすはその先は口にすることさえできず、ややためらってからやっと言い終えた。「もしや、これがおれのおかあさんの計らいなのかどうか教えてください」

「そばかす！　そばかす！　おお、そばかす！」エンゼルの呼ぶ声が聞こえた。そばかすは前に身を乗りだし、縄をぐいっとねじったので縄は体に深く喰い込んだ。

「畜生！」ブラック・ジャックは叫んだ。「ありゃ誰だ？　てめえ知ってんのか？」

そばかすはうなずいた。

ジャックはさっとピストルを取り出すと、そばかすの口から猿ぐつわを引ったくり取った。

「さ、早く言え。さもないと今すぐこの場でおさらばだぞ。誰だか知んねえが、誰であろうと、あいつも相伴《しょうばん》させるぞ！」

「あれは鳥のおばさんが一緒につれて歩いている娘だ」と、乾き腫れあがった唇で、そばかすはささやいた。

「あいつらはここんとこ、まだ五日はくるはずじゃなかったんだ。先週、情報を入れたばかりなんだ」とウェスナーが言った。

「そうだ。だがおれがきのう東の境界線に蝶々やいろんなものが一杯たかってる木を見つけたもんで、鳥のおばさんが格別見たかろうと思って、ゆうべ知らせに町へいってきたんだ。おばさんはじきにくるとは言ったが、いつとは言わなかった。あの人たちがやってきたにちがいない。おばさんが仕事にかかっているうちおれはいつもあのひとの世話をしているのだ。あのひとがいってしまうまでおれをほどいてくれ、早く！　あの人を帰すようにはからうから、そうしたら貴様たちはその汚らわしい仕事をつづけたらよかろう」

「こいつの言うこた嘘じゃねえ」と、ウェスナーが口を挟んだ。「きのうおれがこいつを見張ってた時、おれは一面に蝶々がはりついてる木を見たし、こいつがそのまわりでじっと眺めてるのを見たからな」

「そうとも、嘘は貴様らのたぐいの専門だ」ブラック・ジャックは叩きつけるように言うと、縄をほどき部屋の向うに投げやった。「やい、やさ男、忘れるな、貴様の手のあげおろしにまで目が光ってることをな」

「そばかす！　そばかす！」と、いらいらしたエンゼルの声が更に近づいてきた。そばかすは「ここですよ！」と叫んでから男たちに「貴様たちは仕事をつづけろ。だが一つだけ、忘れてはならないぞ。鳥のおばさんの仕事は世界じゅうに知れ渡っている、あのお嬢さんの父は金持ちで、子供と言えばあのひとだけなのだ。この二人のどちらかにちょっとでも害を加えてみろ、この世は貴様たちをかくまうほど広くも暗くもないのだぞ。あの人たちに触りでもしてみろ、どんな奴でも地面が口をあいて待っているんだからな」

「そばかす！　そばかす！　どこにいるの？」

エンゼルの身を気づかうあまり胸を引き裂かれる思いで、そばかすは声のほうに歩み寄り、繁みをわけてエンゼルを通らせた。エンゼルはそばかすには目もくれずに入ってきて、口を開くが早いか、

「あら、この人たちどうしてこんなに早くきたの？　まだ三週間は間があったはずではなくて、それともこれはマックリーンさんが急な注文に当てなさる特別な木なの？」

そばかすはためらった。男子たる者が自分を救うためには嘘をもあえてついてよいものであろうか？　いや、いけない。しかし、エンゼルを救うためには――確かにそれは別問題だ。そばかすは口を開きかけた。だがエンゼルは自分で救う力を持っていた。まるで製材場で育ったかのように、返事など待たずに男たちの中へと歩いていった。

「あら、あなたの標本箱が！」と、エンゼルは叫んだ。「ごらんなさいよ、あんなにひっくり返っているのが見えないの？　起こしてちょうだい、早く！」

男たちの二人が歩み寄り、注意深く箱をおこした。

「そう！　そのほうがいいわ。そばかす、あなたのそそっかしいのにも呆れたわ。あの美しい蝶々をたかが古い木一本のために台なしにしてしまうなんて、とんでもない！　それは値打ちのある木なの？　けさ木を切りだすってことをどうして昨晩おしえてくださらなかったの？　ああ、あなたは材木泥棒のブラック・ジャックやその仲間の者にあの木を見られないように、箱をあそこに据えておいたのね？　そうなんでしょう？　まあ！　頭がいいこと、あれはなんていう木なの？」

「白い樫《ホワイト・オーク》です」と、そばかすは答えた。

「食卓や側棚を作ったりする木？」

「そうです」

「まあ、なんて面白いんでしょう？　あたし、木材のことはちっとも知らないけれど、お父さんはできるだけなんでもあたしに覚えさせたがってらっしゃるのよ。あたし、ここへきて、自分で人夫さんたちを指図できるほどくわしくなるまで見ていていいですかってお父さんにお願いするつもりよ。みなさん、木を伐るのお好き？」と、エンゼルは天使のような無邪気さで男たちにたずねた。

男たちはまぬけた顔をする者も、歯をむいて笑う者もいたが、中の一人がどうやら「そうです」と返事ができた。

その時、真っ向からブラック・ジャックに目を据えたエンゼルは、世にも美しい驚きの表情を示し、

「おお、あたし、あなたを幽霊かと思ったわ」と、叫んだ。「でもあなたが正真正銘の人間ってことが今わかったの。あなたはコロラドにいらっしたことがあって？」

「いいや」と、ジャックは否定した。

「やっぱり同じ人じゃないんだわ。ほら、あたしたち、去年コロラドにいたでしょう？　あそこにめったにない素敵なカウボーイがいたのよ。毎晩、馬に乗って町にくるとね、あたしたち娘は、みんなただもう夢中になったのよ！　ああ、それこそ美男子だったわ！　最初ひと目みた時、あたしほんとにあなたをあの人かと思ったのよ。でも、こうして見ると、あの人はあなたほど背が高くないし、がっしりもしてないし、

それにあなたの半分もきれいじゃなかったわ」

　男たちはどっと笑いだし、ジャックはまっかになった。エンゼルも一緒になって笑った。

「いいわ、みなさんにお任せしましょう。どう？　この方きれいじゃなくて？」と、エンゼルは一同にいどんだ。

「あのカウボーイの顔なんかあなたと較べものにならないくらいよ。ただ一つあなたの欠点はその着ているものよ。あなたを台なしにしているわ。カウボーイの姿を引き立てているのは、半分はあの装束《しょうぞく》ですものね。あなたがちゃんとしたみなりをなすったら、全国一の美人でも夢中になるでしょうよ」

　いっせいにブラック・ジャックに注意を集中した男たちは、彼が堂々たる偉丈夫であることに、はじめて気がついた。実に身丈は二メートルに近く、たくましく、肉付きもよく、浅黒い皮膚はなめらかであり黒い目は大きく、赤い豊かな口もとをしていた。

「あのね、いいこと？　あたし、あなたが馬に乗っているところを見たくて仕方がないの。馬に乗ったところほど美男子を引きたてるものはなくってよ。あなた、馬に乗れて？」

「乗れます」と、答えたジャックは、その心の奥まで読み取ろうとするかのように、燃えるような目でじっとエンゼルを見た。

「あたしね、あなたにお願いがあるのよ」と、言うエンゼルは愛くるしさそのものだった。「あなたの髪をね、もう少し長くのばしていただきたいの。それから喉のところがちょっと開いている青いフランネルのワイシャツを着て、赤いネクタイをしめて、つばの広いフェルトの帽子をかぶって、夕方、家の前を馬でとおって欲しいのよ。その時刻にはあたし、いつも家にいるし、たいていベランダにでていますからね。そして、おお、あたし、あなたのその姿が見たくてたまらないの。そうしてくださる?」

こう言った時のエンゼルの口調はとても筆であらわすことができない。罪と放縦な生活でいかつくなったジャックの粗野な顔は、真っ向からエンゼルの目を受けて今やまったくこれまでにない表情が浮かんできた。エンゼルの清らかな凝視に会って、兇悪な顔の線がやわらぎ消え失せようとしていた。青銅色のほおにはうっすらと赤味がさし、目はやさしい輝きをおびてきた。

「そうします」と、答えたジャックがこちらに向けた目つきに、男たちは顔をくずすことさえ、思わず、ひかえた。

「まあ、嬉しい!」と、叫んでエンゼルは爪先に立った。「あたし女の子たちみんなに見にいらっしゃいって誘うつもりよ。だけどみんな無理してまでこなくていいわ。こなくてもいっこうあたしたちさしつかえないんですもの。ねえ、そうじゃない?」

ジャックはエンゼルのほうに身を屈めた。彼は魅せられ羽をばたばたしている小鳥であり、エンゼルは蛇だった。

「さしつかえなんかねえとも！」と、ジャックは叫んだ。

エンゼルはほうっと息を吐き、うっとりとジャックを眺めた。

「まあ、なんて背が高いんでしょう！　あたし、あなたの肩にとどくかしら」

エンゼルは伸び上がって目で距離をはかっていたが、やがて急に恥ずかしくてたまらないように、はにかみだし、目を伏せた。

「あたし、なにかしてあげられたらいいんだけれど」と、エンゼルはなかばつぶやくがごとくにささやいた。

ジャックの身の丈は二センチ増したかに見え、「なにをですか？」と問い返す声はかすれていた。

「投げ縄名人のラリアット・ビルはいつもワイシャツのポケットに赤い花束をさしていたけれど、その赤がラリアットの黒い目とオリーブ色のほおに映えて、とても素敵だったのよ。あなたにも赤い花束をさしていいこと？」

そばかすは目をひらき、息づかいも荒くなった。大地がぱっくり口を開いて自分を呑みこんでくれたらと願った。おれは死んでいるのか生きているのか？　ブラック・ジャックを目にしてからは、エンゼルはおれを見向きもしないじゃないか。すっかり魅惑されたのであろうか？　一同のいる前でエンゼルはこの男の足もとにその身を投げだすつもりなのか？　ちょっとでもおれのことを考えてくれることができないのだろうか？　おれが猿ぐつわをはめられ縛られているところを見たのではなかったか？　ほんとうにこの者どもをマックリーンの使用人だと思っているのだろうか？　いや、そんなはずはない！　つい二、三日前、エンゼルはこの男たちにちかぢかと接近し、怒り、発砲して頭から帽子を射飛ばしたではないか！　ふいに、いつかエンゼルがふざけて言った言葉が、驚くべき力でよみがえってきた。「エンゼルというものを信用しなくてはだめよ」もちろん、信用しなくてはならない！　あの人はおれのエンゼルだ。見たに違いない！　おれの生命、さらにエンゼル自身の生命もあの人の手中にあるのだ。きっとなにか心にはかってしていることだ。

エンゼルはそばかすの花壇の傍にひざまずくと、フォックス・ファイアを一と抱え乱暴にも根元から引き抜いた。

「茎がつよくてねばねばしていて折れないわ。ナイフをかしてちょうだい」と、エンゼルはそばかすに命じた。

ナイフに手をさしのべた時、一瞬エンゼルの背は男たちのほうに向けられた。彼女はじっとそばかすの目を見て目くばせをした。

エンゼルは茎を切り離し、ナイフをそばかすに投げ返すと、ジャックに歩み寄りその胸に花をさした。

　そばかすは身も世もない苦痛におそわれた。自分は、エンゼルは吼えわめく野蛮人の中にいてさえ安全だと言ったが、はたしてそうだろうか？　もしもブラック・ジャックがエンゼルに指一本でもふれそうな気配を見せたら、そばかすは勇気をどこからかかき集め、ジャックを殺してしまうことが自分にもわかっていた。棍棒のある場所までの距離をひそかに目で測《はか》り、躍りださんばかりの身構えをした。しかし、その必要はなかった——神に栄あれ！　大の男のジャックは心もとない手つきで帽子をとるところであった。エンゼルは自分の帽子から長いピンを一本ぬきとると、それで花をしっかりとめた。

　そばかすは、ぶるぶる震えていた。次にどんなことになるのだろう？　エンゼルは、どんな計画をたてているのだろうか？　そしてああ、彼女がこの男たちの中にいるということの危険や、なんらかの行動をとる必要にせまられていることがわかっているのだろうか？

　エンゼルはジャックからしりぞき、ちょうどあの鉄条網の黄色い鳥がよくしたように、首を一方にかしげてジャックをつくづくとながめてから、こう言った。

「うまくいったわ！　素敵じゃない！　みなさん、ごらんなさいな、なんて引きたつじゃないの？　いいこと、ネクタイは赤よ。そして早く馬でくるのよ。忘れては駄目よ。あたし、長くなんか待っていられないんですもの。さあ、いかなくちゃ。鳥のおばさんは出発の用意ができたでしょうから。今度はあたしを探しにここへくるでしょうよ。きょうはおばさんとても忙しいんですもの。ええ――と、あたし、ここへなにしにきたのかしら？」

エンゼルは思いだそうとするかのように周囲を見回した。男たちが何人か笑いだした。おお、その楽しそうな声！　エンゼルはジャックのおかげで自分の用件を忘れてしまったのだ。ジャックの背はまたもや高さを増した。エンゼルは途方にくれた眼差しで手がかりを求めた。やがてさも偶然のようにそばかすに目をとめると、

「ああ、思いだしたわ！」と、大声をあげた。

「あの鳥のおばさんがあなたに約束なさった雑誌のことだったのよ。こっちへくる途中であれを沼地の入り口にあるあのあたしたちが物をかくしておく箱ね、あの下に置いてきたってことを、あなたに言いにきたんだったわ。沼地を横ぎるのにあたし、両手を使わなくちゃならないと思ったもんで、あそこにしまってきたのよ。いつもの場所にあってよ」

それを聞くとそばかすは口を開いた。

「あんたがたった一人で沼地を突っきるなんて、ひどく危険なことです。よくも鳥のおばさんが許したもんだと驚きますよ。少し遠まわりになるけど、お願いです、境界

線の小径をとおって帰ってください。それだってよくないけれど、しかし沼地よりははるかに安全ですから」

　エンゼルは愉快そうに笑った。「まあ、くだらないことはおっしゃらないでちょうだい！　あたし、怖くなんかないんですもの！　ちっとも怖くなんかないわ。鳥のおばさんはあたしがたった一ぺんしかとおったことのない道からこさせるのはいやがりなすったんだけど、でもあたし、きっとこられるって、自信があったし、やってのけるの得意なのよ。だから、馬鹿なことは言いっこなし！　あたしが怖がらないってこと知ってるくせに！」

「そうです」とそばかすはやさしく答えた。「それはわかってます。だがそうではあってもあなたの友人たちがあなたのことを心配するのには変わりはありません。小径でなら少しは先まで見とおしがきくし、蛇に出会った場合に絶対有利です」

　この時ふと素晴らしい考えがうかび、そばかすはジャックのほうに向いて懇願した。「この人に言ってくれ、小径からいくように言いきかせてくれないか。君のためならそうするだろうから」

　この言葉の持つ意味は、はなはだブラック・ジャックの意にかない、彼は一同の目の前でさらに縦横とも大きくなったかに見えた。

「よしきた！」と、ジャックは叫び、エンゼルに向かって言った。

「お嬢さん、そばかすの言うことを聞くがいいです。この古い地のことにかけちゃ、われわれの誰よりもくわしいですからね。おれは別ですがね。だからそばかすが『小径からいけ』というなら、そうするにかぎるです」

エンゼルはためらった。沼地を再び横ぎり、馬のところにいきつきたかったのである。自分を一人で沼地を渡らせないためにそばかすがいかなる危険をもかえりみないということがわかっていたが、しかし実際彼女は恐れていなかった。その上小径のほうは、一キロ半以上も歩くところが多いのである。男たちから見えなくなったらすぐさま命がけで駆けだすつもりだったし、ブラウスの襞《ひだ》には三十二口径のキャリバー型ピストルをひそめてあった。それは父の好んでつかう文句によれば、エンゼルの武力昂揚《こうよう》のために彼から贈ったものだ。もう一度ちらっとそばかすのほうを見た時、エンゼルは、その目の中に苦悶の表情があらわれているのを読み取り、たちまち、そばかすがなにか他の理由を持っていることを想像した。それでは小径からいくことにしよう。

「ええ、いいわ」と、エンゼルはジャックに胸のときめくようなまなざしを投げた。

「あなたがそうおっしゃるのなら、あなたのためにあたし、小径から帰りますわ。みなさん、さよなら」

エンゼルは繁みをかきわけ、入り口のほうへでていった。

「この馬鹿野郎、あの娘を引き止めろ」とウェスナーがいきりたった。「とにかく積み込みがすむまでは逃がすな。とんでもねえヘマをやりやがって！　これがバレたとなりゃ、あいつのせいだぞ。あの娘を帰してみろ、おれたちは一人残らずずらからずばなるめえ。しかも幾人かが捕まることは必定だ」

ジャックは飛びだしていった。そばかすはどきっとした。エンゼルはジャックがくるのを察した様子だった。鼻歌をうたいながら悠々と足をとめ、周囲に生えている珍しい草の穂先を引き抜きはじめたが、やがてまっすぐ体をのばすと、一歩あともどりをして叫んだ。

「ねえ、そばかす！　鳥のおばさんがね、あの博物学のパンフレットを返して欲しいんですって。あれはおばさんが製本してもらうことになっているものの一部なのよ。そのせいもあってあれを箱の下に入れといたの。今晩お家に帰る時きっと持っていってね。雨に降られたり露でじくじくになったら大変ですからね」

「わかりました」と、そばかすは返事をしたものの、その声は自分ながらこれまで一度も聞いたことがないようなものだった。

エンゼルは振り向き、ジャックに最後の一瞥をくれた。その時の彼女はなんともいいようなく人間的であり、魅惑にみちていた。

「馬でくることと、赤いネクタイを忘れないわね」と、エンゼルは念を押した。

ジャックの狼狽ぶりは目も当てられなかった。そばかすはジャックの虜であるが、ジャックは身も心もエンゼルの虜になっていた。顔にはついぞ見たこともない敬虔《けいけん》な色が浮かび今そばかすが言ったとおり、「わかりました」と静かに答えた。

エンゼルが意気揚々とゆっくり立ち去ると、ジャックはぐるっと男たちのほうに向いてどなりつけた。

「口をあいて見てなんかいねえで木を挽け、ご婦人の扱いかたってのをてんで知らねえのか？」

山猫谷の小屋で緑色に燃える薪火にかがみこみ、とうもろこしの穂軸でつくったパイプを絶えず吸いながら、アライグマや袋鼠《ふくろねずみ》がぐつぐつ煮えている底知れぬ鍋をかきまわしている老婆たち、その中の誰がジャックに、エンゼルにたいしてとったような、あれだけの立派な振る舞いを教えたのか、解けやらぬ謎といえよう。

男たちは仲間同士でしきりにブツブツ言ったりおどし文句をならべたりしていたが、しかし猛烈な勢いで仕事にとりかかった。誰かが、一人エンゼルの跡をつけて行って、エンゼルと鳥のおばさんが沼地を去るのを監視したらどうかといいだした。そばかすは目の前が暗くなった。だが有頂天になっているジャックには、いかなる警戒もさらになかった。

「そうとも。貴様らみんなが鋸をひくのをやめて、あのお嬢さんを追ってくがいいかもしれねえぞ」と、ジャックはあざわらった。「おれはそうは思わねえ！　あの娘はおれに思し召しがあるらしいぞ、貴様たちには誰も花束がさしてねえじゃねえか！　だれかあの娘の跡をつけるというなら、おれがいく！　しかもこのおれはこんな馬鹿者どもぞろいじゃここをはずせねえ人間だ。まだほんの赤んぼみてえなあの娘を怖がることがあるかってんだ。大丈夫、あの娘はおれにうっちゃりを喰わしやしねえ。貴様たち、倍も馬力をかけて、四十人分の仕事をしろ。おれとウェスナーは斧で向こう側から伐り込むからな」

「音はどうするんだ?」と、ウェスナーがたずねた。「音なんかかまうこたねえ。あの娘はおれたちがマックリーンの使用人だとばかり思い込んでるからな。さあ、精だしてかかれ！」そこで一同は大木に攻撃を開始した。

そばかすは手製の腰掛けの一つに腰をおろして待っていた。早く木を伐り倒して積み込みを果たしてから、また別の木にかかろうと急いだために、男たちはそばかすを縛りなおすのを忘れてしまった。

エンゼルは小径にでて無事に去っていった。冷や汗がそばかすの額ににじみ、小さな流れとなって胸にしたたり落ちた。小径からいけば時間は少し余計にかかるであろうが、エンゼルにそうするようにとすすめた時のそばかすの気持ちには、ただエンゼルの安全を願う以外なにものもなかったのである。馬車のところにいき着くまでどのくらいかかるかと、そばかすは心積もりしてみたり、鳥のおばさんが馬を馬車から解いてしまったかと案じたりしながら、心の中で一歩一歩エンゼルのあとを追っていった。今ごろ開墾地につづく細道を突っきった時分だ、今度は例の「めっけろ蛙」が住んでいる深い池を通ったころだ、蛇川クリークを渡ったかな？　もう馬車のところへ着いたろう、鳥のおばさんにエンゼルはなんて言うつもりだろう。そして荷物の支度をして出発するまでにどのくらい時間がかかるだろうか？　あの二人にわかってもらえることを今ではそばかすは知っていたし、支配人が賭けに負けぬようにここへ駆けつけるのをはからってくれるだろう。とは思ってみたが、だがそれは駄目だ。鋸はなかばに達しているし、反対側からはジャックとウェスナーが伐り込んでいるからである。マックリーンが到着するまでに、少なくとも男たちはその木だけは切り倒してしまうに違いないし、そうなればマックリーンは賭けに負けたことになる。

この木が倒れたら、奴らはおれをもう一度縛りあげてウェスナーに引き渡し、彼の燃え狂っているその復讐心を遂げさせるだろうか？　それとも次の木へ一緒につれていき材木を盗んでしまったあとでおれの始末をするつもりなのかしら？　ジャックは自分が立ち去るまでそばかすには指一本ふれさせないとは言ったが、確かにたかが一本の木のためにそれほどの危険はおかすまい。まだほかにジャックがしるしをつけておいたもっと貴重な木がたくさんあるのだから、今では頼みの綱ができた心持ちだったが、ひたすらそばかすの願うことは、エンゼルが急いでくれればいいということだけだった。

一度ジャックはそばかすのところにきて水があるかとたずねた。そばかすは立ち上がり、飲み水を貯えておく場所につれていった。ジャックはゴクゴク飲んでからバケツを返し、こう言った。「男があんな立派な娘を手に入れる機会をさずかった以上、後ろ暗い仕事にかかわっちゃいけねえな。おれはこんなことに関係しなけりゃよかったと思うよ」

そばかすは心から賛成した。「おれも関係しなけりゃよかったと思うよ」

一瞬ジャックはぽかんとそばかすの顔を見ていたが、いきなりあらあらしく笑いだした。

「なにも貴様のせいじゃねえや。だがな、貴様にだって機会はあったんだぜ。おれたちが申しでた取り引きは筋がとおったものだったんだからな。貴様はウェスナーに返事を奉ったじゃねえか。ウェスナーから貴様がご返礼をもらうときにゃ、おれはちっとも羨みゃしねえよ」

「貴様たち四人だがこっちは一人だ。おれの体を殺すのはいとも簡単だが！　畜生！　おれの魂に傷つけることはできんぞ！」

「まったく、なにをさておいて貴様みてえに正直になりてえよ」と、ジャックは言った。

大木が倒れた時、その響きでリンバロストの森は震動し悲鳴をあげた。そばかすは絶望の呻きをもらしたが、男たちのほうは元気づいた。これだけのことがやり遂げられたのだ。この木を安全に処分できる場所はきめてある。日が暮れないうちにあと三本運びだせるだろう。どれもみなベニヤ板に最適であり、どれよりはるかに値打ちがあるのだ。それからそばかすはウェスナーに任せて、一同は散り散りに逃げだすだろう。思いもよらない大金を懐にして。

13 必死のエンゼル

境界線にでたエンゼルは、ちらっと後ろを振り返り、ブラック・ジャックが仕事に戻ったのを見定めるや、膝の上までスカートをたくし上げ、一目散に駆けだした。すると三メートルもいかない所に、そばかすの自転車があった。たちまちエンゼルはそばかすが小径を通れとあれほど言い張ったのはこのためだと思い当たった。彼女は急いで飛び乗った。サドルが高すぎたが、自転車乗りは得意なのでペダルが上にきた時すばやくおさえた。

ダンカンの小屋に寄り、これを調節する間もいそがしくセイラに事の次第を話し、東の境界線をいくと鳥のおばさんが見つかるから、自分がマックリーンを迎えにいったことを告げて、できるだけ早く沼地を離れるようにおばさんに伝えてきてくれとセイラに頼んだ。

いても立ってもいられないほどそばかすの身を案じられるにもかかわらず、リンバロストの森にはいっていくと考えただけでセイラは真っ青になり、ガタガタ震えだした。エンゼルはセイラを見すえて、

「どんなに怖くてもいかなくてはいけません。いってくださらないと、鳥のおばさんがあたしをさがしにそばかすの部屋へいくでしょうから、そうしたらあの男たちはおばさんになにをするかしれませんし、早く用心なさるようにとおばさんに言っておかなかったら、あの男たちはあたしを追いかけます。あたしが逃れたのが知れたら、そばかすに恐ろしいことをするにきまっています。あたしはいかれないわ――どうしても――だってもしあたしがあの人たちに捕まったら誰も知らせにいく者がありませんもの。まさかおばさんは、あの男たちが木を運びだしたのをそばかすが逃げだして知らせにくるまでほうっておくだろうなんて、考えてらっしゃるんじゃないでしょうね？　あの人たちはそばかすを殺すつもりなんです。ほんとうなんです。走ってちょうだい、一生懸命走ってくださいな！　命にかかわることですから！　帰りは鳥のお

ばさんと馬車でこられますからね」

セイラが出発するのを見たとたんに、エンゼルは急いで自転車をこぎ出した。

丸太道のなんと長いこと！　果てしがないんじゃないかしら？　そうかと言ってあまり乱暴に自転車を走らすわけにはいかなかった。パンクでもしようものなら徒歩ではとてもいき着けないからである。自転車が通らないところは飛びおりて自転車を引いたり、もちあげたりしながら、せい一杯走った。ひどく暑い日だった。八月の太陽は焼きつくように強烈だった。繁みに帽子がひっかかってぬげてしまったが、エンゼルはかまわず走りつづけた。

できるところは自転車にまたがり、丸太道を走ってようやく平らな有料道路へでた時には息はきれるし、へとへとに疲れていた。どのくらいの道のりをきたのかエンゼルには見当もつかなかった。——実はたった三キロきただけだった。エンゼルはハンドルに身を乗り出し、ペダルの上に立ち上がらんばかりにして根《こん》かぎり走った。血は耳に押し寄せ、頭はぐらぐらしたが、しかし道を一直線にとり、走りに走った。自分はじっと立ったなりなのに、木々や家々が非常な速度で自分のわきを駆け抜けていくかのような気がした。

一度、農家の犬が吠えたてながら街道に飛びだしてきた時は、それを避けようとしてもう少しでひっくり返りそうになったが、やっとバランスをたもって全身の筋肉を緊張させながら全速力でペダルを踏んだ。確かにもうあとせいぜい一・五キロだ。丸太道を三キロに、砂利道を少なくとも五キロはきたし、全部で一キロほどしかないのだから。

サドルにすわりながらも体がふらふらしていたが、新たに湧きでた元気でしっかりハンドルをにぎりしめ必死に走った。太陽はエンゼルのむきだしの頭や手に照りつけた。ほこりは喉につまるし、暑さと疲労であわや倒れるかと思った瞬間――ガチャッと壊れたびんに乗りあげてしまった。バーン！　タイヤがパンクし、自転車はぐっとまがって転がった。疲れきったエンゼルは分厚く積もった街道のほこりの中に放りだされたなり、ぐったり、横たわっていた。

その日伐採した第一陣の材木をのせて町へいく途中、ダンカンは遠くから、ほこりまみれの奇妙なものが街道にころがっているのに気がついた。全速力で近づいてみると、それは一人の少女と、壊れた自転車であるのがわかった。すぐさまそのわきにいき、垣根の曲がり角の日蔭に運び、草の上にねかせて美しい顔からほこりをふきとってやった。顔は真っ赤で、よごれが条《すじ》になってつき、口と鼻のあたりはぞっとするほど血の気がなかった。

自転車はべつに珍しい物でなく、農夫の娘はたいていい持っていた。この顔はついぞ見たことがない。エンゼルのくしゃくしゃになった服から、水色の繻子のリボンで結んである絹のような髪へと目を走らせたダンカンは、少女が帽子をなくしているのに気がついた。彼女の唇は不気味に震え、ぎゅっと引き結ばれた。やはり思ったとおりその自転車は見覚えのあるものだった。それではこれがそばかすのいう沼地のエンゼルなのか。リンバロストになにか事がおきたのでマックリーンのところへ駆けつける途中の事故なのだ。ダンカンは馬を垣根の曲がり角につれてきて一頭をつなぎ、残る一頭を荷馬車からはずして鎖をくりあげ、もよりの農家へ応援を頼みに大急ぎでいった。一人の女がみつかり、女はカンフルのびんと水がめと数枚のタオルを持って駆けだした。

そこでダンカンは馬を急がし、仕事場をさして疾走した。

一人のこされたエンゼルはわずかの間じっと横たわっていたが、やがて身震いとともに目を開いた。すると自分は草の上に寝かされており、壊れた自転車はかたわらにあった。誰かがそこに運んできてくれ、助けを求めにいったことはすぐにわかった。起きあがり、あたりを見回すと、材木の積荷と一頭しかいない馬が目にはいった。誰誰かが馬で自分のために助けを求めにでかけてくれたのだ！

「おお、かわいそうなそばかす！」エンゼルは泣き叫んだ。「今ごろもう殺されかかっているかもしれない。おお、どのくらい時間を無駄にしたのかしら？」

エンゼルは急いで馬のそばにいき、素早く指を働かせて解くと、地面に落ちていた牛皮の長い鞭を引っ摑み、馬のくびきをつかんで、首をぐんと引っ張った。そこで、この見事な馬はこれまでダンカンからパチッと音だけしか聞かされていなかった鞭というものの実体を、はじめてその背に感じてびっくりして全速力で駆けだした。

激しく手を打ち振り大声で叫んでいる女が街道にいたが、エンゼルはそのわきを駆け抜け、まもなく、これまた非常に急いでいる様子で馬を走らせている男をも抜いた。その男はエンゼルに呼びかけたが、しかしエンゼルはいっそう身を伏せ、たてつづけに馬に鞭をくれただけだった。じきに男の馬のひづめはどんどん遠のいていった。

南の仕事場では第二の荷馬車に荷を積んでいるところへ、泡を吹き汗のしたたるダンカンの栗毛に乗ったエンゼルがあらわれ、

「みなさん、そばかすのところへいってください！」と叫んだ。「泥棒たちが木を盗んでいる最中なんです。そしてそばかすを縛りあげて殺そうとしているんです！」

エンゼルは馬の向きをぐるっと、リンバロストの方向へ向き変えた。警報は仕事場じゅうに鳴りひびいた。使用人たちにはいつでも応急の用意ができていた。マックリーン支配人は愛馬ネリーに飛び乗りエンゼルの後を追った。二人がダンカンと行きちがうと、ダンカンも馬首をめぐらして従ってきた。やがて有料道路には沼地をさして飛ぶように裸馬を駆る人々が、間隔をまちまちにしてつづいた。

エンゼルとくつわを並べた支配人は、繰り返しエンゼルに馬をとめて列から離れる

ように命じたが、そばかすのいる所へ案内してもらわなくてはならないことに気がついたので、あきらめて、エンゼルのそばを離れないようにして乗っていった。それというのは、エンゼルは他の者が容易に追いつけないほどの足並みで馬を駆っていたからである。自分の言うことなど、一つもエンゼルの耳にはいっていないことをマックリーンは知った。後ろを振り返ってみればダンカンが近々とせまっていたが、その顔にも馬に座したその姿にもただならぬ不気味な様相をおび、ダンカンのこの怒りが向けられた男こそ災難だと思われた。その背後にさらに四人がつづき、他の使用人たち一同がえんえんと街道を埋めているのを見て、マックリーンは元気づきエンゼルとならんで走っていった。事件がどこで起きたのか支配人は何度もたずねたが、エンゼルの答えは得られず、彼女はひたすら馬のくびきを握りしめ、馬の首のへんまで身を乗りだし、鞭をあてるばかりだった。馬は体から湯気をたて、鼻孔《びこう》を真っ赤にし、脇腹を波打たせながらも、目的地に向かってあらんかぎりの速力で走りつづけた。

小屋の前にきた時、鳥のおばさんの馬車が置いてあり、戸口にはセイラが手を振り絞って立っていたが、しかし鳥のおばさんの姿はどこにも見えなかった。エンゼルが細道に馬を乗り入れ、境界線の西をさして道をとったので男たちは一団となってあとに従った。そばかすの部屋の入り口に着いた時、エンゼルのわきには四人の男がおり、別に二人が背後に接近していた。エンゼルは馬からすべりおりると、ポケットから小型のピストルをだし、繁みをさして突進した。マックリーンは繁みを引き分け、武器を手にエンゼルと押し合うようにしてはいろうとしたとたん、二人はびっくりして立ち止まった。

鳥のおばさんが入り口に立ち塞《ふさ》がっているのである。小枝の上から覗いている彼女のピストルは、近々とブラック・ジャックとウェスナーに向けられており、彼ら二人は頭の上に手を上げていた。

そばかすは頭にぱっくり開いた傷口から血をたらたら顔に流しながら、再び猿ぐつわを喰《は》まされて木に縛りつけられており、他の者たちは全部いなくなっていた。ブラック・ジャックは気が狂ったようにわめきたてていたが、よく見ると左手しか上げていないのだった。右手は打ち砕かれてだらんとぶらさがっており、彼のピストルはそばかすの足もとに落ちていた。ウェスナーのピストルはバンドにしてあり、その横にそばかすの棍棒が転がっていた。

そばかすの顔は真っ青で、唇には血の気とてなかったが、目には不屈の勇気があらわれていた。マックリーンは鳥のおばさんのわきをすり抜けながら叫んだ。

「もうちょっとの間しっかり狙っていてください！」

マックリーンはウェスナーのバンドからピストルを引き抜き、ジャックのを拾おうと身を屈めた。

その瞬間、エンゼルは前にとびだし、そばかすから猿ぐつわをむしり取り、胸で結わえてある縄の結び目を力いっぱいひっぱった。解けるとマックリーンにさっと投げた。使用人たちはあとからあとから詰めかけ、ダンカンはウェスナーを捕えた。そばかすが縛しめを解かれて立ちあがるのを見た時《いま》、エンゼルは彼に両手を差しのべ身を投げかけた。ブラック・ジャックの口から恐ろしい呪いの言葉がほとばしった。そばかすはエンゼルを抱き苔の上に横たえたが、よしんば自分の生命があぶなくなっている場合であっても、この時ジャックに与えたあの勝利の一瞥はいなみ得なかったであろう。

二人のところに駆け寄った鳥のおばさんは「水を！」と、鋭く叫んだ。それに応じて、誰かが急いで水を取りにいき、また別の者は標本箱をこじあけてブランデーを取りだした。ウェスナーを縛り終えてマックリーンが立ち上がった時、「ジャックが逃げたぞっ！」という叫びがおこった。

すでにジャックは大股で飛ぶように、はるか沼地の一番繁った部分に遠ざかっていた。手のあいている者全部があとを追った。

さらに到着した使用人の一隊は荷馬車の跡を辿るように命ぜられた。荷馬車は西口からでていき、湿地を突っきって鳥のおばさんとエンゼルが通ったのと同じ道筋を選んだのだった。時間がたっぷりあったので、荷馬車の馭者たちは街道にでてしまい、あとは東西南北どちらへいこうと自由だった。人通りがはげしく、材木を積んだ荷馬車がひきもきらず往来しているので、使用人たちは引き返し、もっと張り合いのある人間狩りのほうに加わった。残りの使用人ばかりか、有料道路からきた農夫たちや、この騒ぎに集まってきた旅行者たちまでそれに参加した。

小径には短い間隔をおいて、ぐるっと見張りがおかれ、境界線や沼地を抜ける道にあかあかとたいまつをともして男たちが夜どおし巡視に回った。次の日には支配人が先頭に立って一方の側をくまなく捜索し、他の側をダンカンが受け持ったが、ブラック・ジャックは見つからなかった。山猫谷のジャックの小屋のまわりにスパイが向けられ、ジャックがきたか、それともいずれかの方角に救助を求めたかどうかをさぐったが、しかしまもなく彼の身内の者たちはジャックの隠れ場所についてはなにも知らず、かえってその行方を探していることがわかった。

若さの持つ弾力性というものは実にえらいものである。熱い湯につかり、一夜ぐっすり眠っただけでそばかすは元気を回復した。エンゼルの容体の回復には、もう少し時間が必要だった。あくる朝早く境界線の小径にでかけたそばかすは、ジャックの捕《ほ》縛《ばく》を見たいものと詰めかけた群衆の他に、逞しい監視の男が四人、曲がり角ごとに立っているのを発見した。それを見てそばかすは内心ほっと安心せずにはいられなかった。昼近くマックリーンは配下の男たちをダンカンに任せておき、そばかすをつれてエンゼルの見舞いに町へ馬車を駆った。マックリーンは温室に寄り、最上等の花をひと抱えも買い込んだ。しかしそばかすはそれには見向きもせず、リンバロストの森の燃えるようなキリン草の初咲きに自分の気持ちを託すと言い張った。

二人を迎えた鳥のおばさんは、熱心な質問に答えて、エンゼルは、決して心配になるような傷をおったわけではなく、ただ打身と衰弱がひどいのでその日だけ安静にしているよう医師に命じられたのだと言った。全身が痛みこわばっているのに動きたがるエンゼルを静かに寝かせておくのはひと仕事だった。マックリーンとそばかすが感謝の言葉をそえて花束を届けると、さっそくエンゼルからお目にかかりたいという伝言がきた。

エンゼルはマックリーンに両手をさしだした。

「古い木がたった一本なくなったからといってなんでしょう？　かまいませんわね、おじさま？　今まで誰も及びもつかなかったほどそばかすが責任を守ったってお思いになるでしょう？　あなたはあたしたちに話してくださったあの最初の恐ろしかったころのことや、ぞっとするような冬の寒さ、雨、暑さ、淋しさ、安心できない毎日、最近では夜になってもおちおち休めなかったのをお忘れになっていないわね？　まさかおじさまはそばかすに失望はおさせにならないわね？　ああ、おじさま、そばかすになんとか言ってあげてくださいな！　どうかそばかすにあのリンバロストで見張りをし苦労をしたことが無駄でないことをわからせてあげてくださいな。それがどんなに素晴らしく立派なことか、またおじさまやあたしたちの誰も期待した以上に、立派に立派になしとげたことかわからせてあげてくださいな！　どちらにしても古い木一本なんかどうでもいいじゃありませんか？」

　と、エンゼルは語気も激しく叫んだ。

「あたしね、おじさまがいらっしゃる前に考えていたんですけれど、あの男たちはひどく臆病なのよ。怖がってびくびくしていたわ。もしあの連中が荷馬車を走らせたとしても、絶対に有料道路まで材木を運んでいかないことよ、あたし保証するわ。あたしがきたので気がてんとうしてしまったのよ。これ以上、ゆううつにおなりになるのはやめにして、あの人たちがウェスナーとブラック・ジャックから離れるやいなや勇気が挫《くじ》けて材木を投げだし、逃げだしてしまったかどうか確かめてごらんなさいな。あの連中が昼日なか、あれを運びだすだけの勇気はあるまいと思うの。あたしたちがこの間の朝通った道をあの連中もあてにしてでたかどうか、それから街道にでないうちに材木がみつかるかどうか、見にいってくださいな。人目につくところに持ちだすような危険はおかしませんよ。あの場を去ってゆっくり考えてみれば、もちろんそうはしませんとも！

　それからもう一つ。おじさまは、賭けに負けはなさいませんわ！　先方から決してさいそくしてこないでしょうからね。だっておじさまが賭けをなさったのは栗毛と灰色の馬を馭《ぎょ》している肥《ふと》った色の黒い赧《あか》い顔の男でしょう？　その人ならきのうあたしがきた時、おじさまのすぐ後ろにいましたわ。あの男たちが捕まりそうになっているのを見て、土色の顔をしてガタガタ震えていたことよ。あの一味の中の誰かとなにかしら関係があるんですわ。ですからこの事件をよく調べればあの男が一味の一人で、若い者たちをそそのかしておじさまの木を盗ませたのだということがつきとめられることよ。きっとわけまえをやるからとでも言ったんじゃないかしら。あの男とおじさま、結着をおつけになったら、それであんな賭けはおしまいになりますよ」

エンゼルはそばかすのほうに向いた。

「それからあなたは世界じゅうで一番幸福な人よ。だって約束を守りとおしたんですもの。あたしが言うところへいってごらんなさい、きっと材木が見つかるから、そのありかが目に見えるようだわ。あの連中があの急な坂をのぼって、とうもろこしの畑から次の森にはいった時、鎖をゆるめれば材木はひとりでに荷車から転がり落ちるというわけですもの。さあ、見にいってごらんなさい。それからおじさま、ほんとにそばかすが勇敢で誠実だってお思いになっていらっしゃるわね？　たとえ材木が見つからなくっても、やっぱりそばかすをかわいがってくださるわね――」

ここでエンゼルの気はくずれ、泣きだした。そばかすはいたたまれず、目に涙を浮かべて、部屋から走るようにしてでた。マックリーンは鳥のおばさんの腕からエンゼルを抱き取ると、勇ましいその小さな顔にキスしたり髪をなでたりして、帰るまでにすっかり落ち着きをとり戻させた。

沼地へと馬車を走らせながら、マックリーンが熱心にエンゼルの主張を支持したので、やがてそばかすもいくらか気が楽になった。

「そばかす、お前のエンゼルには悪魔のようなところがあるね。だが大した人間だあの人は！　あの人のすることを疑ったり悲しんだりする必要はないよ。ただひたすらに崇拝すればいいんだよ。まったく娘六人を束にしただけの分別と、勇気ときりょうを持って生まれたんだな」

「まったくそのとおりです」と、そばかすも心から賛成したが、やがてつけ加えた。

「こうなれば写真のシリーズもおしまいですね」

「そんなことはない！」と、マックリーンは答えた。「鳥のおばさんは成功を目ざして努力していなさるのだし、どの方面の成功にしろ、恐れていては得られるものではないよ。いつの日かまた見えるにきまっているし、十中八九、エンゼルも一緒にくるだろうよ。あの人たちはなかなかがっちりしていて、てんで怖がってなどいやしない。別れる時に、僕は鳥のおばさんに今だって安全だし、この先とも安心していて大丈夫だと言ってきたのだ。お前はふだんと変わらず巡回していればいいんだが、ただあの番人四人はあのままにしておくぞ。あの男たちは絶対にお前の命令に服することになっているのだ。鳥に発砲したり、お前が保護したいと思うものを苦しめたりすることはいっさい禁じられているが、とにかくあそこにいるのだ。今度はお前がなんと言ってもだめだよ。お前の高慢すぎる注文は聞き飽きた。お前もお前のその声も僕にとってこの世でかけがえのない大切なものなのだから、これ以上危険をおかさせることはできないよ」

「なんにしても、シリーズに邪魔が入ったのは残念だと思います。あの人たち、ことにエンゼルにきてもらいたくてたまらないんだけれど、そうしちゃならないんです。あの二人に用心させてくださらなくてはいけません。エンゼルにかけてもらった言葉やしてもらったことでジャックは、すっかり舞いあがっちまって、生命さえよろこんで賭けるばかりだったんですから。荷馬車が出発すると、ウェスナーがわたしにつかみかかり、ジャックと二人で、すぐその場で、わたしをかたづけてしまうか、それとも次に伐り倒す木のところへいくかで言い争いを始めたんです。二人でわたしを引っ張りまわすもんで、わたしはひどい怪我をしてしまいました。ウェスナーは今すぐわたしを攻めたてると言うし、ジャックのほうは木を最後の一本まで積みだしてしまい、ほかの者がみんな帰ってしまうまでは、わたしに指一本さわらせないと言うし。初めからジャックはわたしがやっつけられるのを見るのは、ほんとうにいやだったらしいんです。それにウェスナーがわたしをしとめちまったら、おじけづいて逃げだしはしないかという心配もあったのじゃないかと思うんです。あの男がいなければ伐りだしはできませんからね。とにかく二人はまるでわたしがもうなにも感じる力がなくなってでもいるかのように引きずりまわして、もう一度縛りあげてしまったんです。わたしは元気をなくすまいとして、ウェスナーを馬鹿にしてやったんです。おれをくくりあげなきゃ安心ができず、他人の手を借りなけりゃそれを扱えないとはなんというざまだ、おれの体が利くものならこうもしてやる、ああもしてやると言ったもんで、ウェスナーはわたしの棒を引っつかんでわたしの頭をなぐりつけたんです。血がたらら流れるのを見ると、ジャックはおこりだし、ウェスナーのことを呪ったり、臆病者だの意気地なしだのとあくたいをついたもんで、ウェスナーもジャックのことをあんな娘に馬鹿にされたりしてなんだと叱りつけて、あの娘はただ貴様をからかっただけで、支配人を迎えにいったにきまってる、貴様が馬鹿なことをしたおかげで、することといやあの小僧の始末をつけ、ほかの木を見捨ててずらかるよりしようがなくなった、今にも支配人がここにくるにちがいないって言ったんです。それでジャックは気が狂ったみたいになっちゃいました。

それまでエンゼルのことはちっとも疑わなかったので、その時もあばれ散らしました。ピストルを抜くとウェスナーに狙いをつけました。『ドン！』という銃声といっしょに、ピストルはジャックの手から飛び、『手を上げろ!』という命令が聞こえました。ウェスナーは何かをつかもうとするみたいに両手をあげて伸びあがりました。それからジャックはありったけの力をふりしぼり、わたしんとこに屈みこんで、ここを生きて逃れることができたらどうするか見ていろ、それからあの娘だっておれをだましでもしようものならただはおかないと、まるで蛇がシューシュー音を立てるように捨てぜりふを言いました。ああして逃げてしまったし、手の傷もあの体力ではすぐ治るでしょうから、あの脅し文句どおりのことをわたしにするにきまってます。ほんとうにエンゼルが支配人さんを呼びにいったことがわかれば、エンゼルだってただではおきゃしません。

ジャックはこれまでずっとこの沼地で暮らしてきたんですし、沼地はいつも人殺しや無法者や逃亡ものなどの巣になっているという噂です。あの男は誰もかなわないほど沼地の奥の奥まで知ってるんです。ジャックは生きてるんです。今だってあそこにいるんです。どうにかして命をつないでいるんです。あの顔が怒って真っ赤になり、痛みでゆがみ、恨みでまっくろになっているのを見たり、あの誓いを口にするところを聞いたら、確かに生きてると思いますよ。わたしはまだあいつと片がついてないのに、エンゼルを恐ろしいはめにおとしいれてしまったんです」

「それどころか僕のほうはまだジャックと手を合わせてさえいないのだ」と、マックリーンは歯を食いしばった。

「僕があまり迂闊すぎたのだ。たかが木一本の損ぐらいとたかをくってね。じつは一流の探偵二人にきてもらうことになっているんだよ。その人たちにジャックの追跡を頼みこの地方から追い出してもらうのだ。あんな人間のためにわれわれの仕事や楽しみをさまたげられてはかなわんからね。ジャックが今現に沼地にいるというが、それは信じられないな。われわれの手をくぐってゆうべ、逃げ道をみつけたに違いないよ。だから心配しなさんな！　僕ももう身構えができたから、僕は僕の流儀であの紳士の世話は引き受けたよ」

「あの顔と文句を見たり聞いたりなさったらなあ！」と、そばかすはなおも納得しない様子だった。

　二人は鳥のおばさんとエンゼルが通った道筋をとって沼地にはいっていった。材木はエンゼルの予言とほとんど違《たが》わぬところにあった。マックリーンは南の仕事場にいきクローウェンを呼んで調べたところ、これまたエンゼルの想像の正しかったことを知らされた。しかし証拠がないのでクローウェンを解雇する以外にはなにもできなかったが、罪状はきわめて明白なので、クローウェンのほうから賭けを取り消すことを申しでた。

　次にマックリーンは探偵犬の一隊を呼びにやり、それにジャックの跡をつけさせた。

犬はどこまでも沼地の奥へと辿り、道なき道を人々の先に立って進んでいくうちについに西の入り口近くの湿地へはいっていった。ここまでくると犬たちは吠えたり、わめいたりして興奮のあまり重なり合って倒れた。そして沼地と湿地をいったりきたり走りまわったが、残酷なほど強《し》いられてもその先はどうしても足跡を辿ろうとはしなかった。ついにそれは蛇のせいだと犬の持ち主はみなし、非常に貴重な犬なのでそれ以上は強制できないとことわった。それで一同はきびしい警戒の目をくぐって、ジャックが夜の中に境界線の小径を突っきった、という結論に達したにすぎなかった。ジャックは湿地にかくれ、そこからおそらく丸太道を横ぎり、沼地の低く傾斜したほうの端《はず》れにでて友だちのところへ辿りついたものであろう。とにかくジャックが沼地にいないと思うと大安心で境界線上の男たちはみな元気づいた。とはいってもその大部分の者は一番罪が重いとみなされるジャックがのがれ、最初はただその手先にすぎなかったウェスナーが罰をおって捕まったのはかわいそうだと言った。

しかし、ジャックの恐ろしい誓いがたえず耳元に鳴りひびいているそばかすには休息もやすらぎもなかった。シリーズの写真をとる次の予定日がきて、鳥のおばさんとエンゼルが丸太道をくるのを見たころには、彼は半病人になっていた。東の境界線の番人たちはいつもの場所に配置したが、西側の者は一緒につれてきて一人は雛の木のそばに、もう一人のほうは馬車のところに置いた。そばかすはエンゼルに馬車の中で待っているようにと主張してやまず、馬を馬車から離そうともしなかった。彼は鳥のおばさんと写真をとりにでかけたが、これまでになくぞうさなく果たせた。そのわけは簡単で、番人たちがいるのと沼地が常になくさわがしいので、黒い雛夫妻はおびえてしまい、雛に平生の分量だけえさを運んでやらなかったからであった。そのうえに、そばかすもこの数日の心配で雛を見舞わなかったので、雛はほとんどいつもひどくひもじい思いをしていたため、鳥のおばさんが甘パンをさしだすと、はじめはおばさんを見て丸太のくぼみにもぐり込もうとしたのを気をかえて、かすかに嘴をあけ今やおそしとご馳走を待ちうけた。これでたいそう貴重な資料を提供してくれたことになり、頭の細部すべてや、翼や尾の発育状態まではっきり写った。

鳥のおばさんが境界線付近で、なにか他の材料を探そうと言い出した時、そばかすはジャックがエンゼルに対し恐ろしい脅し文句を吐いたことだけを告げ、どうかエンゼルを家に連れ帰り、ジャックの居所がわかるまで、絶えず護衛してほしいと懇願した。そばかすはすっかり話してしまいたかったが、おばさんがどんなにエンゼルを可愛がっているかを知っているので、自分の取り越し苦労に終わるかもしれぬ不安でおばさんを苦しめてはと遠慮した。しかしおばさんを帰してしまってから、そばかすはそのことを烈しく後悔した。

14　罪のむくい

小屋を通りがかりに挨拶をしたマックリーンをつかまえてセイラは「支配人さん、この五《い》つ晩というものそばかすが寝床にもはいらず、食べものといったら、どんぶり一杯やっとこさってことを知ってなさるんですかね？」

と、言った。

「いったい、なんであの子はそんなまねをするんだろう？」マックリーンは驚いた。

「ああして僕が境界線に番人を置いてあるのだから、あの子が見張ってる必要はないのに。あんなところにいってるとは夢にも知らなかったね」

「あそこじゃありません、ほかにいくところがあるんですよ。わたしらが寝ちまうとすぐ自転車ででかけ、夜明け方かそれよりちょっと前に帰ってくるのですけど、それこそ死人みたいになって帰りますよ」

「しかし、どこにいくというんだろう？」

マックリーンは仰天した。

「わたしゃ告げ口したかありませんがね。だけど今度ばっかりは告げ口ができたらと思いますね。困ったことにわたしにゃわかんないんです。あれをやめさせなきゃ、そばかすはおそろしい病気になっちまいますよ。それだもんで支配人さん、あなたならそのわけをさぐりだしてあの子を助けてくださると思いましたんですよ。ひどい心配事があるんだろうとだけしかわかんないですよ」

マックリーンは愛馬の首を撫でながら思いに沈んでいたが、ついに言った。

「どうやらわかったような気がする。いずれにせよ、突きとめられると思うね。話してくれてありがとう」

「一度あの子の様子を見てごらんなさりゃ、一目でわかりまさあ。顔といやあ黄色くなって、脂汗でギラギラしてるし、痩せ細っていることといったらまるで飢え死しかかってる籠の鳥みたいですからね」

マックリーンはリンバロストに馬を進め、木蔭におりると、すわってそばかすを待つことにした。もうそばかすが借地のはずれにきかかる時分にすでになっていたからである。

北側の境界線をよろめきながらやってきたそばかすは東に折れ、まるで長い黒蛇のように湿地の中を抜けている蛇川クリークにでると、橋の上に腰をおろし燃えるように輝く目を閉じたが、長くはそうしていなかった。針金で引っ張られでもしたように重いまぶたがぱっと開き、酷使された体の神経と筋肉はけいれんし、ぴくぴく動き、疼《うず》いた。

そばかすは身を乗りだし、足の下を流れる澄んだ小川をぼんやり見つめた。湿地にのびた水の両岸には華麗な野生の花や蔦やシダなど、隙間なく壁のように密生した中を流れていた。トウワタ、アキノキリンソウ、イラクサ、フキリンドウ、ベニバナ、ジャコウソウモドキなどがこの小川のふちに立ちならび、その一つ一つが水に影を投げている。野生のクレマチスは雪をいただき、木の梢が岸のあちこちに伸びていた。遠くから見るとこの流れは汚い水のように思われるが、実際は清らかにきらめいていた。黒ずんだ色は川底の泥が透明な水をすかして映るからであった。そばかすには小さな美しい斑点のある魚まで見えた。この小川の水が沼地に注ぎこんだら魚たちはどうなるのだろう？　身勝手な青サギ一家の恰好のエサになってしまうこともあるだろう。

そばかすがあまり静かにすわっているので、まもなく帽子のへりにはトンボが一面にたかってきた。トンボたちはパリパリした羽根をきしらせ、休息しながら歌をうたっていた。中には棍棒にとまっているのもあれば、一匹はそばかすの肩にすわっていた。彼が身動きもしないし、それに鳥も獣もみなそばかすには慣れきっているので、湿地の中の者たちはそれぞれの日々の生活をつづけ、そばかすがそこにいることなどは忘れていた。

青サギの一家は小川の口を渡っていた。耳障りな鳴き声は、頭が痛くなるのだが、それが家庭の幸福を讃えているのか、それとも夫婦喧嘩をしているのか、どうだろうかと、そばかすは漫然と考えていたがどちらとも決めかねた。華やかな冠毛をつけた鳥が小川の口のすぐそばの草も木も生えていない場所を歩いているし、澄んだ流れの中を渉っているいかめしい褐色のサンカノゴイは、一歩あるくごとに足を高く上げて、まるで濡れたら困るとでもいうように注意深くおろし、かすかに嘴を開けて虫はいないかと熱心にまわりを見まわした。その後には沼地の巨木がていていとそびえ、土手の下にはアキノキリンソウが厚いまがきのようにあざやかに黄色く咲きほこっていた。

古代人が勝利の色として黄色を選んだのはもっともなことである。あの太陽の強烈な征服者のような色彩が含まれているからである。紫を王者のシンボルとして選びだしたのもいい。紫は威厳ある威圧的な色で、その暖か味の中にはほのかに血を思わせるものがある。

それはリンバロストの森が支配権と勝利を布告する時刻なのだ。いたるところリンバロストは黄色の旗をひるがえし、紫のマントの裾を引いて進んだ。アザミの花の紫は少しばかり色がうすれ、初咲きの紫苑《しおん》のところではぱっと濃くなり、燃えるように輝いた。

そばかすはじんめり苔むすリンバロストの森をじっと眺めた。そこには裂けた木々がうず高く積み重なったまま、あざやかな緑色の上着の下で朽ちており、優雅な蔦がゆらぎ、からみつき、あちこちに舞い落ちる黄葉が冬の近づいたのを思わせた。沼地への愛着が彼を捉え、強くゆすぶった。何といっても、リンバロストは美しかった。しかし同時に残酷でもあった。というのは森の奥にはここで非業《ひごう》な死をとげたいけにえの骨が晒《さら》されていて、彼、そばかすをさえも、リンバロストはもう少しで呑み去るところだったではないか！

そばかすは不安気に体の位置をかえた。彼が動いたのでトンボたちはパッと飛びたち、活気にみちたブンブンという唸りが一面にひろがり、そばかすの過敏な耳を聾さんばかりだった。丸太に這いあがって日向ぼっこをしていた小さなカメがパシャンと不器用な恰好で水に落ちた。どこか橋の肋材《ろくざい》のところで小さな蛙が、「殺せ！　殺せ！」と、血に飢えた鋭い叫びをあげていた。

「ブラック・ジャックがおれに見ていろと誓った脅し文句より、お前の声のほうがずっと気味がわるいよ、蛙くん」

と、そばかすはつぶやいた。

じゃこう鼠が一匹よたよた土手をおりると、沼地をさして泳ぎはじめ、尖った鼻で水に銀色の跡をひいていった。

その時、ちょうどカメのすわっていた丸木の下からずぶぬれの銀鼠色の頭が目をキラキラさせて用心深くもちあげられた。そばかすの手はつとピストルのところへいった。頭はだんだん高くなり、細長いずんぐりした毛皮につつまれた胴体がまず半分、次には四分の三というように水からあらわれた。そばかすは、自分の震える手をおぼつかなげに眺めたが、全身の力をかきあつめ、引き金を引いた。カワウソは倒れた。そばかすは急いでおりていき、持ちあげようとしたが、橋まで運ぶ力はほとんどなかった。それ以上カワウソを抱えて歩けないことがわかると、そばかすは自分が人間として耐え得るぎりぎりのところまできていることを悟った。これ以上耐える力はなかった。片時でもエンゼルの愛らしい顔が目の前にちらちら浮かばぬ時はなく、そのあとにはエンゼルに復讐すると言いきった瞬間のブラック・ジャックの歪んだ顔がぬっとひかえているのであった。マックリーンに会うか、でなければ町にでかけてエンゼルの父のところへいくかしなければならない。どちらにしたらよいだろう？　エンゼルの父にとって自分は見知らぬ者も同様だし、マックリーンにいってもらうほうが、自分が話すより強く印象づけられるにちがいない。この時急にマックリーンがその朝くると言ったのを思いだした。忘れるなどということはこれまでないことだった。そばかすはふらつく足を踏みしめながら東の境界線をせいいっぱい急いだ。

第一の見張りのところへくると、そばかすは獲物のことを告げ、今マックリーンに会うので気がせいているから、カワウソを取ってきて小屋に運んでほしいと頼んだ。

二番目の見張りも目に入らずに通りすぎ、ひたすら支配人のところへと急いだ。そばかすはマックリーンの前へくると帽子をぬいで、額の汗をぬぐい、黙って立っていた。

マックリーンは呆然とした。セイラの話であらかじめ考えていたが、これはまるで死人のようではないか。そばかすが自分で自分のしていることがわからないらしいのはひと目でわかった。どんよりかすんだ、遠くを見つめるような目つきは彼を愛するマックリーンの胸をえぐった。なんの前ぶれもなくマックリーンは鞍から身を乗りだし、そばかすを引き寄せた。

「かわいそうに！　ああ、かわいそうに！　僕に話しておくれ。そうして、二人でなんとか方法をたてようではないか！」

ネリーのたてがみに指をからませていたそばかすは、このやさしい言葉を聞くと、マックリーンの腿に顔を押し当てて、寒気でもするかのように身を震わせた。マックリーンはさらにしっかり抱き寄せて、そばかすの話しだすのを待っていた。

カワウソを持ってあらわれた番人にマックリーンは無言のまま、それを置いて向こうへいけと手まねで合図した。

「おい、そばかす」ついにマックリーンは口をきった。「お前から僕に打ち明けるかい、それとも僕が手さぐりでお前の苦労の原因を確かめなくてはならないのかい？」

「ああ、僕は話したいんです。話さなくちゃならないんです、支配人さん」そばかすはぶるぶるっと体を震わせた。

「僕一人ではきょう一日だって我慢できそうもありません。支配人さんのとこへいこうとした時に、ここへきなさるはずなのを思いだしたんです」

そばかすは顔をあげる一瞬、力をふるいおこすかのように歯を喰いしばって湿地のかなたを見つめていたが、やがて言葉をつづけた。

「エンゼルのことなんです」

思わずそばかすにかけていたマックリーンの手に力がはいったので、そばかすは驚いて見あげた。

「この間は一生懸命説明したけれど、支配人さんにはわかってもらえなかったようでした。実はエンゼルが繁みをわけてわたしの部屋をのぞき込んだあの日から、寝ても覚めても、あのやさしい美しいいたずらっぽい顔が目の前から一刻も離れないんです。あの人はわたしに話しかけ、すっかり安心しきってわたしに世話をまかせてくれました。本のことではいろいろ助けてくれ、わたしが紳士の生まれであるかのように待遇し、兄妹《あにいもうと》であるかのように力添えをしてくれました。町の通りを友だちの見ている前で、まるで女王のように誇らしげにわたしと歩いてくれましたし、わが身を忘れ、鳥のおばさんのことを眼中におかないで、あのはじめての日わたしを助けるために大変な危険をおかしてくれたのです。この間はあの人殺しどもの集まりの中にはいってきて、首領をつかまえ否応なしに自分の意志に従わせ、奴をだし抜きわたしを救おうとして命がけで走ってくれたのです。

物心がついて以来、初めのころわたしの身に振りかかるといえば呪わしいことばかりでした。わたしはどうすることもできず苦しいせつない思いをしているだけでした。そこへエンゼルがあらわれ、わたしの声を認めてくれ、こんな体にもかかわらず、ほかの男なみに生きることと成功への希望を吹き込んでくれたのです」

そばかすは、手のないほうの腕を示した。

「これを見てください！　だらんとぶらさがったまんまのこの手をわたしは一千回くらい呪ったかもしれません。これをあの人はなにも隠したり、しりごみしたりするわけがないとでも言うように、往来でみんなの前でつかんだんです。わたしがこの腕のことをぜんぜん忘れていないときには、あの人はこの手がないのを忘れているのだから、知らせなくてはならないという気持ちに駆られたことが幾度もありました。エンゼルがこの腕にさわってくれたとき、あまりに神聖な感じだったので、それからというもの、この恐ろしいものを眺めていると、時には自慢したい気持ちにさえなったのです。もしもわたしが支配人さんの息子に生まれたとしても、今以上には対等に扱ってもらえないくらいです。支配人さんがわたしの実の父でないことをあの人が知らないはずはありません。わたしのみっともなさ、無知、家柄も家庭も親類も金もないことは誰よりもわたしが一番よく心得ています。それなのにあの人は全然かまわないのです」

そばかすは後ろに身を引き、肩を張ると、雄々しく頭をおこし、まっすぐマックリーンの目に見入った。

「あの美しいかわいい部屋でエンゼルに会ったとき、エンゼルがすがらんばかりにわたしのことを支配人さんに頼み込んだことを忘れはしなさらないでしょう。あの人がわたしの体に触れたので、わたしの体は浄められました。あの人は唇をわたしの額につけ、洗礼をさずけてくれました。わたしほどあの人の気高さを知っている者はないし、あの人ほどわたしの気持ちがわかってる者はありません。遠くへだたったわたしたちの間にかけわたすような橋はないし、なにより確かなことは、わたしがそれをよくわきまえているということです。しかしエンゼルはひどい危険をおかしてあの泥棒どもの中にいるわたしのところへきてくれ、わたしを救いだそうとして身をすりへらしました！　それだのに、わたしが男で、しかも大きな強い男のわたしがこうしてあの人を死ぬよりももっと恐ろしいあの誓いのもとに置いておきながら、あの人のために何一つできないんですからね。こんなことには我慢できません。じりじり殺されるようなものです！　ブラック・ジャックの手の怪我はあまりひどくなかったかもしれないし、いつ何どきあいつがエンゼルの後ろに忍び寄るかもしれないんです！　ジャックの誓った復讐が今にもなんかの手段でエンゼルに加えられるかもしれないんです。それだのにあの人のお父さんに警告さえしてないんです。わたしはもう一刻もここに手をこまねいてはいられません。この五晩というもの、わたしはエンゼルの部屋の窓の下で見張りをしたんですが、昼というものがあります。あの人は自分用の小型馬車と馬を持っていて、自由に町でも田舎でも乗りまわせるのです。もしあの人にブラック・ジャックの手がのびるとすれば、わたしにあの天使のような人が親切だというためなんです。どこかにあいつは隠れているんだ。どこかで機会をうかがっているんだ！　どこかでエンゼルを狙ってるんだ！　なんとしても、絶対に。もう一刻だってこんなことにゃ我慢できないんです！」

「そばかす。落ち着きなさい！」

と、なだめるマックリーンの目はうるみ、不憫のあまり声は震えていた。「まったく僕にはわからなかったんだよ。エンゼルのお父さんとはよく知り合っているから、すぐいってこよう。三年前から取り引きをしているんだよ。必ずわからせてあげる！僕にもはじめてお前の苦労や、エンゼルの身の危険がわかってきたよ。大丈夫、ジャックの居場所を突きとめ、奴を処分してしまうまで、昼も夜もぶっ通しで、完全にエンゼルを保護するようにさせる。それからもしもあの娘の父を動かすことも危険を理解させることもできない場合には、ジャックが捕まるまで私の方で護衛を一人つけることを約束しておく。さあ、風呂をつかいミルクを飲み寝床へはいって何時間でもぐっすり眠って、もう一度、元の勇ましい朗らかな子になってくれるかい？」

「なります」そばかすは、ぽっつり答えた。

しかしマックリーンは、少年の頰骨のあたりで肉がぴりりとひきつるのを見た。

「見張りがそこに運んできたものはなにかい？」マックリーンはそばかすの心をまぎらせようとしてたずねた。

そばかすは、マックリーンの指さすほうにちらっと目をくれて、

「ああ忘れていました。カワウソです。しかもこんな暑い陽気だのに信じられないくらい見事な奴です。けさ川で射ったんです。わりにうまく射あてました。射ち損なうだろうと思ってましたのに」

そばかすがカワウソを拾いあげ、マックリーンのほうへ持っていこうとすると、ネリーが美しい小さな耳をピンと起こして湿地に逃げ込み、恐ろしそうに鼻いきを吹いた。そばかすはカワウソを取り落とし、ネリーの頭のほうに駆け寄った。

「お願いですから、ネリーを小径に戻してください。ちょうどこの辺があのガラガラ蛇の大将が沼地へいくのに通るところなんです――いつかダンカンおじさんとわたしが話したことのあるあの大蛇ですよ。ダンカンのおばさんがぶつかったのもきっとこ

れに違いないと思うんです。その小径のちょっと先のところで、おばさんが見つけたんですから、きっとまだ近くにいるにちがいないです」

マックリーンはネリーの背からすべりおりると、境界線の小径の先のほうまでつれていき、繋みにつないでから、戻ってきてカワウソを調べてみた。それは見事な長い絹のような毛皮のまれに見る大きな種類だった。

「これをどうするつもりかい、そばかす？」柔らかな毛並みから手を離しかねる様子で撫でながらマックリーンは聞いた。

「たいした値打ちのものだということを知ってるかね？」

「そうだったらいいと一生懸命願ってたんです。これが土手のところにでてくるのを見た時、わたしはこんなことを思いだしたんです。いつかなんかの本に若い少女の絵があって、美しいところがちょっとエンゼルに似てるんです。手を体ぐらいもある大きなマフの中に入れていましたが、素晴らしくきれいなものだな、と、思ったんです。その娘は女王かなんかだったでしょうよ。この皮をなめしてそんなようなマフを作れるでしょうか――おっそろしく大きなのを？」

「もちろんできるとも。それはいい思いつきだし、わけなくできることだ。箱詰にしてこのカワウソを至急便で始発の列車の冷蔵庫で送らせなければいけない。ちょっとここで番をしていなさい、ホールに小屋まで運ぶよう言いつけてくるから。ネリーをダンカンの馬車につけて、二人で町へいって、エンゼルのお父さんに会ってこよう。そのあとで、カワウソの生きがいいうちに発送して、お前の指図はあとで書き送ったらよかろう。リンバロストが根こそぎにされない前の記念品として、またお前を訪ねてきたエンゼルへのお土産として、エンゼルにあげるのは、そりゃあいいことだよ」

そばかすは顔をあげたが、それは嬉しさで紅みがさし、目は以前のように晴れ晴れと輝いていた。彼はマックリーンに両腕を投げかけて叫んだ。

「ああ、支配人さんが大好きだ。どれくらい好きかわかってもらえたらなあ！」

マックリーンはそばかすを胸に抱きしめた。

「ありがとう、そばかす。わかっているとも！　お前はまず眠るほうがいいかね、それとも、一と口食べて、僕と一緒に町へ行ってきてから休むのがいいかい？　町へいって安心してから休んだほうが早くぐっすり眠れるんじゃないかな。お前もいくとするか？」

「わたしもいくとします」

そばかすの目にはもとのような明るさがひらめき、新たに湧きでた体力でカワウソをになうことができた。二人は小径にはいっていった。

マックリーンは、大きな黒い雛たちに目をとめてそのことを口にした。

「ここ何日か、ああしてあそこいらをうろついてるんです」とそばかすが説明した。

「こうじゃないかと思うんです、例のガラガラ蛇がなにか大きなものを殺したけれど、呑み込めないもんで、わたしの雛たちに食べさせまいとして番をしてるんだろうと思うんです。この夏じゅう、あの鳥たちのあそこでの振る舞いから見て、きっとあそこがガラガラ蛇の穴に違いないです。ほら、見ていてごらんなさい。ああして舞いおりてはまたおびえたように飛び上がる様子を見てごらんなさい!」

突然、マックリーンは真っ青になってそばかすのほうに向いた。

「そばかす!」

「そうにちがいない、支配人!」そばかすは身震いした。

彼はカワウソを放し、棍棒をつかんで湿地に飛び込んだ。ピストルを抜き取りながらマックリーンもつづいた。二人がきたのを見て「黒い雛たち」は空高く弧を描いてあがり、怒った大蛇は鎌首をもたげてガラガラ言いだしたが、マックリーンのピストルから銃声がひびくと蛇はぐたっととぐろを巻いてくずおれ、マックリーンとそばかすはブラック・ジャックの傍に立っていた。ジャックの運命は明らかでこのうえなく凄惨なものだった。

「さあ、われわれにはジャックに触れる勇気はない」ついに、マックリーンが言った。「ダンカンのおかみさんのところから敷布を一枚もってきて、この虫どもにたかられないようにかぶせよう。そしてホールに番をしていてもらって役人を連れてくることにしよう」

　そばかすはぎゅっと唇を引き結び、ゆっくり棍棒をブラック・ジャックの体の下にさし入れておこし、棒を膝で支えて死人のジャックの正面から長い銀のピンを抜き取り、湿地めがけて放り投げた。それから今度は揉みくちゃになった二、三輪の赤い花を集めて遠くの池に投げ込んだ。

「今度のことの恐ろしさにぞっとするよ」町への馬車を走らせながらマックリーンがそばかすに言った。「いくら必死だったとはいえ、どうしてジャックが湿地に忍び込むなんて危険をおかしたのかわからないね。あの危険は誰よりも一番承知しているくせに。またどうして沼地を渡るのに一番草の生い茂った汚い場所を選んだものだろう？」

「こうですよ、きっと、リンバロストの南の丸太道に続いているからじゃないですか？　あそこは草の丈がいちばん高いし、あの柳が衝立になってくれると考えたのですよ。いったんあそこへはいってしまったら、屈んで歩きさえすれば安全ですからね。あの場所さえ通り抜けてしまったら、きっと逃れていたでしょうよ」

「まったくジャックには気の毒だが、これでわれわれの心配苦労も終わったかと思うとほっとしないわけにはいかないよ、実際もう心配はなくなったわけだから。ジャックにはこんな恐ろしい罰がくだるし、ウェスナーは二度とでてこない牢屋にはいっているし、そのほかの者たちには逮捕状がでているから、逃亡したなり戻る気づかいはないしね。この男たちの最後をみれば、ほかの連中は一人だって、僕の材木を盗みだそうなどという気は起こすまいと思うよ。森林の知識にかけてはジャックほどの者はここにはいないね、まったく大家だったよ」

「ジャックのほかに、誰か木を探しだそうとした者のことを聞いたことがありませんか?」と、そばかすはたずねた。

「いや、聞かないね。ジャックのほか誰もいないと思うよ。ほら、われわれの会社がやってきたんではじめてほかの者たちもリンバロストの値打ちを嗅ぎつけて、割り込もうとしたのだからね。ジャックはこの土地の誰よりも沼地のことにはつうじていたのだ。二つの会社がこの土地を借りようとしているのを知ると、儲けのいいほうに加わりたいと考えたのだ。その時でさえすでに自分が処分しようと思う木に目じるしをつけてあったのだよ。私の仕事場からむりやり自分を解雇させたのは、ここにきて材木を盗みだしたかったにほかならないと思うのだ。われわれがここを借り受けた時にはここがどんな宝庫か夢にも知らなかったよ」

「それ、そのとおりあのはじめての日にウェスナーが言いましたよ」とそばかすが気負い込んだ。「金鉱だって、言いました。ウェスナーはしるしのついている木がどこにあるのか自分は知らないけれど、そのありかを知っている男が一人あって、もしわたしがそばに近寄らないで、しるしのついた木を積みださせてくれるなら、二、三日もかかれば運びだしちまえるのが十二本はある、って言ってましたよ」

「そばかす！」マックリーンは叫んだ。「まさか十二本じゃなかろう」

「ウェスナーがそう言いましたよ――十二本て。もちろん、木目がどんなできのものか全部が全部はわからないけれど、とにかくどれもみな運びだす値打ちのあるものばかりで、五本か六本かはほんとうの宝物だそうです。奴らが手をかけた木はこれで三本になりましたから、あともう九本しるしをした木があるはずで、その中の何本かはただ良質というだけらしいです」

「どれがそうなのかわかったらなあ、それを一番に伐りだせるのだが」と、マックリーンが言った。

「わたしも考えていたんですが、境界線に見張りの中から一人――かりにホール――を置いといて、わたしが北のはずれの沼地から区分していき、しるしのしてある木を探したらどうかと思うんです。どれもあの境界線の最初の楓のようなマークではないかと思うんです。そこからあまり離れていないところにもう一本いい木があって、それが一番だとウェスナーが言ってました。もしわたしにそれが探しだせたらわたしはひどく得意になるでしょうよ。もちろん木のことはなに一つ知らないけれど、でもしるしは見つけだせますよ。ジャックは大した目利きですから何本かはただその樹皮を見ただけでわかったでしょうが、われわれが今までに見つけたジャックの望みの木は、どちらかといえば低目に深く切れ目が入れてあって、繁みが生い茂ってそれをかくしているような場所でした。わたしにも何本かは見つかると思います」

「うまいっ！　そうしよう。体がやすまったらすぐに取り掛かっておくれ。それからね、そばかす。沼地でなにか見つけたら――どんな些細なものでもいい、鳥のおばさんが喜びなさると思うものがあったら、いつ何どきでも自転車でおばさんに知らせにいくがいい。境界線に男を二人おいてどちらの側でも、一人はお前のそばにいるようにしてあげるから、お前の好きなようにいったりきたりしていいよ。われわれがどんなにおばさんのお蔭をこうむっているか、考えてみたことがあるかい？」

「あります。それからエンゼルにもね――エンゼルのお蔭もずいぶんこうむってます。わたしの命と名誉はあの人のお蔭です。どうしたら恩返しができるかと頭を痛めて、夜も眠れないんです」

「ではマフから始めたらいい、そうしたら素敵だよ」

マックリーンは身を屈め、足元に横たわっているカワウソのふかふかした毛皮を掻き撫でた。

「どうして夏の季節にこんな見事な毛皮になったのか僕にはわからないね。寒い冬に一番立派なのが普通だからね。しかしこれ以上は望めないくらい上等の品だ。クーパースに電報で知らせて手配してもらおう。生きをよくしておかなくてはならないからね。なめしができたら、仕上げにはどんな費用も惜しむまい。豪華なものができあがるだろうし、それこそエンゼルに向くものではないかと思うね。これ以上あの娘にふさわしいものは考えつかないよ」

「わたしだってそうです」と、そばかすも心から賛成した。「マフが仕上がったあと、金が残っていたら、町へいってもう一つ欲しいものがあるんです」

そばかすはエンゼルの持っているような帽子に対するセイラの憧れをマックリーンに語った。そばかすはいくらかためらいながら話し、マックリーンの顔を鋭く見守っていたが、マックリーンの目に理解と思いやりの表情が溢れたのを見て、今更のようにマックリーンが好きになった。あいかわらずわかりがよいのだった。笑うと思いのほか、マックリーンは言った。

「お前は私も仲間に入れてくれなくてはいけない。自分ばっかりでするものではないよ。こうしたらどうだろう。クリスマス・プレゼントとして贈ったら。そのころには私も家に帰っているから二人で箱に詰められるよ。お前は帽子を買うし、私はそれに服と外套を添えよう。ダンカンには帽子と手袋を買ってあげなさい。私はたっぷりした外套にしよう。子供たちには細かいものをどっさり入れてね。どうだね、愉快じゃないかい？」

そばかすは嬉しくて体が震えるほどだった。

「愉快なんてどころか、夢のようです。あとどのくらいかしら」

そばかすは日を指折り数えはじめ、マックリーンはそばかすを元気づけ、この数日来の暗い出来事から気持ちを転じさせようと、周到な用意をした。過度に緊張したそばかすには安らぎと憩《いこ》いが必要だったからである。

15　平和なリンバロスト

それから一週間後、リンバロストではすべてがあの悲劇がおこなわれた以前のとおりに返った。変わったことといえば、そばかすの箱が切りたての木の株の上に置いてあるぐらいであった。残っていた蔦が箱をどうにか体裁よくおおい、数日前の騒ぎの形跡は一つもとどめなくなった。新しく雇い入れた番人たちが小径を巡回し、そばかすは沼地の中を大ざっぱに区切ってしるしのある木を探した。そうしているうちにそばかすは、深く削ぎ取ったあとを巧みにまた元のとおりに打ちつけてある木を一本みつけた。それが稀にないすぐれたものとわかったので、彼は大喜びだった。また鳥のおばさんのために非常にたくさん材料が見つかったので、今ではおばさんは毎日のようにきた。おばさんやエンゼルとともに過ごす時間は、そばかすにとって黄金にもくらべられる時であった。

リンバロストの森は今や全盛期のシバの女王（古代アラビア地方の国、旧約聖書列王紀十章にシバの女王がソロモン王を訪問したことが書いてある）のように着飾っていた。初霜《はつしも》はその冠にきらめくトパーズやルビーやエメラルドをちりばめた。足のまわりには紫の衣のもすそをひき、黄金の笏《しゃく》を手にしていた。ものみなすべて盛りをきわめ、これ以上美しくはなれまいと思われる姿をそのまま二、三週間とどめ、迫りくる凋落《ちょうらく》の日を待っていた。

沼地には生命が躍動していた。春のころ、むらがってきた小鳥たちは、どの番《つが》いもみな今では二羽が十羽に殖《ふ》えていた。雛たちは両親のほかにそばかすというもう一人の親があるために人馴れしており、多くの場合、華やかな羽毛こそなかったが、親たちに劣らず美しく肥えてつやつやしていた。どこを見ても同じように子供たちでにぎわっていた。まるまるふとったアメリカモルモットの子供たちが小径を走りまわっているかと思えば、丸太や木々の洞から愛嬌者のアライグマや袋鼠の赤んぼがのぞいており、じゃこう鼠の子供は親のあとから沼地を渡っていった。

まだ離散しない狐の一家に出会い、子供たちが母親のあてがってくれた野鴨の死骸と遊んでいるところや、子狐らを護《まも》って片側に横になっている母親のさも誇らしく満足そうな目つきを見れば、それは忘れられない一幅《いっぷく》の絵となるであろう。母親が子供たちを夢中でかわいがる様子にそばかすは飽かず見とれた。人間の親たちが自分の子供をかまいつけず残酷な仕打ちをするのを絶えず見せつけられ、みじめな子供時代をすごしたそばかすにとって、これらリンバロストの獣や鳥たちの愛情は、鳥のおばさんやエンゼルが感じる以上に奇蹟といってよいほどに思われるのだ。

エンゼルは子兎や子リスに夢中だった。この季節の初めのころ、そばかすは時々、子供の中から一匹エンゼルの手に入れてやることができた。渡した後、うしろについてエンゼルの波打つ胸や上気した頬、輝く目などを見守っては、心からの喜びを味わった。エンゼルの目は実に愛らしかった。このころになってそばかすはそれが最初思っていたほど黒味がかっていないことに気がついた。目に影をなげている長い濃いまつげのために実際より暗く見えるのである。その目はたえず変化していた。機智に輝き黒ずむかと思うと、同情でうるみ、勇気の火に燃えるかと思えば、たくましい野心の表情がうかびあがり、どんないきものにしろ虐待されるのを見れば憤怒に燃えた。

エンゼルはリスと兎の子供を何匹か家に連れ帰り、温室をその小動物たちにあてがった。エンゼルの世話は申し分なかった。大自然から彼女は博物学を学び、健康によい運動を多くとっていた。エンゼルにとってはリスや子兎たちがなにより興味があったが、鳥のおばさんは小鳥のほうを好み、それにすぐ続いて好きなのが蛾や蝶類であった。

褐色の蝶の季節がおとずれた。湿地帯のまわりにはトウワタをはじめ彼らの大好きな植物がいっぱいしげり、空中は帝王蛾やイチモンジチョウやヒョウモンチョウなどのキラキラ光る繻子地のような羽根で金色になった。これらの種類はほかの色のものより三対一ぐらいのわりで優勢だった。

小鳥の中ではあの小さな黄色の鳥たちが他をしのいでいた。もっともそれは高地に住んでいた赤い翼のハゴロモガラスや米喰鳥《こめくいどり》がとつぜん沼地が楽天地であることを知って、数百とむれをなして飛来し、南へわたる前の二、三週間をここで祝宴をはったり大騒ぎをしたりするまでのことだった。鳥たちにとって、このように豊かな饗宴が開かれたことはなかった。牧草は種をいっぱいにもち、あらゆる種類の雑草もこれに負けなかった。秋イチゴは熟《う》れ、野葡萄や黒サンザシの実も用意ができていた。昆虫はいたるところに這っており、ぬかるみは虫で泡だち、空中も虫で満ちていた。大自然は次の変化にそなえて素晴らしい休息の時を設けたのであり、これを沼地じゅうの誰よりもありがたがったのは黒い雛たちであった。

黒い雛たちは、平和と豊かさの気がみなぎっているのを一同の中でもっとも感じているらしかった。食物も近ごろではさがしにいく必要すらなかった。今では雛の前にならべられた食物が雛だけでは食べきれず、喜んで親鳥たちを招いて相伴させるのだった。

雛は見事に育ちすぎたくらい大きく、漆黒の筋のある翼は青銅色の光を放ち、体を持ち上げられるほど強くなっていた。尾は長さ八センチにも及び、嘴と爪は鋭かった。筋肉がはげしく運動を求めはじめ、雛は一日じゅう、一時間に何回も、長さが十二メートルもある自分の家を駆け足でいったりきたりしていた。それから二、三日すると、今度は翼をもち上げて拡げ、ばたばた羽搏《はばた》きしだしたので、しまいにニレの繊維《せんい》が背中の柔毛《にこげ》にいっぱいついてしまった。それから跳躍にうつった。飛び上がったり、片足でぴょんと跳ねたりするおかしな恰好を、沼地にかくれて見守っているそばかすとエンゼルはくすくすと声を殺して笑った。

時には、雛は一人でふざけはじめることがあったが、これが一番こっけいで、頭を上下、左右に動かし、羽づくろいでもするかのように顎をぐいと引いたり傾けたりした。また首をのばし、頭をうしろに振りやり、一方にかしげて作り笑いをしたりした――ほんとうに作り笑いをするのである。鳥の顔にもこんな得意そうなひとりよがりの作り笑いがあろうかと思われるほどで、あまりこっけいなので二人はある日、鳥のおばさんにそのことを話した。

おばさんは雛の仕事がすむと、カメラをすぐ使えるように用意して二人の手許《てもと》にのこし、二人が繁みにかくれて見守っていて、雛がでてきてほんとうに作り笑いをしている瞬間にうまくバルブをしぼって写しておいてくれたら、こんな嬉しいことはないと言った。

そばかすとエンゼルは一本の大丸太のそばにうずくまり、目を光らせ息をころして辛抱づよく待った。しかし雛は彼の報告がおばさんの耳に入る前に食事をすませたので、疲れて眠くなり、丸太の中にはいって寝てしまい、一時間というもの身動きもしなかった。

二人は心配になってきた。日の光が届かなくなるだろうし、それになんとしてもその写真を撮りたくてたまらなかった。ついに雛は頭を起こし嘴をあけて大きなあくびをした。それからまた一、二分まどろんだ。あれは雛の美容睡眠だとエンゼルが言った。やがて雛は再びのろのろとあくびし、立ち上がって伸びをしたりあくびをしたりしてから、ゆるゆると入り口のほうへ歩いてきた。

「さ、今度こそチャンスがくるかもしれないわ」と、エンゼルが言った。

「そうならいいけど」そばかすは興奮で身震いした。

二人は同時に腰を浮かせ、丸太の入り口に目をすえた。光は一杯に強くあたっていたが、雛の様子はまたもや見込みがなかった。羽づくろいをし、嘴をとぎ、身仕舞いがすんで立派になったと思ったのか、ひとりでふざけはじめた。そばかすの目は光り、噛みしめた歯の間から息を吸い込んだ。

「これからするところよ」と、エンゼルがささやいた。「今度よ。あたしにそのバルブをよこしたほうがいいわ！」

「そうします」と、答えはしたものの、そばかすは丸太を見つめたまま、バルブを渡しそうな様子はなかった。

雛はかわいらしく首をうなずかせながら羽根を立て、頭をななめにぐいぐいとさまざまに動かしては位置を次々と変えていったが、一度、作り笑いの影がかすめた。

「今よ！——だめだわ！」エンゼルは叫んだ。

そばかすは鳥のほうに身を乗りだし、緊張しきって待ちかまえた。無意識のうちにエンゼルの手は彼の手をしっかり握っていたが、それさえそばかすは気がつかないほどだった。とつぜん、雛はまっすぐ空中に跳び上がったかと思うと、どさっと落ちた。エンゼルはぎょっとしたが、そばかすはびくともしなかった。ところが今の芸当が気に入ったのか、この大きな、発育のよい雛はぐるっと向きをかえ、四分の三、どころか、ほとんど全正面をカメラのほうに向け、足をふんばり肩をいからせ、首をせいいっぱいのばして顎を引くと、レンズに面と向かってこれまでにない水際立った作り笑いをして見せた。

反射的にそばかすの指はバルブにかかり、同時にエンゼルの指が彼の上から押しつけられた。やがてエンゼルはほっと大きく安堵の吐息《といき》をつくと、手をあげて、汗ばみ乱れた髪を顔からかきのけた。

「どのくらいしたら写っているのかしら？」と、そばかすは緊張した声でささやいた。

この時はじめてエンゼルはそばかすを見た。ひざまずいて前にかがみ、目をまっすぐ小鳥に向け、蚊に刺された赤い顔から汗は小さな流れとなってしたたっていた。帽子は曲がり、まっかな髪はもじゃもじゃになり、興奮のあまり胸を波打たせながら、なおも全身の力をこめてバルブを握りしめていた。

「写ったと思いますか？」そばかすはたずねた。

エンゼルはうなずいてみせるほかなかった。そばかすは救われたように深い息をもらした。

「こんな骨の折れた仕事は、初めてですよ！」そばかすは叫んだ。「鳥のおばさんが沼地からでてくるところを見ると、まるで火事に洪水にそれに飢饉の中をくぐってでもきたかのように見えるけれど、無理はないな。くる日もくる日もこんな目に遭うのではね。だけど、もしこれがうまく写ったとしたら骨折ったかいがあるし、こんな嬉しいことはないけどな！」

二人はホルダーをケースにおさめ、注意深くカメラをたたんでそれもしまい、道に持ちだした。

それからそばかすは意気揚々と、

「さあ、鳥のおばさんに話しましょうよ！」と叫び、帽子を振りながら踊りまくった。

「とった！　とった！　上手にとった！」

手をつないだそばかすとエンゼルは沼地の北端さして駆けながら、「とった！　とった！」と、コマンチ族の子供たちのようにわめきたて、自分たちのしていることがどんな結果になるかなどとは考えてもみなかったが、そのうちに首の長い大きな青みがかった灰色の鳥が足をぶらさげ、翼をバタバタさせながらリンバロストの上空へと飛び立った。

エンゼルの唇は血の気がなくなり、そばかすに両手でつかまった。無念さやるかたなくそばかすは背を向けた。不覚にもおばさんの材料をおどかして追いはらおうとは！　鳥のおばさんの意見では死罪にもあたることだった。おばさんは日に焼け、水ぶくれになり滴をポタポタたらして起ち上がりながら両手をさしのべて叫んだ。

「ありがとう！　ほんとうにありがとう！」

しかもその言葉は心からのように聞こえた。

「まあ、どうして——」あっけにとられてエンゼルはどもった。

そばかすは、ことの矢面に立つべく急いで進みでた。

「これはまったくわたしのせいなんです。あの雛の写真がとってもよくとれたと思ったもんで、あんまり嬉しくてわたしが夢中になって、『鳥のおばさんに報告しよう』って言ったんです。馬鹿みたいになって走り、エンゼルを引っ張ってきたんです」

「まあ、そばかす！」エンゼルは非難した。

「ばかなことをおっしゃいな。もちろんこれはあたしのせいよ！　おばさんとはもう何百回もきていて、なにごとがあっても——どんなことがあっても——おばさんの鳥を恐れさせてはいけないことはよく知ってたんですものね！　あんまりのぼせてうっかり忘れてしまったのよ。悪いのはあたしよ。おばさんは決してあたしを許してくださらないわ」

「そんなことはない。ほら、あんたはあのはじめの日、おばさんの鳥をこわがらせて追いはらうような者たちをおばさんは殺しかねないと言ったじゃないですか！　僕が馬鹿だったからこんなことになったんだ。僕は自分で自分が許せません！」

鳥のおばさんは蛇川クリークの川口から湿地に飛び込み、カメラ二台と水のしたたる三脚架をもって二人のほうに渡って来た。

「わたしに一言いわせてもらえるならね、子供たちよ、あの鳥の写真はもう三枚とってしまってあります」

エンゼルは大安心の吐息をつくし、そばかすの顔もやや晴れた。

「そのうち二枚は灯心草《とうしんそう》の中で——一枚は羽冠をさげたところを正面から。一枚は羽冠をゆるがせた背後から。最後の一枚はちょうどあなたがたがきた時、飛び立つところをとったのです。わたしはどうかなにかが反対側からあの鳥をカメラのほうに向かって飛び立つようにしてくれないかと、ひたすらに祈っていたのです。あの鳥が水の中を歩きまわるもんで、わたしのいる位置からではそうできなかったのです。わかって？　長い間苦しい思いをして祈ったことがかなえられたのですよ」

そばかすは一歩、おばさんのほうに踏みだした。

「それ本気で言ってなさるのですか？」そばかすは半信半疑だった。「エンゼル、考えてもみなさい、わたしたちのしたことはよかったんですよ！　わたしたちの不注意から写真を台なしにせずにすむのですよ。二時間ちかくも待って水浸しになっていすったのですからね！　おばさんはわたしたちのことをおこってはいなさらないんですよ！」

「こんな上機嫌のことは生まれてはじめてですよ」と、おばさんは言いながら、せっせとカメラの掃除をしてしまいこんだ。

そばかすは帽子を脱ぐと、おごそかに手を差しだした。エンゼルもそれにおとらずおごそかにその手を握った。笑ったのは鳥のおばさんだけで、二人にとってこの場はあまりにも重大で笑う余地などなかった。

やがて馬車に荷物を積み込み、鳥のおばさんとエンゼルは家路に向かった。三人にとってたいそう骨の折れた日なので、みんなはひどく疲れてしまったが、しかし大喜びだった。そばかすはあまり幸福なので人生の杯が今や満ちあふれるかと思われた。

鳥のおばさんが馬車を駆って去ろうとしたとき、そばかすは鉄条網に手をかけ、おばさんの顔をじっと見た。

「わたしたちのは写ったでしょうか？」

そばかすの聞き方があまり真剣なので、おばさんはできることならなんとしてでも「大丈夫」と確信をもって言えたらと思った。

「そうね、わからないわ。判断する材料がありませんからね。あんた方がわたしのところにくるすぐ前に露出したのなら、まだ光線の工合はよかったわけですし、また、雛が入り口まぢかにいくまで待てば、たとえ期待した表情がかすめるのをとらえることはできないにしても、なにかいいものができたでしょうしね。もちろん、わたしには断言はできないけれど、あらゆる点から考えてうまくいったと信じますよ。今晩さっそく現像して、朝早くあなたに試し焼きを一枚つくって今度くるときに持ってきてあげましょう。もう人夫たちが到着するのもここ一日二日のうちですから、それまでにできるだけ写真をとっておきたいのですよ。あの人たちがくればどうしても小鳥たちの平和はかきみだされますからね。その時になればマックリーンさんがあなたを必要となさるでしょうしね。わたしたちあなたなしでどうしたらいいか、思いやられますよ」

瞬間の衝動でおばさんはかがんでそばかすの額にやさしく口づけを与え、自分の愛する仕事につくしてくれた親切を感謝した。この行為をおばさんは決して後悔しなかった。

立ち去りながらそばかすはあまりにも幸福なので、小径がくるくる巻きあがり、自分の後から境界線を転がってくるのではないかと、たえず背後を振り返って、たしかめずにはいられない気持ちがした。

16 森の女王

そばかすは遠くから彼らがくるのを見た。エンゼルは立ちあがって帽子を振っていた。そばかすは自転車にとび乗ると、大揺れに揺れながら丸太道を出迎えに走った。鳥のおばさんは馬をとめ、エンゼルは一枚の写真をそばかすに渡した。そばかすは木に自転車をもたせかけてから、待ち切れないように写真の試し焼きを受けとった。これまで彼は自分の雛からできた写真を一枚も見たことがなかった。そばかすはしげしげと見入っていたが、やがて喜びのあまり別人のような顔を二人にむけた。

「どうです！」と、叫ぶと、再び眺めた。「なんてかわいく、なんて上品に撮れているんだろう！　銀行の預金をぜんぶあげたいくらいですよ！」

こう言ってしまってから、エンゼルのマフとセイラの帽子のことを思いだし、そばかすは言いたした。

「ぜんぶでないにしても、わたしがほかのあることでぜひ入用な分だけ取った残りでもね。ちょっと小屋に寄ってダンカンのおばさんにこれを見せていいですか？」

「あなたのポケットに入れてあるその小さな本を、わたしに見せてごらんなさい」と、鳥のおばさんは言った。

おばさんは試し焼きのへりを折りまげて、ちょうど本にはまるようにしながら、このままでは破損しやすいからだと説明した。そばかすが先に立って急ぎ、一行が着くと、セイラはすくんだように凝視して、「まあーったくたまげちまったね！」と、言っているところだった。

そばかすとエンゼルは蛇川クリークの川口のところで鳥のおばさんが長い一日をすごす準備を手伝った。それがすむとおばさんは二人を追いやり、運を天にまかせて待機した。

「さあ、これからあたしたちはなにをしましょうかね？」精力的なエンゼルが言った。

「しばらくわたしの部屋にいってみますか？」

「あなたがどうしてもというのでなかったら、あたしはあまりいきたくないの。こうしない？　ダンカンのおばさんのお手伝いをして昼食の用意をしたり、子供と遊んだりしましょうよ。かわいい身ぎれいな子供ってあたし大好きよ」

二人は小屋に向かって歩き始めた。わずか進んで足をとめ、なにかしら調べたり博物学の神秘についてしゃべり合ったりした。エンゼルの目はすばしこくて何一つ見のがさないほどだったが、そばかすのほうは更にいっそうすばやかった。それというのも沼地でこの仕事を持って以来、自分の生命それ自身が目の鋭さにかかっているからだった。二人の目は同時にあるものにいった。

「誰かが旗竿《はたざお》でもつくったようね」と、エンゼルは明らかにその季節にできたと思われる、小さな切り株のまわりを爪先で小突いた。「そばかす、こんな小さな木を伐ってなんにしようというのかしら?」

「さあ、わからんですね」

「でもあたし知りたいわ。こんなところまでやってきてただのいたずら半分に伐ったなんてことはないわ。持ってってしまったのね。後戻りしてどこかその辺にないか見てきましょうよ」

エンゼルは今きた道を引き返しながら熱心に探し始めたので、そばかすもそうした。

「ほら、あった!」突然に、そばかすは大声をあげた。「大きな楓の木の幹にいかにもさりげなくたてかけてある」

「そうだわ。あんなところにたてかけてあるもんで、樹皮がひとところ枯れているじゃありませんか。あんなにカサカサ乾いて、見てごらんなさいな」

そばかすは、まじまじとエンゼルの顔を見て叫んだ。

「エンゼル、目じるしだ！」

「きまってるわ！」エンゼルも叫んだ。「なんでもないのに、あの若木を伐ってあそこへ持っていってたてかけておく者はありませんものね。こうなのよ！　これはジャックがしるしをつけた木の中の一本なのよ。ジャックは誰の頭も届かないような高いところまで登って樹皮をむき、切れ目を入れて木目を確かめたのよ。それから樹皮を元どおりにしてあの棒で押さえ、目じるしにしたのね。ほら、すぐまわりにたくさん大きな楓がありますもの。あなた、あそこまで登れて？」

「ええ、長靴をぬげば登れます」

「じゃあ、おぬぎなさいな。そして急いでちょうだいよ！　あなた、わからないの？　この木がしるしの木かどうか知りたくて、あたし、気が変になりそうなのよ！」

二人が若木を退《の》けると、そばかすの帽子の山ほどの大きさの樹皮が落ちて来た。

「節の多そうな木ね」と、言いながらエンゼルは後ずさりをし、はっきり見ようとして顔をゆがめた。

そばかすは切り口のところに着いたと思うと、地面にすべり下りた。彼は息をはずませ、目を輝かせていた。

「樹皮はきれいにナイフではぎ取って、樹液はかきのけられて、大きな木片が深く伐り取られてますよ。幹は見たこともないほど曲がりくねってるんです。小鳥の羽根のように目がいっぱいついています！」

　エンゼルは踊ったり、そばかすの手を打ち振ったりした。

「ああ、そばかす、あなたが見つけなさってあたし嬉しいわ！」

「わたしが見つけたんじゃありませんよ」そばかすはびっくりした。「あの木はわたしが見つけたんじゃない。あんたです。わたしはそんなことなんか忘れちまってどんどんいこうとしたのに、あんたはあきらめないであのことばかり話して引き返したじゃないですか。あんたが見つけたんですよ！」

「正直だ誠実だというあなたの評判を大事になさらなくてはいけないわ。あなたがさきにあの若木を見たのを知っているくせに！」

「そうですとも、わたしを引っ張って後戻りさせ、あれを探させたのは、あんたじゃありませんでしたかね」と、そばかすはまぜっかえした。

　力強く振るう冴えた斧のひびきが、リンバロストじゅうにこだました。

「仕事場の連中だ！」そばかすは叫んだ。「飯場をつくるんで場所をかたづけているんだ。手伝いにいきましょう！」

「あの木にもう一度目じるしをつけたほうがよくはない？」エンゼルが注意した。

「こんなところで、同じようなものがたくさんあるんですもの。せっかく見つけたのにまた見失ったりしたら馬鹿みたいなことになりますからね」

そばかすが若木を持ち上げて元のとおりに起こそうとするのを、エンゼルは手を振って彼をどかせた。

「斧をだしなさい。この木こそ沼地で一番大切な木だとあたしは予言しますよ。これを見つけたのはあなたです。あなたがあたしの騎士になったつもりになりますからね。さあ、あたしの旗をこれに打ちつけてちょうだい」

エンゼルは、手を上げて髪から青い蝶リボンを抜き取り、ほどいて木に回した。そばかすはエンゼルから目をそらせ、ふるえる指でどうにか結ぶことができた。エンゼルはおれのことを騎士と呼んでくれたのだ！　ああ、おれはどのくらいエンゼルが好きかしれない！　おれの顔を見られてはならない。見れば目が早いからおれが必死で隠そうとしている気持ちを読み取ってしまうにちがいないから。今はこのリボンに口づけできないが、夜になったら戻ってこよう。少し離れてから二人が振りかえってみると、朝風に青いリボンはひらひらひらめき二人にさよならを言っているかのようだった。

二人は元気よく歩いていった。

「小鳥たちをおどかして追いはらうことを思うと悲しくなるけれど、どちらにしてもそろそろいなくなる時期ですものね。沼地を荒らされるのはなんとも言えなくいやだけども、こっそりしのぶような音に耳をすますかわりに、気持ちのいい、あのおおっぴらの斧のひびきを聞くのは愉快じゃないこと？　蛇や毒つたのほかには恐れるものもなく、自由に歩けるって素敵ではない？」

「ああ！」そばかすは深い吐息をもらした。「あんたの考えなさる以上にありがたいですよ、エンゼル。支配人との約束を守り、きょうまで持ちこたえるには、誰も想像のつかないようなこともしてきましたよ。新しい切り株たった一つと、それからとってあったその丸太から、この新しい木を報告できるなんて、素晴らしいですね！　きっとマックリーンさんはあの切り株のことを忘れてこの木を見るでしょうね、エンゼル！」

「忘れることはできないわ」と、言ってからエンゼルは、そばかすの驚いた目つきを見てつけ加えた。「だって覚えていなければならないわけがなかったんですもの。たとえおじさまご自身だって、これ以上の結果をあげることはおできになれなかったと思うわ。父がそう言っていることよ。あなたは立派なものよ、そばかす！」

エンゼルは彼に手を差しだし、仕事場近くになると、二人は子供のように駆けだした。沼地をあとにして西の道に入り、境界線の小径をしばらくいくと、使用人たちのところへでた。エンゼルにとっては完全に心をひきつける光景であった。沼地に近く、そばかすの部屋のすぐそばで、境界線の西側にあたるもっとも木蔭の多い場所で、男たちは繁みを刈ったり、場所を伐り開いたり、寝室用の大テント、食堂のテント、料理人のまかない小屋を作ろうとしていた。馬方たちは荷をおろしているところで、馬は繁みから葉を噛みとっており、新しいリンバロストの宿舎建設にめいめい自分の役目を果たしていた。

そばかすは木蔭においてある荷馬車いっぱいに広げた帆布の上にエンゼルに手をかしてあがらせた。エンゼルはゲートルをはずし、汗ばんだ顔をぬぐい、楽しさと興味に顔をかがやかせていた。

使用人たちは厳重にふるい分けられた者ばかりなので、一人として信用のおけぬ人間はいないと、今ではマックリーンも安心していた。

男たちはみなエンゼルがそばかすを救うために勇敢に駆けつけたことは聞いていたし、中の数人は救援隊に加わった者たちであった。その後に入った新米の男たちは夜、いぶし火を囲む時、この話があらゆる面から物語られるのを聞いていた。大ていの者は鳥のおばさんと、この借地をおとずれるエンゼルの姿を見知っていた。またその父や、エンゼルの地位、彼女の豪奢な邸のことも知っていたので、たとえエンゼルが、彼らにどんなわがままな振る舞いをしようと、彼らは気を悪くすることはなかったであろうが、しかしエンゼルは、一度としてわがままな行為をしたためしがなかった。

その親切な気持ちは生まれつきのものであり、どんな者にも同情をよせた。際限なく気前がよくて、自分の力のおよぶかぎり与えてしまうのだった。

エンゼルは赤毛でそばかすだらけの番人の少年と手をつないで小径をきた。つい数週間前、命がけで彼を救おうとし、使用人たちのところへ夢中で駆けつけたエンゼルは、今や笑いながら「みなさん、おはよう」と、右左に挨拶を投げていた。荷馬車の上に積みあげてあるテントに落ちついたエンゼルは、王座につく女王のようにすわっていた。使用人たちは一人のこらず彼女のためなら戦おうという者ばかりだった。彼女こそ一視同仁《いっしどうじん》の精神の生ける代表者であった。その美しい顔や優美な衣装は別としても、この少女に貴婦人としての尊敬をはらおうと思わない者は誰もいなかった。エンゼルがふりまく友情の雰囲気は、おのずと特別の貢物を徴集し、エンゼルをうやまい喜ばせることが男たちの喜びとなった。

二人が荷馬車のほうへ走ってくるとき、

「木のことをあたしに言わせてくださらない？」と、エンゼルは頼んだ。

「ええ、いいですとも！」

たとえ、エンゼルが彼の首を切らせてくれと言ったにしても、そばかすはきっと同じような返事をしたにちがいない。マックリーンが馬を乗りつけた時、エンゼルが顔を上気させてすでに両手を贈り物でいっぱいにして荷車にすわっているのを見た。ヒイラギ樫の木を切っていた男は紅葉をひとつかみ持ってきたし、他の一人は、美しい沼地の草を一束摘んできてくれたし、繁みをとりのぞいた他の男はできたてのようにまあたらしい、外側も美しい小さな鳥の巣をみつけてくれた。

エンゼルは宝物をかかげてマックリーンに挨拶した。

「おはようございます、リンバロストの親方さん！」

男たちは大声をあげ、マックリーンはうやうやしくエンゼルにおじぎをした。

エンゼルは、ひと巻きの帆布の上にのぼって叫んだ。

「みなさん、お聞きください！　お話があります！　そばかすはもう一年以上もここを守ってきました。そして一本の木もそこねずにリンバロストをみなさんにお渡しするのです。そのうえに、けさ、そばかすはまれにみる素晴らしい木のある場所をつきとめました。最初の日、ウェスナーが話していた木で、東の境界線からはいったところです——みなさんが伐りだしたののすぐ近くです。さあ一緒に！　みなさん！　そばかすばんざあい！」頬は燃え、目は輝き、頭上に草を陽気に振りながらエンゼルは万歳三唱ともう一つおまけの万歳の音頭をとった。そばかすはこっそり沼地にすべり込んで隠れた。誇らしさと、非常な勢いでうずくように押し寄せるエンゼルへの愛慕で、全身が爆発しそうに思うほどだった。

エンゼルは帆布のひと巻きからおりて、楓のことをマックリーンに説明した。マックリーンの喜びは非常なもので、そばかすをつれてその場所をたしかめにでかけ、木を調べた。エンゼルは飯場建設のほうに興味を持ち、使用人たちのところにとどまることにした。彼女は鋭い目で仕事のこまかい部分まで一つも洩らさずに見守っていたが、食堂用のテントを張る段になると、指図しだした。男たちが張り縄の杭を打ち込んでいると、エンゼルは荷馬車の上に立ちあがり身をかがめて、仕事の指揮をしているダンカンに話しかけた。

「それはもう一メートルぐらい向こうへまわしたほうがいいんじゃないかしら、おじさん。これではお昼になると日がカンカン射すし、風とおしを悪くすることになるわ」

「そうでしたね」と、ダンカンはその状態を見直してから賛成した。

そういうわけで、杭を少しずらすことになったおかげで、男たちは日ごとエンゼルに感謝する次第となった。寝室用のテントを張るときには男たちはエンゼルに相談しにきたので、エンゼルは普通夜風がどの方向から吹いてくるかということを説明し、テントに一番適当な位置を示した。いつのまにかエンゼルは荷馬車の上に立って、まかない小屋の場所や建て方や大きな湯沸かしをかける鉄瓶《てつびん》掛けの組み立て、貯蔵室のつくり方などを指図していた。寝室のテントの床を掃きだしやすいように監督したり、男たちみんなに夜風がわたるような案配に、寝台の新しい配置を考えだしたりした。

エンゼルは荷馬車をおりて、できたての食卓の上にのぼり、ストーブやテーブルや台所道具の置き場所について料理人頭と相談した。

楓の木のところからもどり、飯場の仕事に加わったそばかすの目に、石鹼箱にすわって豆むきをしているエンゼルの姿がちらちら映った。エンゼルは彼に声をかけ、二人が食事に招待されたので招きに応じることにしたと告げた。

豆が鍋で煮たってくると、エンゼルは料理人に、この次から豆を前の晩から水につけておいたほうがいい、そうするともっと早く煮えるし破れもしないから。たしか、うちのコックがそうしていると思うと注意した。仕事場の料理人頭はそれは良い考えだと思った。次にそばかすが見た時、エンゼルは、じゃがいもの皮をむいており、しばらくすると食卓の用意にかかっていた。

エンゼルはテーブル掛けをかけるかわりに、箒《ほうき》で上を掃きおろし、手斧ででこぼこしたブリキの皿のひどい凹《へこ》みを叩いてなおし、ブリキ製の食器類を指を擦りむかんばかりに灯心草でみがいた。皿は同じ間隔をあけてならべ、そのわきにフォークとスプーンを添えた。料理人が果物の缶詰の空き缶を六個ばかり投げ捨てると、エンゼルはそれをかき集め、その蓋を火でとかして取り除いたが、そのおかげで自分の顔も指も火ぶくれをこしらえそうになった。それから食料品屋のマニラ紙でこの即席の花瓶をくるみ、沼地の草で結わえた。これにリンドウ、ユリアザミ、紫苑、アキノキリンソウ、シダなどをさして、食卓全部にわたるよう一列にずらっとならべ、はずれのには自分の持ってた紅葉を、もう一方の端の缶には風流な草を生けた。エンゼルのすることを見ていた二人の男は、そこを離れてから肩を叩き合い、あの人こそ「生まれながらの貴婦人だ」と話し合った。エンゼルは笑いながら紙袋をつかみ、粋な恰好に頭にかぶって料理人の帽子の真似をした。さてそれからコーヒーを挽き、コーヒーに入れる卵を二個泡立てて「お客様があるから」と、しかつめらしく料理人に説明し、こうすればよくないかとエンゼルが聞いたのに対し、愉快な料理人は「さあ、どうですかな。今まで一度もそのようなものは食べたことがありませんから」と言った。するとエンゼルは「あたしもそうだ。一度も食べたことがない。ミルクより強いものは許されていないもので」と言い、二人は同時に笑いだした。

エンゼルは、父とキャンプにいった時のことを話し、父がこうしてコーヒーをいれるのだと語った。大きな湯沸かしから湯気がたちはじめると、エンゼルは香気が逃げないようにときれいな沼地の草で湯沸かしの口にしっかり栓《せん》をし、静かにふっとうしている程度の高さに湯沸かしを引き上げ、その理由を説明した。エンゼルの訪問の影響は料理人の生涯を通じてその跡をとどめ、男たちはこれからも彼女がたびたび訪れてくれるように願った。

エンゼルがこうして楽しくすごしているところへ、マックリーンが意気揚々と楓の木から戻ってきて、エンゼルに向かってこっそり喜びにあふれた面持ちで語った。それというのも最近、信頼していた男たちの何人かに裏切られたため、苦い経験から慎重にかまえることを学んだのであった。マックリーンはその日の午後のうちに楓の木のところへ道を切り開くことに着手し、毎晩見張りを二人置く計画を立てた。まれにみる貴重な質の木なので、彼は早く製材場に運ばれるところが見たくてたまらないのだった。

「あたし、あの木を切り倒すとき、見にいくわ。あの木にはあたし、母親のような愛情を感じているんですもの」

と、エンゼルは叫んだ。

マックリーンはひどくおもしろがった。エンゼルもそばかすも正直なことにかけては、マックリーンは生命を賭けてもいいくらい信用していたが、しかし楓の木の発見に関する二人の話には大きな喰いちがいがあった。

「ねえ、エンゼル、僕には知る権利があると思うんだが、いったい、ほんとうにあの木を見つけたのは誰なの？」

と、マックリーンはからかい顔で聞いた。

「そばかすですとも」即座にエンゼルは、きっぱり言った。

「しかし、そばかすのほうもおとらず断固としてあなただと言ってますよ。僕にはわからないな」

エンゼルの顔に毅然とした表情がひらめき、目は真剣な色をおびてきた。彼女はまわりを見回し、タオルも洗面器もないのを知ると、シアズに両手を差しだし、水をそそいでもらった。洋服の裾で手を拭くと、荷馬車によじのぼった。

「ことの次第を一語一語お話しますからね、それを聞いてお決めになったらいいわ。そばかすもあたしもご意見に従いますわ」

話し終わるとエンゼルは笑いながら訴えた。「おお、いともかしこき裁判官さま、あたしたちのどちらがあの木を見つけたのかお教えください」

「とても僕にはわかりっこないね！」と、マックリーンは叫んだ。「だが、誰があれに青いリボンを結んだかということだったら、かなり確かな見当はついてるがね」

マックリーンは、ちょうどそこへきたそばかすのほうに意味ありげなほほえみを投げた。じつはあの木を発見したエンゼルの手柄の分として、二人のデザインでもっとも美しい化粧机をつくるだけのベニヤ板を別にしておくことを会社に指図しようと、そばかすに相談したのだった。

「お前の分になにがいいかい？」マックリーンはそばかすにたずねた。

「もし支配人におさしつかえがなかったら僕は音楽の勉強――お許しを得られれば――声楽のほうでいただきたいんです」そばかすは、わざと大げさな表情をして答えた。

マックリーンは笑った。そばかすはかわいた土が水を吸い込むと同じで、何事も一度見るなり聞くなりすればすっかり自分のものにしてしまうのだった。

エンゼルはマックリーンをテーブルの上座につかせて、そばかすを右手にして自分は下座にすわった。両側は男たちが埋めたが、一同手や顔を洗い、身づくろいをし、お互いが別人のように見えた。そのため彼らは少し窮屈に感じたし、それに花や磨きあげられたブリキの食器類や、とりわけ上品なエンゼルの態度におそれをなした。人の育ちの悪さと教養のなさを暴露するのはどこよりも食事の場においてである。テーブルの上におっかぶさったり、ナイフでしゃくったり、音をたててかんだり、ごくんごくんコーヒーを飲んだり、ひと口ごとにひょいひょいすっぽんのように頭をさげたり、男たちは誰も気づかずにしていたが、これを見たエンゼルはしゃんと体をまっすぐにしてすわり、彼らにも背骨があることを不意に気づかせた。思わず食卓の男たちはみなまっすぐすわりなおした。

17 大木の下敷きに

楓の木にいきつくのは、マックリーンの予想以上に困難な仕事だった。人夫たちはそれに一番近い東寄りの道まではこぎつけたが、その先なお千五百メートルも大小の樹木や深い藪がさまざまの形に生い繁っているのがつづいていた。重い積荷を運ぶのに、馬や荷車にしっかりした足場をあたえるため、ぬかるみを数か所埋めたてしなければならなかった。何日かかかってようやく大木への道を完成し、切り倒す用意ができた。

鋸が入りはじめたとき、そばかすは、雛の木からの細道が街道と一緒になるあたりまで見守っていた。彼は人夫たちより先に楓のところへいき、青いリボンをはずしてしまい、ていねいに畳んで今や胸におさめてあった。来月、勉学のために町へいき、この夏を再び思い返すとき、このリボンがどんなに慰めになるかと、そばかすは楽しみだった。いろいろなことを現実として思い浮かばせるのにはこれがその手がかりとなってくれるだろう。ほかの人たちと同じような服装をして勉強する時、その貴重な小さな青いリボンをどこにつけるかをそばかすは決めてあった。これを幸福のまもりとし、エンゼルが自分を彼女の騎士と呼んでくれたあの日をあざやかに記憶にのこすために、身につけよう。

一生懸命勉強し、そして、ああ、一生懸命に歌おう！　マックリーンの期待にそい、エンゼルの誇りとなるような人間になれたらなあ！　ほんとうの騎士にさえなれたらどんなにいいかしれないのに！

エンゼルがどうしてこないのか、そばかすにはわからなかった。あんなに二人の木を伐り倒すところを見たがっていたのに、早くこないと間に合わなくなるが。この朝、伐り倒すことになっているとそばかすは話しておいたのである。どうしてけさにかぎってこんなに遅いのだろうか？

マックリーンは馬を駆って町へでかけていた。ここにいてさえくれれば伐り倒すのを待つよう頼むのだが、人夫たちに自分がそう頼むのはそばかすは気が進まなかった。実際、自分にはなんの権利もないのだから。もっとも男たちは待ってはくれるだろうが。しかしなんとなく言いだしにくいのでただ待っているうち、ついに鋸の作業はおわり、伐り倒す側にひびきもたかく斧が打ち込まれているところへ、マックリーンが馬を乗りつけてきた。

マックリーンはまっさきにエンゼルのことをたずね、まだきていないとそばかすが答えると、さっそく、エンゼルがくるまで中止するよう使用人たちに命じた。それというのもこの木を見つけたのは事実上エンゼルであると感じたからで、その当人が木を伐るところを見たいと望むのなら、ぜひ見せなければならないと考えた。人夫たちが後ろにしりぞいた時、強い朝風が他の木々を圧してそびえているこの木の梢に吹きつけた。根元がメリメリと不気味な音をたて、巨大な幹が震えた瞬間、木の倒れる方角のまっすぐのところの繁みがさっとわかれて、エンゼルの笑顔が一同に向けられていた。

恐怖の呻きが男たちの乾いた喉からほとばしり、一同の顔に苦悶の表情がうかぶのを見てとったエンゼルは、はっと足をとめ、見上げそして知った。

「南へ！」マックリーンは絶叫した。「南へ逃げなさい！」

エンゼルは立ちすくんだ。あきらかに南がどちらかわからない様子だった。巨木は再びゆっくりと幹を震わせた。一同は身じろぎもせず突っ立っていたが、そばかすはパッと幹をすりぬけ、大跳びに飛んでいき、エンゼルを抱え脱兎《だっと》のごとく繁みをかき分けて逃れようとした。幹が揺れながらなかば倒れた時、近くの木にほんの一瞬支えられた。そばかすはつまずき、エンゼルとともに投げだされた。

鋭い悲鳴が男たちの口からもれ、マックリーンは顔をおおった。たちまちそばかすは起きあがり、エンゼルを抱いて必死に前進した。大枝の先が二人に届いたと思った瞬間、そばかすはせいいっぱいの力をだして、自分のところから一番遠くはなれたぬかるみへエンゼルをうつぶせのまま投げた。そのあとすぐに跳び立ち、身をもってエンゼルの体をかばおうとしたそばかすは、まだ危険の範囲内にいるかどうかを確かめようと振り向き、両手を拡げて倒れてくる木に身を挺《てい》した。枝が二人の姿をさえぎり、恐ろしい音響とともに大地は震動した。

マックリーンとダンカンは斧や鋸を手に駆けつけ、人夫たちもみなそれにつづき、一同死物狂いで奮闘した。際限なく時間がたったと思われた時、ようやくエンゼルの青い服がちらっと見えたので、一同はにわかに元気づいた。ダンカンはそのかたわらにひざまずき、エンゼルの体の下のぬかるみを手でかきだした。数秒のうちに引っ張りだされたエンゼルは窒息し気絶こそしていたが、致命傷はおっていないようだった。

そばかすはそこから少し奥の木の下に大枝に押さえつけられて横たわっていた。ダンカンがその体の下を掘ろうとすると、そばかすはそれをとめた。

「おれを動かすことはできない。大枝を伐り払ってからでなけりゃだめだ。おれはわかってるんです」

男二人が大鋸をとりに駆けだし、数人の者が大枝を支えていた。まもなく大枝は退《の》けられ、そばかすは自由の身となった。

男たちはかがんで抱き上げようとしたが、そばかすは手真似で男たちをしりぞけた。

「ちょっと休む間さわらないでくれ」と頼んだ。それから首をねじ向けてエンゼルのほうを見やった。エンゼルは目や顔の泥を服の裾でぬぐっているところだった。

「立ちあがってください」そばかすは頼んだ。

マックリーンは手をそえてエンゼルを立ちあがらせた。

「骨がどこか折れてやしませんか？」

そばかすはあえいだ。

エンゼルは首を振り、泥を拭った。

「すみませんが、どこか折れてないか見てあげてくださいませんか？」

エンゼルはマックリーンに体をさわらせ、マックリーンはひどい傷はないことを告げて、そばかすを安心させた。

そばかすは無限のやさしさを顔にうかべて元の姿勢にかえり、

「おお、ありがたい！」と、かすれた声でつぶやいた。

エンゼルはマックリーンの手を振りもぎって叫んだ。

「さあ、そばかす！　あなたの番よ。どうか立ち上がってちょうだい！」

そばかすの顔は、痛々しくひきつれた。それを見ると、エンゼルの顔からさっと血の気が引いた。エンゼルはそばかすの両手を持ち、

「そばかす、立ってちょうだい！」と、なかば命令し、なかば懇願するように言った。

「安心してください、エンゼル、安心してください。まず少し休ませてください！」

そばかすは頼んだ。

エンゼルはそのかたわらにひざまずいた。そばかすは腕をエンゼルにまわして身ぢかに引き寄せ、マックリーンに苦痛に満ちたすがるような眼差しを向けたので、マックリーンは反対の側にきて膝をつき、大声をあげた。

「ああ、そばかす！　何たることか！　なんとかできるにきまっている！　なんとかしなくてはならん！　見せてごらん！」

マックリーンはそばかすの襟をはずそうとしたが、手がふるえていうことをきかない。エンゼルがマックリーンを押しやり、自分でそばかすの胸を開いた。ひと目見たエンゼルは急いで衣服をかき合わせ、彼の頭の下に腕をさし入れた。そばかすは苦痛にみちた目でエンゼルを見あげた。

「わかりましたか？」

エンゼルは黙ってうなずいた。

そばかすはマックリーンのほうを向き、あえぎ、あえぎ言った。

「お世話になってありがとうございました。みんなはどこにいるんです？」

「みんなここにいる。二人だけ医者とダンカンのおばさんと鳥のおばさんを呼びにいったが」

「もうなにをしても無駄です。マフとクリスマスの贈り物のことを忘れないでくださいね。マフを特別にね？」

一同の頭上で異様な気配がしたので、このように切迫したおりにもかかわらず、そばかすの注意を引いた。彼は見上げた。するとしかめたその顔に喜ばしそうな微笑がよぎり、

「ああ、おれの雛じゃないか！」と、よわよわしく叫んだ。「あの丸太からはじめて飛び立ったにちがいない。さあ、これでおじさんも大きな水槽が手に入る」

「あたしがおそくなったのはあの雛のためなの」と、エンゼルはためらいながら言った。「早くここにきたいとあせったもんで、雛のえさを馬車から持ってくるのを忘れてしまったんです。雛はとてもお腹が空いていたらしく、あたしが丸太のとこをとおったら、あとをついてくるの。それがひどくよろよろして、木から木へいくにも繁みを通るにもおそいので、あたし、待たずにはいられなかったの。だって追い返すこともできなかったんですもの」

「むろんそうですとも！　おれの鳥は驚くほどものわかりがいいから、あんたの後をついていけるときには、引き返すようなことはしませんよ」そばかすは得意になり、そうして手間取ったことが自分の命取りになったことなど、わからない様子だった。

しばらく黙って考え込んでいたがまもなくゆっくりとした口調でたずねた。「では、あんたがおくれたのはわたしの雛のせいだったんですね、エンゼル？」

「ええ」

激しい苦痛でそばかすの全身はけいれんし、ぼんやりした表情がうかんだ。

「夏じゅう、おれはあの羽根が落ちてきたことと、あの羽根が持ってきてくれたしあわせを、神さまにお礼を言ってたけれど、しかし、こうなってみると——」

そばかすは言いやめて、マックリーンに物問いたげな目を向けた。

「わたしがアイルランド人であることはどうしようもないけれど、迷信家にはならないでいられます。このことを神さまのせいにも、またわたしの鳥のせいにもしてはなりませんね？」

「そうだとも」と、マックリーンは美しい髪を撫でてやりながら言った。「お前しだいだったのだからね。そうしようと思えばわれわれはほかの者同様、根が生えたように間抜けづらをしていられたのだ。お前の偉大な愛と気高い勇気のおかげでこんな犠牲をはらうことになったのだよ」

「そんなふうに言わないでください、その反対なんですから。こんなことからこの人を助けるためなら、百回だってわたしの体でまにあうのなら、わたしは投げだすし、痛み一つ一つを喜んで味わいますよ」

そばかすは愛慕の情のこもる微笑をエンゼルに向けた。エンゼルは物凄いばかりに青ざめ、目はどんよりかすんでいた。切迫した事態が耳にも入らず理解もしていない様子であったが、しかし勇敢にその微笑に応じようとした。

「わたしの額は埃《ほこり》をかぶってますか？」と、そばかすはたずねた。

エンゼルが首を振ると、

「あんたはいつかしてくれましたね」と、そばかすはあえぎあえぎ言った。

すぐさま、エンゼルは彼の額にそれから両の頬に唇をおき、次に口にながい口づけを与えた。

今度はマックリーンがそばかすの上に身を屈め、とぎれとぎれに言った。

「そばかす、僕がどんなにお前をかわいいと思っているか、お前にはわかるまい。僕にさようならも言わずにいってしまうのではなかろうね？」

その言葉をたちまち了解したエンゼルは、眠りから覚めたかのように愕然とした。

「さようならですって？」エンゼルは鋭い叫びをあげ、目を見開き、青ざめた顔にさっと血がのぼった。

「さようならですって？　まあ、それはどういうことなの？　誰がさようならを言うんですって？　こんなに怪我をしているのにそばかすはどこへいくというの？　病院のほかないじゃありませんか。そんならさようなら言う必要なんかないわ。むろん、わたしたちもみんな一緒にいくんですもの！　男の人たちを呼んでくださいな。すぐに出発しなくてはなりませんから」

「無駄です、エンゼル。わたしの胸の骨は一本のこらず粉々にくだけているに違いないんです。このままわたしをいかせてくれなければなりません」

「いかせるもんですか」エンゼルは言下にしりぞけた。「そんな話で大事な時間をつかうのは無駄なことだわ。あなたは生きているのよ。呼吸しているじゃありませんか。たとえ骨がどんなにひどく折れたとしても、それでは外科の名医はなんのためにあると言うの？　あなたの骨を接《つ》ぎ合わせ、元どおりあなたを丈夫な体にするためじゃありませんか？　あたしたちが少し痛い思いをさせても歯を喰いしばって頑張るって約束してちょうだい。あたしたち大急ぎで出発しなくてはならないのよ。いったい、あたしは、どうしていたのかしら。ずいぶん時間を無駄にしてしまったわ」

「おお、エンゼル！」そばかすは呻いた。「そんな約束はできません！　どんなにひどいかあなたはわかってないんだ。わたしを動かそうとすればすぐその場で死んでしまいますよ！」

「むろん、そうでしょうとも。あなたがどうしてもその気ならね。けれど死なないと決心して、一生懸命深く強く呼吸をしてあたしにしっかりつかまっているなら、あたしもあなたを運べてよ。どんなに苦しくても、そばかす、どうしてもそうしなくてはだめよ。こうなったのもあたしのためですもの。今度は、あたしがあなたを助けなければいけないわ。だから約束したほうがいいのよ」

エンゼルはそばかすの上にかがみこみ、恐怖でこわばった唇に、はげますかのように微笑をうかべた。

「約束してくださるわね、そばかす?」

大粒の冷や汗がそばかすの額をつたわった。

「エンゼル、いとしいエンゼル」そばかすは彼女の手を取って懇願した。「あんたにはわかっていないんです。わたしにはどうしてもあなたに話すわけにはいきませんが、まったく、わたしをこのままいかせてくれるのが一番いいんです。これこそちょうどいい機会なんですから、どうかさようならを言ってわたしを早く死なせてください!」

そばかすはマックリーンに訴えた。

「マックリーンさん、マックリーンさんにはおわかりです! この人にわたしにとっては生きていることは死ぬよりもっと苦痛なのだということを話してやってください。死ぬことこそわたしには一番幸福なのだと知っていると言いきかせてください!」

「なんということでしょう!」エンゼルはこらえかねて、「こんなにぐずぐずしているのはもう我慢できないわ!」

そばかすの手を胸に引き寄せ、エンゼルは身をかがめて悩み悶える彼の目をじっとのぞき込んだ。

「『エンゼル、ちゃんと呼吸をつづけることを誓います』こうあなたは約束するのよ。そう言ってくださる？」

　そばかすはためらった。

「そばかす！」

　エンゼルはせつなさのあまりに強制的になった。「そう言ってちょうだいったら！」

「誓います」

　そばかすのあえぎ言うのを聞くと、エンゼルは、ぱっと跳び立ち、いくらかふだんの活発な態度に返って叫んだ。

「それでいいわ。あなたはただ蒸気機関車のようにせっせと息さえしていりゃいいのよ。あとはすっかりあたしがいいようにしますからね」

　男たちはわれ先にとエンゼルのまわりに集まった。

「そばかすを運びだすのは骨の折れる仕事ですけど、でもこれだけがあたしたちのたった一つのチャンスですから、あたしの言うことをよーく聞いて、必ずそのとおりすぐにしてください。一刻もまごまごして無駄にする時間はありません。組織的にしましょう。その四人の方は荷馬車に乗って寝台テントへいき、一番しっかりした寝台と掛け布団を二枚に枕を持って、できるだけ早く戻ってきてください。だれでもいい仕事場の人たちに会ったら、そばかすを乗せた寝台をかつぐ手伝いをしてもらうのにここへよこしてもらいましょう。揺れて危険ですから馬車は使わないのです。それからほかの人たちは街道までの道をきれいにかたづけてください。それからおじさまはネリーに乗って町へいき、あたしの父にそばかすの怪我の様子やあたしを助けるためにそうなったということを話しておいてください。そして昼の汽車であたしがそばかすをシカゴへ連れてまいりますから、もしも少し遅れた場合、汽車を待たせていただきたい、そうできなかったら駅とフォート・ウェインのピッツバーグの両方に、それぞれ特別列車を用意させて直行できるようにして欲しいとおっしゃってくださいな。あたしたちを置いていらしっても心配いりませんわ。まもなく鳥のおばさんがいらっしゃるでしょうから。あたしたちは少し休みます」

　エンゼルはそばかすの傍のぬかるみに腰をおろし、彼の髪や手をさすりはじめた。そばかすは苦悶の顔をエンゼルのほうに向けたまま横たわり、懸命に呻きをこらえている様子が、彼の苦しみをエンゼルに語っていた。

　一同がいざ彼を持ち上げようとした時、エンゼルはほとばしるような愛情をこめてそばかすの上に身をかがめてささやいた。

「リンバロストの森の番人さん、さあ、持ち上げますよ。痛くて気絶するかもしれないけれど、できるだけらくにいけるようにしますからね、あの約束を忘れてはだめよ！」

気まぐれな微笑がそばかすの震える唇にうかんだ。

「エンゼル、気絶した男が約束をおぼえていられますか？」

「あなたなら大丈夫、できてよ」と、エンゼルはきっぱりと言った。「だってあなたほど約束を大事にする人はないんですもの」

これを聞くと、そばかすの顔にさっと力がみなぎった。

「用意はいいです」と彼は言った。

そばかすの体に手をかけるや、彼は目を閉じ、大きな呻きをあげると、そのまま意識不明になった。エンゼルはハッとしてダンカンを見やったが、すぐ口を引き結び、再び勇気をふるいおこした。

「かえってよかったわ。痛い思いをさせても感じないでしょうからね。おお、みなさん、早く、そして、そおーっとしてくださいね！」

エンゼルは寝台のそばにいき、そばかすの顔を冷やし、その手を握ると、出発の命令をくだした。彼女はかつぐ番をひんぱんに交代してらくにいけるよう、途中の道で屈強な男に出会うたびに加勢を頼みなさいと人夫たちに言いつけた。鳥のおばさんは、エンゼルも馬車に乗って、あとについて行くようにとすすめたが、エンゼルはそばかすのそばを離れようとはしなかった。おばさんにはひと足先に馬車を走らせ、着替などをそろえて駅で待っていてほしい、そしてシカゴまで一緒に行きましょうとエンゼルは申し出た。道すがらエンゼルは寝台の傍を歩きとおし、枝でそばかすの顔の日をよけ、彼の手を握っていた。

かつぎ手が交代するたびに、エンゼルはそばかすの顔と唇をしめらせ、心配で胸も裂ける思いをしながら呼吸をかぞえた。

エンゼルはいつ父が一行に加わったのか知らず、木の枝を自分の手からとり、腰に腕をまわし、まるでかかえるようにしていることも気づかなかった。町の通りも、好奇心に目をみはっている人々も、エンゼルにはリンバロストの木々と同様でしかなく、一瞥も与えなかった。列車がはいってきて人夫たちがそばかすを乗せると、ダンカンは寝台の傍にエンゼルの席を設けた。

優秀な医師と鳥のおばさんとマックリーンが付き添い、シカゴへの四時間の旅が始まった。エンゼルはたえずそばかすから目を離さず、顔を冷やしたり、手をさすったり、静かにあおいだりして、片時も自分の場所を交代しようとせず、またそばかすのことはほかの人にはなに一つさせなかった。鳥のおばさんとマックリーンは呆気に取られて眺めていた。内なる力と勇気は尽きることがないように思われた。エンゼルが口を開く時といえば、マックリーンにピッツバーグ線で特別列車が待っているかどうかを確かめる時だけで、マックリーンは列車は仕立てられて待っていると答えた。

午後五時にはそばかすはレーク・ビュー病院の手術台に寝かされており、シカゴ一流の名医三人がその上にかがんでいた。医者の命令でマックリーンはいやがるエンゼルを抱えだし、入浴させたり傷の手当てをしてもらってから床に入るよう看護婦のところへ運んでいった。

場所がら、容易なことでは驚かない看護婦たちも、びっくりしながらエンゼルのよごれ裂けた、優美な衣類をぬがせ、泥が乾いて足にこびりついている靴下をとり、絹のような髪からカサカサになった土を濡らして落とし、引っ掻き傷だらけで埃をいっぱい浴びた美しい体を洗った。それが終わるよりずっと前からエンゼルはぐっすり眠ってしまい、そばかすの生命の闘いがおこなわれている間に、意識のないほどの深い眠りにおちいっていた。

三日後にエンゼルは元どおりになったが、そばかすのことは一時も念頭をはなれなかった。そばかすの状態に対する心配と責任で、今までに見られない女らしさと威厳がエンゼルにあらわれていた。その朝エンゼルは早く起きてそばかすの部屋の戸口付近をうろついていた。エンゼルは始終そばかすのところにいることを許されていた。それというのもそばかすの意識が戻るにつれて、この活動的な興奮しがちな、苦痛に悩む患者を静かにさせ、命令に服させるのはエンゼルだけしかできないことを看護婦も外科医たちも知ったからであった。睡眠の不足から倒れそうになっても、病気になるとおどかさなければエンゼルは寝床にはいろうとしなかった。そうしてからそばかすにはエンゼルが眠っていることを告げ、動いたらすぐエンゼルを起こしてくると言えば、当座はそばかすを制御することができた。

外科医はそばかすのところにいた。その朝の医師の言葉が決定的なものになると聞かされていたので、エンゼルは窓ぎわの腰掛けにまるくなってうずくまり、後ろのカーテンをおろして、恐ろしい不安にさそいこまれながら、閉ざされたドアが開くのを待っていた。

ドアが開くや、マックリーンが急いで廊下から外科医のところへ歩み寄ったが、ひと目その顔を見るとがっかりして後ずさりした。さあ、とばかりに身を起こしたエンゼルも呆然となり進みでる元気もなく、再び身を沈めた。二人の男は向かい合った。エンゼルは口を開き、恐怖にみちた目で一心に前に乗りだした。

「あの子は──あの子は快方に向かっていると思っていたのですが?」マックリーンは口ごもった。

「手術にはよく耐えました」外科医は答えた。「傷のほうは必ずしも致命的というわけではありません。それは昨日申しあげたとおりですが、しかし、なにか他の理由でたぶん駄目になるということはお話しませんでした。そうなんです。この事故が原因で死ぬことはありませんが、しかし実際はきょう一日ももたないでしょう」

「しかし、なぜですか? どうしたというのですか?」と、マックリーンはせき込んで聞いた。「われわれはみなあの子をひどく大事に思っているのです。金でできることならどんなことでもいい、われわれは何百万という金を持っておりますから。あの折れた骨が原因でないなら、なぜ死ななくてはならないのですか?」

「それこそ今これから話していただきたいと思っていたのです。この事故のために死ぬ必要はないにもかかわらず、あの見事な体格を持ちながら急速に死に向かっているのですが、それというのも、あの青年があきらかに生よりも死を望んでいるからなのです。もしも生きたいという希望や野心に溢れているなら私の仕事もやりやすいのですが。もしあなたの言われるようにみなさんがあの青年を愛し、望みのものはなんでも与えられる十分の財産があるなら、なぜ死を望むのですかなあ?」

「あの子は死にそうなのですか?」マックリーンは詰問した。

「そうです。きょうの日一日もちこたえますまい。ただちになにか強い反応がおこれば別ですが。とにかく気持ちが沈み、生より死を選ぶというのですから、普通ではこの無気力を克服できませんね。生かすとすれば、あの青年に生きたいという気持ちを持たせなくちゃいけません。今のところ、まぎれもなく死を願っておりますから、最期はまもないでしょう」

「それなら、死ぬほかない」

こう言ったマックリーンは、がっしりした肩を小刻みに震わせ、強く両手を機械的に開いたり握りしめたりしていた。

「と言うと、あなたは、あの青年の望みをご存じで、それをこの先ともかなえることができないとおっしゃるのですか？」

マックリーンは打ちひしがれて呻いた。

「そうなんですよ。あの子の望むものは知ってはいるが、星を与えると同様それをかなえることはとうてい私の力の及ばないところにあるということです。あの子が死のうとまでしているそのものは、どうしてもあの子のものにはできないのです」

「それなら最期はまぢかだと覚悟していただかねばなりません」と、言うと外科医は急に立ち去ろうとした。

マックリーンはあらあらしくその腕をつかんだ。

「ちょっと待ってください！」彼は必死になって叫んだ。「あなたはまるで私にその気持ちさえあればできることのようにおっしゃる。はっきり言っておきますが、あの子は私にとって口では言い表せないほど大切なのです。私はどんなことでもいたします――金に糸目はつけません。あなたは私と一緒の若い娘をごらんにもなりましたでしょうし、たびたびお聞き及びにもなっておいででしょう。あれの望みはあのお嬢さんなのですよ！　あのお嬢さんを夢中で崇拝しているのですが、自分があの娘にふさわしい者になり得ないことを知って、生より死を願うのです。こういう事情です。私になにができると言うんですか？」

「手がないことさえ別にすれば、あれほど立派な人間を私は手がけたことがありませんよ。それにあのお嬢さんも献身的につくしている様子じゃありませんか。なぜ、あの青年と一緒にしてやれないのですか？」

「なぜですって？」マックリーンは繰り返した。「なぜですって？　そう、いろいろな理由からですよ！　私はあの子が私の息子だとあなたに申しあげました。多分あなたにはそうでないことがおわかりになっていたでしょう。一年余り前までは見も知らなかったのが、街道からやってきて私の伐採隊の一人に加わったわけで、あの子はこのシカゴ市のある施設に置き去られた素性のしれない捨て子なのです。大きくなった時、院長が残酷な男のところに奉公にだしたため、そこを逃げだし、私の伐採場へ辿りついた次第で、名前もなく、自分の出自もわからないのです。エンゼルのほうは――あの娘のことをわれわれはこう呼んでいるんですが――身心ともにあなたがご覧になったとおりで、先祖はといえば遠く合衆国建国時代にまでさかのぼり、海を渡って英国にいけば更にその先、何代をもたどれるほどなのです。ちやほやされ甘やかされた一人っ子で巨大な富を持っています。人生はあの娘にはあらゆる特権を与えています。反対にこの青年にはなに一つ与えられておりません。そのことをあの子は他の誰よりもはっきり見て取ったのです。ですからあの子を救うのに必要なものはエンゼルだということになれば、あの子は死ぬよりほかないのです」

エンゼルは二人の間に立った。

「あたしはそうは思いません！」彼女は叫んだ。「そばかすがあたしを望んでいるのなら、そう言いさえすればあたしを与えますのに！」

呆気にとられた男たちは、思わず後ろへさがってエンゼルの顔を眺めた。

「それは決して言うまい」ようやくマックリーンが口を開いた。「それはあなたにはわかっていないのですよ、エンゼル。いったい、どうしてここへきたのです？　どんなことがあろうと、これだけはあなたに聞かせたくなかったのに。だが、聞いてしまった以上は仕方がない、話しますが、そばかすが望んでいるのはあなたの友情でもなければ親切でもない、あなたの愛情ですよ」

エンゼルは澄んだ落ち着いた瞳で名医の目を見つめていたが、ゆるがぬ率直な視線をマックリーンに移した。

「それなら、あたし、そばかすを愛してるわ」エンゼルはさらっと言ってのけた。

マックリーンは、途方にくれて腕をおとした。「あなたにはわかっていないのだ」彼は辛抱づよく繰り返した。「そばかすがあなたに望むのは友情とか仲間とか兄妹の愛ではない、恋人の愛なのです。だから、あなたのために投げだしたあの子の生命を救うために、惜しげもなく自分の将来を犠牲にしようなどという衝動的なことを――

しかもお父さんも居合わせないのに――あなたが考えているなら、お父さんからあなたを任せられた保護者として、そんな早まった行為を防ぐのが、私の当然の義務なのだ。あなたの今の言葉や態度からみても、あなたがまだほんの子供で、恋愛とはどんなものか想像も及ばないということがわかる」

これを聞いたエンゼルの変化は素晴らしかった。恐怖に青ざめた顔にさっと紅がさし、大きな目は強い光をたたえて見開かれた。驚嘆する二人の目の前で、エンゼルは一足とびに、崇高な婦人の高さと威厳に達したかのように思われた。

「あたしは今まで一度も愛のことなど夢みる必要はありませんでした」エンゼルは誇らしげに言った。「これまですべての人を愛し、すべての人に愛してもらうそれよりほかのことはなにも知りませんでした。そして今までにそばかすほど大事に思った人は誰もありません。覚えていらっしゃるでしょうが、あたしたちはずいぶん一緒に過ごしてきました。こうして口で言うとおり、あたしはほんとうにそばかすを愛しております。恋人の愛とはどんなものか知らないけれど、あたしは心からの愛情で愛していますし、それであの人も満足すると思います」

「それにきまっているとも！」と、手術刀と披針《ランセット》の名医はつぶやいた。

マックリーンはエンゼルに手をかけようとしたが、いちはやくエンゼルは後ろにしりぞいた。

「あたしの父のことですけど、おじさまから伺ったそばかすのことをすぐあたしに話してくれましたの。おじさまがご存じのことはもう何週間も前からすっかり知っておりましたわ。でも知ったからって、そばかすへの気持ちはちっとも変わりませんでした。かえって鳥のおばさんなんか前よりもあの人を好きになったらしいですわ。なぜ、おじさま方二人だけが立派な理解力を一人占めしなくてはいけないのですか？　そばかすがどんなに勇敢で、頼もしくて、立派かっていうことをあたしが知ってはいけないのですか？　あの人の心がどんなに音楽と一緒に感動しているかということや、美しいものへの愛、ひとりぼっちの淋しさと心の飢えで苦しんでいるかということを、あたしが知ってはいけないのですか？　おじさま方二人だけがありったけの愛情をそそぎ、あたしはあの人に一つもそそいではいけないのですか？　あたしの父は決してものわからない人ではありません。父はあたしがそばかすを愛してはいけないなどと考えてはおりません。その一言を言うだけであの人が助かる場合に、愛しているとと言ってはいけないなどと思うような薄情者ではありません」

エンゼルはマックリーンの横をすりぬけてそばかすの部屋に駆け込み、ドアを閉ざすと、鍵をかけた。

18　意外ななりゆき

平たい枕に臥《ふ》したそばかすの全身はギプスで動けないようにしてあり、右腕はいつものように隠されていた。そばかすはすぐさまむさぼるような目つきをエンゼルの顔に据えた。足どりも軽く近づき無限のやさしさをこめて身をかがめたエンゼルは、変わり果てたそばかすの面影に心をしめつけられた。見るからに弱々しく、愛情に飢え、救いのない絶望感につつまれ、孤独であった前の晩が、長い恐怖の一夜であったことをエンゼルは知った。

はじめてエンゼルはそばかすの立場になって考えてみようとした。親もなく、家もなく、名前もないとはどんなことだろう？　名前がないとは？　それがなによりひどい。それこそは人間として絶望なのだ。手のくだしようもない絶望なのだ。エンゼルはぐらぐらする頭に手をやり、この問題と取り組もうとしてよろめいた。くずれるようにベッドのかたわらにひざまずくと、枕の下に腕をさしいれ、そばかすに身を寄せてその額に唇をつけた。彼はかすかにほほえんだが、そのためにいっそう顔は物悲しく見え、エンゼルの胸をえぐった。

「ねえ、そばかす、けさはあなたの目がなにか言ってるわ。あたしに教えてくださらない?」

そばかすはおののく息を深く吸い込み、

「エンゼル、かんにんしてください! 少しわたしのことも考えてみてください。わたしはたまらなく家が恋しく疲れ果ててしまったんです。ねえ、エンゼル、わたしの約束を取り消して、わたしをいかせてくれませんか?」

「まあ、そばかす!」エンゼルは言葉をとぎらせた。「あなたは自分の言っていることがわかっていないのよ。あなたをいかせろですって? とんでもない! あたし、あなたをだれよりも好きなのですもの、そばかす。あたしの知っている中であなたは一番立派な人だと思っているのよ。あたし、二人の将来をすっかり計画してあるの。あなたがすっかりよくなったら教育を受け、声楽の勉強をいっぱいしていただきたいの。あなたの教育が終わるころにはあたしも大学を卒業するでしょうから、そうしたらあたしは——」ここで一瞬口ごもってから、「あたしはあなたにほんとうのあたしの騎士《ナイト》になっていただきたいのよ、そばかす。そしてあたしのところにきてあの——あなたが少しばかり——あたしを好きだって言ってほしいの。最初からあたし、あなたに恋人《スイートハート》になってもらうつもりだったのよ、そばかす。あなたをあきらめるなんてできないわ、あたしを好きでないなら仕方がないけれど。でもあなたは——ほんの少しばかり――あたしを好きでしょう、そばかす？」

そばかすは掛け布団よりも白い顔をして横たわり、目は天井を見つめ、乾いた唇の間からぜいぜい息がもれた。しばらく待ったが返事がないので、エンゼルはまっかに染めた顔を、そばかすのそばの枕に伏せて耳許《みみもと》にささやいた。

「そばかす、あたしはあの――あなたの愛を求めているのよ。ちょっとでもいいから手伝ってくださらない？　一人じゃひどくやりにくいわ！　あたし、本気なんだけれど、どんなふうにしていいのかわからないのよ。でもね、そばかす、あたし、あなたを愛してるの。一生懸命あなたを求めてるのよ。だから、ええと――あのう、さあ、あなたにキスしたほうがいいわね」

エンゼルは恥ずかしそうに顔を上げると、勇敢にその熱い震える唇をそばかすの唇にかさねた。シロツメグサのようなエンゼルの息が彼の鼻孔にかかり、髪は彼の顔にふれた。やがてエンゼルは責めるように彼の目を見つめた。

「そばかす」エンゼルはあえいだ。「そばかす！　あなたがこんな意地悪だとは思わなかったわ」

「意地悪ですって、エンゼル！　あなたにですか？」そばかすは息も止まりそうに驚いた。

「そうよ。まったく意地悪よ。ひとがあなたにキスしているんですもの、少しでも愛情があったらほんのちょっとでもいいからキスをしかえすものだわ。さあ、もう一度やり直しをするからあなたも手伝ってちょうだいよ。まさか、ほんのぽっちりあたしの手伝いができないほど気分が悪いわけじゃないでしょう、そばかす？」

そばかすの筋っぽい拳は掛け布団をつかみ、顎を天井にむけ、枕の上で左右に動かした。

「おお、主イエスよ」苦悶のあまりそばかすは口走った。「十字架にかけられたのはあなただけではありません！」

エンゼルは、そばかすの手をとらえて自分の胸に持っていき、恐怖にかられて叫んだ。

「そばかす！　そばかす！　思い違いだったの？　あなたはあたしを欲しくなかったの？」

そばかすは無言の苦痛をこらえ、頭を左右にころがした。

「ちょっと待ってくれませんか、エンゼル？」彼はあえぎながらようやく言った。

「わたしに少し時をください！」

エンゼルは感情を抑制した表情で立ち上がると、そばかすの顔を洗ったり、髪の乱れをなおしたり、口もとに水を運んだりした。果てしなく時がたったと思われたころ、そばかすが手を差しだしたので、ただちにエンゼルは再びひざまずき、彼の手を胸に持っていき、それに頰をすり寄せた。

「おっしゃってちょうだい、そばかす」エンゼルはやさしくささやいた。

「できることならね」そばかすは刺すような苦い口調で言った。「こうなんです。エンゼルは天に住み、宿なしは地に住むものだということですよ。あんたは五体そろったうえに一番美しいです。かわいがられて大事に育てられ、金で買えるもの、いっさいにことかきません。わたしの方はまったくの無一物でこれでは生まれる権利などなかったのだと思うくらいです。生まれてからだって誰もわたしを必要としないのだから、もちろん、生まれる前もそうだったにちがいないです。とうの昔からあんたは誰かに聞いて知ってたでしょう」

「あなたのおっしゃることがそれだけなら、そばかす、あたしずいぶん長いこと知っていたことよ」と、エンゼルは雄々しく言いきった。「マックリーンのおじさまが父にお話しになり、父はあたしに話してくれたのよ。それを聞いたらあなたの失ったものすべてを埋め合わせるためにも、なおさらあなたを愛さずにはいられないわ」

「それなら、あんたという人には驚いてしまいますよ。たとえ、あんたがその気になり、お父さんもきてわたしにあんたをくださると言ったとしても、わたしには恋愛という意味からなら、あんたの足の裏にふれることさえできないのだということが、あんたにはわからないですか？　身内といえば、わたしのことで喧嘩をし、わたしの手を切り取り、放りだしてしまおうと凍えようと死のうと勝手にしろといった、そんな身内を持ったわたしですよ！　名前を持っていないというのは持つ権利もなかったからですよ。自分の名前がなんというのか知らないんです。小さいころは大きくなったら父と母を探しだそうと考えていたのですが、今では母がわたしを捨て去ったことや、わたしの父がおそらく泥棒で嘘つきだったことは間違いないことを知ってますからね。わたしの災難への同情やわたしの世話などであんたは興奮しているんだ、エンゼル。ですからわたしのほうであんたのためを思って考えなくてはいけないんです。たとえ、あんたがわたしに手のないことや、わたしの育った場所や、あんたにあげる名前もないことを忘れ去り、あるがままのわたしを受け入れてくれたとしても、いつかわたしの身内のような者たちがあんたに迷惑をかけるかもしれない。今までになんど母に会いたいと願ったかもしれないけれど、それよりただ早く死んで、母などに会わずにすむようにと願うばかりです。そんなことは絶対に不可能なことですよ、エンゼル！　あんたの頭がどうかしているのです。ああ、後生だから、もう一度わたしにキスしてこのまま死なせてください！」

「いやですとも、そんなことがあなたの理由なら絶対にいやだわ。頭がどうかしているのはあなたよ。でもその気持ちはわかるの。長い間あの孤児院にとじこめられていて、親から冷たい仕打ちをうけたり置き去りにされた子供ばかり毎日見ていれば、自分の親もそうだったのだと思い込むようになるわ。けれどそれよりもっといろいろのことがあったんだということだって考えられるじゃありませんか。この国に移住してきて、一人だって親戚なんかいないで新家庭を持つ若い夫婦は何千人もあるのよ。シカゴは大きな悪い都市で、大人でもいろいろのことでどっかへつれてかれてしまうことがあるのよ。そうなればその子供たちの身元は誰に聞けばわかるというの？　あなたの気持ちを父から聞くとすぐ、あたしはこのことを深く考えはじめたの。そうしたらあなたが根本的に間違っているという結論にたっしたのよ。あなたが学校へおはいりになる前に、父か鳥のおばさんから話していただくつもりだったけれど、今のようなことじゃ、あたしが自分でお話しするわ。あたしにはなにもかもはっきりわかっているのにねえ！　ああ、なんとかしてあなたにわからせることができないものかしら？」

エンゼルは枕に顔をうずめたが、やがて顔を上げた時には別人のようだった。

「さあ、大丈夫！　はっきりさせてあげられることよ！　そばかす、あのリンバロストの小径を目の前にうかべることができて？　あの小径を二人で歩いていく時、いやな、棘のあるアザミが生い繁っている場所があったでしょう。あなたは棍棒を持って先に立ち、アザミをなぎふせてあたしが着物の上から刺されないようにしてくださったでしょう。ほかの場所には大きなキラキラ輝く池があって、美しい雪のように白い睡蓮が咲いているのを、あなたは水の中にはいってあたしに取ってきてくださったわね。ああ、そばかす、おわかりにならない？　こうなのよ？　風があのアザミの冠毛をはこんでいったところにはいたるところアザミが生えて棘をだしたのよ。それからあの睡蓮の種がこぼれた泥のところにはどこでもほかの純白の睡蓮が咲いたのよ。でもね、そばかす、リンバロストじゅうどこを探しても、または世界じゅうを探しても、アザミの冠毛がふわふわ漂っていって芽をだし、白い睡蓮が咲いたなんていうところは一つもないことよ！　アザミはアザミから生えるし、睡蓮はほかの睡蓮から生えるのよ。そばかす、ようく考えてごらんなさい！　なんとしてもわからなくてはいけないわ！　あなたはどこからどこまでも睡蓮よ！　アザミの畑から飛んできたなんてことはあり得ないわ。

リンバロストの森にわけ入り、その恐ろしさに対抗するあの勇気はどこから持ってきなすったの？　勇敢なお父さんの血が伝わっているからなのよ。人が手をだしかねるような仕事を一年以上もつづける胆力はどこから持ってきなすったの？　どきょうのあるお母さんから受けついだのよ。あなたは人を裏ぎり不正なことをしろとちょっとほのめかされただけでも、身一つで、自分の倍もある男と阿修羅のように闘ったではありませんか。そのあなたのお母さんかお父さんが不正直なわけがあるかしら？　今、あなたはこうして死にそうなほど愛情に飢えかわいていているわね。どこからそれほど愛する力をもらってきたのかしら？　あなたを不自由にし、わざとあなたを死なせようとして捨てるような、血も涙もない冷酷な人たちから受けついだものではないわ。それだけは確かよ。いつかあなたの大蛙をガラガラ蛇から助けた話を聞かせてくださったわね。その時、自分が恐ろしい死の危険をおかしていることは承知していらしったでしょう。それだのにあなたは自分の母親がその手を切り落としたにちがいないなどと思い込んで、自分を苦しめ、みじめな年月を送っているのね。恥ずかしくないの、そばかす！　あなたのお母さんがこんなことなさったなんて――」

エンゼルはゆっくりと掛け布団を返し、袖を静かにたくし上げ、傷あとに唇をあてた。

「そばかす！　目をさましなさい！」エンゼルは、そばかすを揺すぶらんばかりに叫んだ。「正気にお返りなさい！　よくものを考えてものの道理のわかる人におなりなさい！　あんまり今までくよくよ考えすぎたり、ひとりぼっちでいすぎたのよ。あたしには、はっきりしすぎるほどわかっているのだけれど。あなたもどうしてもわからなくてはいけないわ！　ほら、子は親に似る、と言うじゃありませんか！　あなたはきっとご両親に生き写しにちがいないわ。ご両親のことならわたしが絶対に保証します。それからもっと証拠が必要ならあることよ。マックリーンさんがおっしゃっていたけど、あなたは一度も礼儀にはずれたおこないをしたことがないんですってね。自分の知ってる中で一番完全な紳士だっておっしゃっていました。しかもあのおじさまは世界じゅうおまわりになった方よ。どうしてそうなんでしょう、そばかす？　あの孤児院ではだれも教えてくれる人はいなかったはずよ。何百人もの人たちがお作法の学校へかよったってならえるものではないわ。ですからそれはあなたの天性にちがいないのよ。もしそうなら、あなたに生まれながらそなわったもので、何代も紳士としてつづいた家柄から直接うけついだものにほかならないわ。

それからあなたの歌のことがあってよ。あなたほど美しい声を持っている人はほかにないと思うほどだわ。そんなことはなんの証拠にもならないと言うなら、一つ証拠になる点があってよ。あの合唱隊の先生からわずか訓練されただけではとてもあのような見事な抑揚やらくな歌い振りは望めないことだわ。どなたかあなたの身内に優れた声楽家がいるにちがいないわ。それはわたしたちみんなが信じて疑わないところよ、そばかす。

なぜ、あたしの父は、始終あなたのことを、優れた理解力のある尊敬すべき人だと言うのでしょう？　それはあなたが実際そうだからなのよ、そばかす。どうして鳥のおばさんは貴重なご自分の仕事を放りだしてまでここへきて、あなたの看護を手伝ってくださるのでしょう？　これまでおばさんが人のために時間をはぶくなんて聞いたためしがないわ。それもあなたを愛していらっしゃるからなのよ。また、マックリーンさんはなぜ莫大な値打ちの事業をぜんぶ雇い人任せにして、自分であなたに付き添っていらっしゃるのかしら？　そして毎日のようになんだのかんだの口実を作ってはあなたのためにお金を使おうとなさるのでしょう？　父が言っていたけれど、マックリーンさんはまったくのスコットランド人かたぎで、お金にはひどくしまっていらっしゃるんですって。あのおじさまは、実際的な実業家なのよ、そばかす。そのおじさまがこんなになさるのは、あなたにそれだけの値打ちがあると思っていらっしゃるからよ。あたしたちみんながせいいっぱいいつくす値打ちがあるのよ、そばかす！　そばかす、あたしの言うことを聞いているの？　ああ、まだわからないの？　これが信じられないの？」

「おお、エンゼル！」途方にくれたそばかすは歯をガチガチ震わせた。「それ本気で言っているんですか？　そんなことがあるかしら？」

「むろん、ありますとも。だってそのとおりなんですもの」エンゼルは、かっとなった。

「だけど、あなたにはそれを証拠だてることはできませんよ。それでわたしに、名前も体面もできたわけではないもの！」そばかすは悲痛な声をふりしぼった。

「そばかす」エンゼルはきっとなった。「なんてわからずやなんでしょう！　だって、あたしの言ったことは一つ残らず証拠となっているじゃありませんか！　なにもかも証明しているではないの！　さあ、いいこと！　もしあたしがほんとうにあなたに名前と体面をあたえ、あなたのおかあさんがほんとうにあなたを愛していらしったことを証明できるとわかれば、そうしたらあなたは永続運動のように呼吸をして必死に頑張り、なおってくださる？」

そばかすの目がぱっと明るく輝いた。

「それがわかれば、たとえリンバロスト一の大木を伐り倒してその下敷きになったってわたしは死にはしませんよ」と、そばかすは重々しく断言した。

「それならさっそくそうはじめてちょうだい。晩までに一つだけ証明してあげますからね。あなたのおかあさんがどのくらいあなたを愛していらしったかということをわけなくお目にかけるわ。それが第一の段階で、そうすればあとのことはすっかりわかることよ。父もマックリーンさんもお金をつかいたくてやきもきしているのだから、ちょうどいい機会だわ。いったいどうしてあたしたちはあなたの気持ちがわからなかったのでしょうね。わかっていたら何週間も前に手をつけていたのにねえ。あたしたちは、おそろしく自分勝手だったのね。自分たちがみんなあんまり安楽なもんで、ほかの人たちがつい目の前で苦しんでいるなんて考えてもみなかったんですもの。あたしたちには誰一人としてわからなかったのだわ。あたし、シカゴ一の名探偵を雇って一緒に力を合わせてやりはじめるわ。こんなことよりずっとずっとむずかしいことでも調べだしているんですもの。簡単なことなのよ。嘴も爪もとがらして突進して一つ二つのことは明るみにだすことよ」

そばかすはエンゼルの袖をつかみ、

「わたしのおかあさんだって、エンゼル？　わたしのおかあさんだって？」と、言うその声もかすれていた。「わたしのおかあさんがかわいがっていたってことを、あんたはきょうたしかめることができると言うのですか？　どんなふうにして？　ああ、エンゼル！　ほかのことはどうでもいい、ただ、ああしたのがわたしのおかあさんでないってことさえわかれば！」

「なら、安心していらっしゃいな」エンゼルは自信のほどを示した。「あなたのおかあさんがなさったんじゃありませんから！　あなたのような息子のおかあさんがあんなまねをするはずがありません。すぐ調査に乗りだしてあなたに証明してみせるわ。まず第一にすることはあなたが元いた孤児院へいって、あなたがあそこへ捨てられた晩に着ていた小さな着物を手に入れることだわ。そういう品は大切に保存しておく規則になっているのよ。それを見ればあなたのおかあさんのことはほとんど全部わかってよ。その着物を見たことがあって、そばかす？」

「あります」

エンゼルは、文字どおりそばかすに飛びかからんばかりに叫んだ。

「そばかす！　それは白かった？」

「たぶん前は白かったんだろうけど、しまっといたもんで、今ではすっかり黄色になって血の痕が褐色になってますよ」と言うそばかすの口調にはまた元の苦々しさがまじっていた。「あれを見たってなにもわかりませんよ、エンゼル！」

「ところが、あたしにはわかるのよ！」きっぱりエンゼルは言った。「その生地を見れば、おかあさんがどんな種類の品を買うことができたかわかるし、仕立て方を見れば趣味がよいかどうかもわかるし、どんな注意をはらって作ってあるか調べれば、おかあさんがどのくらいあなたをかわいがり大事にしていらしったかわかることよ」

「しかしどんなふうにして、エンゼル？　どうしてわかるのか言ってください！」

声をふるわせ、そばかすは訴えるようにして迫った。

「あら、簡単じゃありませんか。あなたにもわかっていると思ってたわ。なんでも買える人たちは生まれる赤んぼに必ず白い生地を買うものなのよ――リンネルやレースの、しかも一番上等の品をね。うちの近くの若い女の人で赤ちゃんに立派なものを着せたいからって、自分の婚礼衣装を、裁ち切った人さえあってよ。自分の赤ちゃんがかわいくてたまらない母親は決して粗末な既製品など買わないし、作るにしても大急ぎでミシンなんかかけないのよ。きれいな針目で襞をとったり、レースや飾りをつけたりして、手縫いで作るのよ。じっとすわってひと針ひと針に心をこめて小さな平らな縫い目で縫っていくの。目を輝かし、顔をあかくしてね。なにかほかの用事ができて仕事を置かなければならない時には心残りの様子で、つくりかけのものをきちんと畳んでおくの。あなたのおかあさんについて知る値打ちのあることは残らず、その小さな着物でわかるわ。おかあさんが小さな針目で縫いながら、生まれるあなたのことを考えて目を輝かして笑ってらっしゃるところが見えるようだわ。そばかす、賭けをしてもいいわ、あなたのその着物はかわいい小さな手縫いの針目ばかりよ」

新しい光がそばかすの目にあらわれ、かすかな紅がほおにのぼった。握りしめるエンゼルの手にぐっと力がはいった。

「ああ、エンゼル！　今いってきてくれますか？　急いでね？」と、彼は叫んだ。

「すぐにいくわ。どんなことにも足をとめないで、せいいっぱいいそいでいってきますわ」

エンゼルはそばかすの枕をならし、掛け布団をかけなおし、じっと彼の目をのぞき込んでから静かに部屋をでていった。

ドアの外ではマックリーンと外科医が気づかわしげにエンゼルを待ちかねていた。マックリーンは彼女の肩をつかみ、

「エンゼル、あんたはなにをしてきたんです？」と、詰問した。

「なにをしてきたかですって？　あたし、そばかすを助けようとしてきたのですわ」

マックリーンは呻き、

「お父さんがなんとおっしゃるだろう！」と、叫んだ。

「あたしはそばかすが言ったことに問題の中心があると思うんです」

「そばかすが！　あの子になにか言えるというのですか？」マックリーンは驚いた。

「なにかいろいろ言える様子でしたわ」と、エンゼルはとぼけた。「今のところおじさまに一番関係のあることは、かりにあたしの父があたしをやると言っても、あの人は受け取らないということですわ」

「しかもその理由を誰よりもよくわきまえているのはこの私なのだ」マックリーンは言葉を荒らげた。「あの子ときたら毎日のようになにかしら新しい美点で、私をびっくりさせずにはいないのだから」

マックリーンは、外科医につかみかかり床から持ちあげんばかりにした。

「あの子を助けてください！　助けてください！　あんな立派な子を犠牲になどとてもできません」

「救いはここにあります」と、外科医は太陽の光線のようなエンゼルの髪を撫でた。

「このお嬢さんの顔を見ればそのやり方を心得ていなさることがちゃんと書いてあります。あの青年のことで心配なさらんがよろしい。このお嬢さんが救いますよ」

エンゼルは、笑いながらホールを急いでぬけてそのまま町へとでた。

「あたしお願いがあってまいったのですが」と、エンゼルは孤児院の寮母に向かって言った。「去年の秋こちらをでたそばかすと呼ばれていた少年が、ここに捨てられた晩に着ていた衣類を見せていただきたくて……、できれば持ち帰らせてくださったら、なおうれしいのですけれど」

寮母は、なみなみならぬ驚きをうかべてエンゼルを眺めていたが、ようやく次のように答えた。

「喜んでお目にかけたいのですが、実は、ここにはございませんのです。わたくしどものほうで間違いをおかしたのでなければいいがと存じますが。わたくしはすっかり納得がいきましたし、院長にも相談したので、きのう、身内の人たちにお持たせしてしまったのでございます。お名前はなんとおっしゃいますんで？　またあの衣類をなんになさるおつもりで？」

エンゼルは口もきけずに、まじまじと寮母の顔をみつめて立っていた。

「間違いのあろうはずはありません」寮母はエンゼルの痛ましいほどの落胆ぶりを見かねて言葉をつづけた。「そばかすは十年前、わたくしがこの施設の世話を引き受けましたころここにおりました。その方たちはそばかすの身内だということをすっかり証明なすったんですよ。去年の秋、そばかすがイリノイ州に逃げていったまでは辿れたそうですが、そこでぷっつり手掛かりが切れているそうでございます。ひどく力を落としなすったご様子でございますね。お気の毒には存じますけれど、でも間違いはありませんです。あの方はそばかすの伯父に当たられるそうで、あの子とそっくりでいなさるのですよ。あの子を連れずに戻るのを胸が裂けそうにせつながっていなさいました。そばかすの居場所をご存じなら、あの方たちはどっさりお金をくださいますよ」

エンゼルは両頬に手を当てて、歯がガチガチ鳴るのを押さえた。

「その方たちの名前はなんておっしゃるんですの？　それからどこにいらっしゃるのですか？」エンゼルはどもりながらたずねた。

「アイルランド人でしてね、お嬢さん、この三か月間というもの、シカゴをはじめ国じゅういたる所そばかすをさがしまわんなすったんですが、あきらめて、きょう、お国へお立ちなさることになってます。あの方たちは——」

「それで住所をおいていらしって？　どこに行ったら会えますの？」と、エンゼルはさえぎった。

「名刺を置いていかれましたよ。それからけさの新聞にその方の写真と記事がいっぱいでていましたっけよ。市の新聞にたくさん広告をのせてたずねていなさいましたからね。お嬢さんもなにかお読みになりそうなものですのにね」

「汽車の都合がうまくいかなくって、シカゴの新聞は手に入らないんです」エンゼル

ん

は言いかえした。「その名刺を早くくださいな。ひと足ちがいになるかも知れませんから。どうしても追いつかなくてはなりませんの！」

寮母は急いで書記のところへいき、名刺を持って戻ってきた。

「これが住所で、シカゴのとご郷里のと両方あります。くわしくはっきり書いてありまして、いつなんどきでも少しでもそばかすの手掛かりがあったら、すぐわたしから電報を差しあげることになっているのです。もしこの市を立っちまいなすった後でしたらニューヨークで引き止められますし、きっと船に乗る前に追いつきなさるのですよ――お急ぎなさればね」寮母は新聞をつかみ、かけだそうとするエンゼルの手に押し込んだ。

エンゼルはちらと名刺を見た。シカゴの住所はオーディトリアム・ホテルの十一号室となっていた。エンゼルは馭者の袖に手をかけてその目をじっとのぞきこんだ。

「時速いくらという制限があるんでしょう？」

「はい、あります」

「規則違反にひっかからない、そのぎりぎりの線までの速力をだしてくださらない？お礼は、たっぷりあげますから。あたし、ある人たちに追いつかなくちゃならないの！」

こう言うとエンゼルは馭者ににっこりほほえみかけた。病院、孤児院、オーディトリアム・ホテルでは奇妙な取り合わせだと馭者には思えたが、しかしエンゼルはいつどこにいってもエンゼルであり、そのやりかたはどこまでも彼女独特のものであった。

「どんな馬車屋にも負けないくらい早くつくようにいたします」馭者は即座に引き受けた。

戸をピシャッと閉めると彼は馭者台に飛び乗り、馬に一鞭くれたので、エンゼルは座席から転がり落ちた。彼女はかしぎ揺れる辻馬車の中で名刺と新聞をつかみ、どうにか住所を読み返してみた。

「オーディトリアム・ホテル、スイート十一号室、オモーア」

「オモーア」エンゼルは繰り返した。「そばかすに、ピッタリ合っているわ。これがそばかすの名前になるのかしら？　スイートの十一号室というと次の間付きなんだからかなりな暮らしに馴れているわね。オーディトリアムの二室続きの料金は高いんだから」

今度は名刺を返して裏側を見た。

下院議員

マクスウェル・オモーア卿《きょう》

アイルランド、クレア州

キルバニー　プレイス

馬車が角を曲がったり乗り物を通りこすときひどく揺れるので、エンゼルは座席の端に腰掛け、向かい側に足を突っ張った。名刺を無意識にもてあそびながらぼんやり前方を見つめていた。やがて深い吐息をつくと、再び名刺を読んでみた。「貴族だわ」とエンゼルは——我を失いかけて呻きをあげた。「オモーア卿だなんて！　あたしはなんとかしてそばかすに幾分でも誇れるような、ちゃんとした親戚を見つけてあげると約束してでかけてきたんだけど、こうなってみると、あの人には一人だって恥ずかしいような身内はないことになりそうだわ。大変なことになっちゃったわ」

気を張りつめ疲れたエンゼルの頬に心がかき乱されて涙が落ちた。

「こんなことではいけない」

エンゼルは断固として掌で涙をぬぐい、嗚咽を呑み込んだ。「オモーア卿に会う前にこの新聞を読まなくちゃ」

涙をまばたきで押し戻し、エンゼルは膝の上に新聞を拡げて読んだ。

「三か月にわたる捜査も効なく、オモーア卿は甥の捜索を断念し、きょうシカゴを出発して、故国アイルランドに向かう」

読んでいくうちに、エンゼルはひと言ひと言を了解し、写真がまたそれを決定的なものにした。そばかすと瓜二つで、ただ年をとり優雅な服装をしているのが異なるだけで、疑う余地はなかった。

いつ

「そうだ、なんとかして追いつかなくちゃ」エンゼルはつぶやいた。「けれど追いついたってもしも紳士とは名ばかりの人だったらそばかすは渡さないからいい。あなたはあの人のお父さんじゃないのだし、あの人だって二十歳《はたち》だもの。とにかく法律でそばかすが一年あなたのところにいることになっても、あなたにはあの人を駄目にすることはできませんよ。そんなことのできる人はいないわ。それに」急にエンゼルは元気づいた。「あの人のことだからあなたにとっても親切にするでしょうよ。そばかすとあたしは二人ともまだこのさき何年も勉強しなければならないんですからね、あなたはそばかすのためになる人でなくてはならないわ。きっとうまい具合にいくことよ。どっちにしてもあたしがだめだと言えば、あなたはそばかすを連れていくことはできませんからね」

「ありがとう。どんなに長くかかっても待っていてね」と、エンゼルは馭者に言った。新聞を取りあげ、エンゼルは急いで受付へいってオモーア卿の名刺をだし、

「伯父はもう立ちまして？」と、愛らしくたずねた。

事務員は驚いて思わず後ろにさがった拍子にボーイにぶつかり、邪魔なところにいるもんだからと、こっそりボーイを蹴飛ばしてから、うやうやしくお辞儀をした。

「閣下にはお部屋においで遊ばします」

「ああ、そう」エンゼルは名刺を取りあげた。

「もうお立ちになったかもしれないと思いましたのよ。お会いしてきますわ」

　事務員は、ボーイをエンゼルのほうにぐいと押しやり、

「ご令嬢をエレベーターにお連れ申し、オモーア閣下のお部屋にご案内しろ」こう命じると頭が地につくほどお辞儀をした。「アウ、サンクス」エンゼルは軽くうなずいてそこを離れた。急昇するエレベーターの中で、彼女は独りごちた。

「アウ、サンクスなんて言う訛はアイルランド人かイギリス人かよくは知らないけれど、あの人はそのどちらでもなさそうだわ。それにとにかくあたし、例の『オーライ』を引っ込ませなくちゃならなかったんですもの。なんて馬鹿なんでしょう！」

　ボーイがドアを叩くと、ドアはさっと開き制服を着た召使いがエンゼルの前に名刺受けを突きだした。開いたドアのあおりでカーテンがわかれ、次の部屋の大きな椅子にもたれて新聞を手にしている男の姿が見えた。それは疑いなくそばかすの肉親であり同種族であった。

　落ち着き払ってエンゼルは名刺受けにオモーア卿の名刺を落すと、召使のそばを通りぬけ、閣下の前に立った。

「おはようございます」エンゼルは固くなって挨拶した。

　オモーア卿はなにも言わず、面白そうに好奇心をまじえた目でじろじろエンゼルを眺めているので、エンゼルの頰の紅は深まり血は煮え返った。ようやくオモーア卿は

口を開いた。

「で、お前さん、なにか願いごとかな？」

たちまちエンゼルはかっとなった。完全な自由の中に守り育てられてきた彼女の環境では、この言葉と態度は侮辱的に響いた。エンゼルは傲然と頭をそびやかし、低いはっきりした声で言った。

「あたしは『お前さん』なんて呼ばれる人間ではありませんし、あなたにかなえていただくような『願いごと』などこの世に一つもありません。あたしが伺ったのはあたしのほうで願いごと——たいへん大事な願いごとを、あなたにかなえてあげようと思ったからなんですが、あなたがあたしの気に入らない人なら、かなえてはあげませんわ！」

オモーア卿は目をみはっていたが、いきなり大声で笑いだした。エンゼルは態度も表情もくずさず、きっとオモーア卿を見据えて立っていた。

絹ずれの音がしたかと思うと、すべすべしたばら色の頰、黒い髪、生粋のアイルランド人らしい青い目の美しい婦人がオモーア卿の傍にきて、その腕をとらえもどかしげにゆすぶった。

「テレンス！　気でもお違いになったのですか？　この娘さんの言っていることがおわかりになりませんの？　この娘さんの顔をよくご覧なさいませ！　手に持っている

ものも！」

オモーア卿は目を大きく開くと、すわりなおし、しげしげとエンゼルの顔を眺めているうちに、不意にいかにも好ましく覚え、次の文句を言うのさえもどかしいらしく、ただちに立ちあがった。

「失礼しました。実はひどく力を落としてシカゴを立つところなものですから、にがい捨て鉢な気分になっていたのですよ。あとからあとからやってくる例の役にも立たない、変なおせっかいやき連中がまたきたのかと思ったので、気にもとめなかったわけです。許してください。そしていらしった用向きを言ってくれませんか」

「あなたがあたしの気に入ればお話しますし、そうでなかったら、申しあげません！」

と、エンゼルは頑として言った。

「しかし、でだしが悪かったのですから、どうしたら今となって気に入ってもらえるかわかりませんな」と言う閣下の声には心からの後悔がこもっていた。

エンゼルはその声に降参しそうになった。オモーア卿はやわらかく豊かな、なめらかな声で流れるようにアイルランド訛で語り、その話し方は完全に正確だったが、言葉に丸味をおび、発音が強く、抑揚があり、文句のあがりさがりまで、これまたそばかすにそっくりであった。しかし、きわめて重大な事柄であるから、もっと確かめなくてはならない。そこでエンゼルは美しい婦人の顔に目をやった。

「この方の奥さまですの?」

「ええ、わたしはこの人の妻です」

「そうだわ、鳥のおばさんがおっしゃっていたけれど、人の長所短所を全部一番よく知っているのは誰よりもその人の奥さんなんですって」と、エンゼルは人を裁く身であるかのような口をきいた。「この方をどう思っていらっしゃるかってことが、きっとあたしの役に立ちますわ。ご主人をお好きですか?」

この質問があまりに真剣なので、答えるほうもそれにおとらず真剣だった。黒い頭は愛撫するようにオモーア卿の袖にもたれた。

「世界じゅうの誰より好きですわ」即座に令夫人は答えた。

エンゼルはちょっと考えていたが、やがてふだんの顔にかえった。

「そうですか。もしご主人がちゃんとした方でないとしたら、ほかにもっと好きにお思いになる人がありますか?」

「わたしには息子が三人に小さな娘が二人と、父母と弟妹が何人かありますのよ」

「それだのにご主人を一番お好きなのですね?」と、エンゼルは最後の断を下した。「それで主人を救わなければならない場合には、ほかの者を一人残らず、涙をこぼさずに見捨てることだってできますわ」

「まあ!」エンゼルは澄んだ目を上げてオモーア卿を眺め、首を振った。「奥さまにはとてもそんなことはおできになりませんわ。でも、そうできるとお思いになるだけでもご主人にとってたいへんな名誉ですわ。では、あたしのきたわけをお話しましょう」

エンゼルは、新聞を置いて写真にさわった。

「おじさまが子供のころ、人からそばかすとお呼ばれになりまして？」

「現在でもアイルランドやヨーロッパ大陸いたるところで、愉快な連中はそう呼んでいますよ」と、オモーア卿は答えた。

エンゼルの顔にはこの上なく美しい微笑がひろがり、

「そうだと思ったわ」と、愛嬌よく言った。

「あの人のことをあたしたち、そう呼んでいるんですよ。あの人はおじさまにそっくりですものね。その三人の男のお子さんの中にはもっと似ている方があるんじゃないかしら。でももう二十年にもなりますものね。おじさま方ずいぶんいらっしゃるのが遅かったと思うわ！」

オモーア卿はエンゼルの手首をつかみ、夫人はエンゼルの体に腕をまわした。

「落ちつきなさい！」と言うオモーア卿の声はしわがれていた。「あんたが確かに知っているのでなかったら、今、この間際になってあの子のたよりが聞けるなどと思わせないでもらいたい」

「大丈夫なんです。あの人はあたしのところにおります。間違う余地はありません。あたしは孤児院に赤ちゃんの時の着物をとりにいき、おじさま方のことを聞いて尋ね当てたのですが、そうでなく、往来かどこかでぱったり会ったとしてもあたし、お引き止めして名前を伺ったでしょうよ。ただあの人にそっくりだというだけで。大丈夫ですわ。そばかすのいる所を教えてあげましょう。もっとも知る資格がおありになるかどうか――それはまた別問題ですけど！」

オモーア卿はエンゼルの言うことなど聞いていなかった。椅子にがっくりくずれ込むと顔をおおい、激しいすすり泣きにたくましい体を揺さぶった。令夫人もそのまわりをおろおろしながら泣いていた。

「ははあ！　そばかすにとって悪くはなさそうだ」エンゼルはつぶやいた。「いろんなことがはっきりしてくるわ。この人たちが説明してくれるにちがいない」

そのとおり二人があますところなく語ってくれたので、数分後には、エンゼルは立ちあがり、早く病院に行くようオモーア卿夫妻をせき立てた。

「以前そばかすの世話をした保母《ほぼ》が、ひと目であの人のおかあさんの肖像画がわかったとおっしゃいましたけど、その絵と赤ちゃんの時の着物がいただきたいんですの」

オモーア令夫人はそれらの品をエンゼルに渡した。

肖像は金箔《きんぱく》の額におさめた象牙《ぞうげ》に描かれてある大きな細密肖像画《ミニアチュア》で、こちらを見ている顔は極度に美しく、並みはずれて優しかった。ふさふさした黒髪にかこまれた顔は上品な輪郭《りんかく》で大きな目をしていた。その上のほうに少しもそばかすに似たところはみとめられなかったが、微笑をたたえた口許はそのままだった。エンゼルはじっと見つめていたが、やがておののく息とともに、肖像画を傍におき、オモーア卿のほうに両手をさしのべた。

「これでそばかすの生命は助かって幸福になれますわ。ありがとう。おお、いらっしってくださってありがとうございます！」

エンゼルは、オモーア卿をキスして抱きしめ、はるばるともにきた令夫人にも繰り返した。黄色く褐色にかわったリンネルの包みをひらくと、エンゼルはその生地や縫い方にざっと目を走らせただけで、衣類と肖像画を胸にかかえ、先に立って辻馬車へと案内した。

オモーア卿夫妻を病院の待合室にとおしたエンゼルは、マックリーンに頼んだ。「すみませんけれど、父を呼びだして、一番列車でくるようにおっしゃってくださいませんか？」

マックリーンがでていくとエンゼルはドアを閉め、

「こちらはそばかすの身内の方たちですの」と、鳥のおばさんに紹介した。「お互いにおちかづきになってくださいな。あたしはそばかすのところへまいりますから」

こう言うと、エンゼルは立ち去った。

19　そばかすの求婚

エンゼルが包みと肖像をかかえたまま部屋にはいると、看護婦は静かにでていった。二人だけになって初めてそばかすのほうに向いたエンゼルは、危機が今やまぢかに迫っていることを悟った。

さきほどエンゼルが与えた希望のみがそばかすの救いの綱であったことは、体を固定させるための重いギプスに押さえつけられているにもかかわらず、頭を枕から持ち上げたことでもわかるのであった。両腕をエンゼルのほうにさしのべたそばかすの唇と頬はまっかに燃え、目は興奮でギラギラ輝いていた。

「エンゼル！」彼はあえいだ。「ああ、エンゼル！　手に入りましたか？　白かったですか？　小さな縫い目がありましたか？　ああ、エンゼル！　わたしのおかあさんはわたしを愛してくれたんですか？」

燃えるような唇から次々質問がほとばしりでた。エンゼルは包みをベッドにおろし、肖像画はそばかすの膝の上に顔のほうを下に伏せて置いてから、彼の頭をやさしく枕に押しやり、しっかりその腕を握った。

「ええ、そのとおりだったわ」と、エンゼルは受け合った。「これほど白いベビー服はまたとないし、これほど美しい見事な細かい針目は見たことがないくらい。それからあなたをかわいがったことは、どんなおかあさんもおよばないほどだったのよ！」

そばかすは震えに襲われた。

「ほんとうですか？　それ、ほんとうですか？」彼は歯をカチカチ言わせながら念を押した。

「ええ、あたし知っているんです」エンゼルは確固として答えた。「だからそばかす、あなたが静かにして喜んでいるなら、短いお話をしてあげるわ。着物はもう少し気分がよくなってから一緒に見ることにしましょう。ここにあるのよ。大丈夫だったの。でもね、あたしがこれをもらいに孤児院にいった間に、ある行方不明の少年を探している人たちのことを聞いたもんで、その人たちをたずねていったのよ。ところがその話というのがあんまりあなたの場合と似ているので、話さずにはいられなくなったの。そうすればあなたも、事実はいつも考えては悩んでいたような事柄とひどく異なった場合もあり得ることがわかるでしょうからね。聞く元気があって？　お話してもいいこと？」

「たぶん、それはわたしのおかあさんじゃなかったのかもしれない！　その小さな針目だって誰かほかの人がしたのかもしれない！」

「そら、お馬鹿さん、またはじまった。だってあたしはちゃんと知っているのよ！」

「知ってるんだって？」と叫ぶと、またもやそばかすは枕から頭をパッとあげた。

エンゼルは静かにそれを押し戻した。「あら、だってあんなふうにできる人はほかに誰もいなくてよ。だからあたしにわかったのよ」と、エンゼルは語気を強めた。

「さあ、ようく聞いていらっしゃい、この行方不明の少年と、何か月も探してその子を見つけることのできない人たちのことを話してあげますからね」

エンゼルの手のもとにそばかすは静かに横たわってはいたが、エンゼルの言うことは一つも耳に入らなかった。しかしそのうちに当てもなくさまよっていた目が彼女の顔にとまった時、そばかすは珍しいことに気がついた。彼に話しているエンゼルが、珍しいことに彼と目を合わさないのである。これはエンゼルに似合わないことだった。エンゼルが話すのを聞く楽しみは、彼女がいつもなに一つ包みかくしのない率直な目つきで、まっすぐにこちらの顔を見ることで、エンゼルが話す時にわきを見たり、目を伏せたりしないで、どこまでも一途でまっすぐだった。それが今、自分の手や、掛け布団、天井など一心に見やり、なんとしてもそばかすと目を合わせまいとしていた。たちまち、そばかすのぼんやりしていた注意はエンゼルの言っていることに引きつけられた。

「――で、気むずかしい、おこりっぽい老人でした。一人息子だったし、爵位《しゃくい》と大きな領地があったので、わがままいっぱいにしてきたからなの。やさしい妻のことであれ、息子たちのことであれ、おかまいなく自分のしたいことをやりとおすのでした。それですから自分がぜひとも望んでいた美しい貴族の娘を総領息子が好きになり、自分の領地に隣り合わせた大きな地所が、二人の結婚で自分のほうへ加えられた時にはたいそう喜んだのでした。

そこで老人は反対側のほうにまた別の大きな地所を加えたいと思い、もう一人の息子に誰にも好かれないつまらない娘と結婚するようにと命令しました。でもそれは問題が別でした。別も別もすっかり別でした。だって上の息子が結婚したのは、長い間愛していた娘ですもの。それにゃあ、そばかす、それは無理はないわ。あたしその人を見たのよ！　気高い美人でなんとも言えないやさしい人なの。

けれどもかわいそうに弟のほうは前から村の牧師の娘と愛し合っていたのでした。これも無理ないの。もっと美しいくらいですもの。歌は天使のような声でうたえるんだけど、お金は一文もなかったの。この娘はその弟を死ぬほど愛しておりました。たとえその弟が骨だらけで、そばかすだらけで、赤毛でもね――おっとこれは言うんじゃなかった。髪の色のことは聞いてなかったんだわ。でもそのお父さんのはめったにないほど赤かったに違いないわ。だって、このふたりの仲を知ると、ちっとも困ったことではないのにひどく癇癪を起こしてしまったの。

さて、老人は娘に会いにいきました——美しくてもお金を持ってない娘のほうよ、もちろん——そしてひどく娘の気持ちを傷つけたので娘は逃げだしてしまいました。ロンドンにでて音楽の勉強を始めているうちに、まもなく美しい歌手になり、やがて一座に加わってこのアメリカへきたのでした。

弟は娘がロンドンを去ったことを知ると、その後を追いました。娘はここに着いてただ一人、怖い思いをしているところへ弟が自分をたずねてきたので、大喜びでさっそく結婚したわけなんです。誰だってそうすると思うわ。弟は妻が一座と一緒に旅回りにでかけるのをつらがって、シカゴに着いたとき、ここはいい場所だと思って、落ちつくことにして、弟は仕事を探しました。けれどもなかなかうまくいきませんでした。役に立つことはなに一つならったことがないからで、仕事の探し方さえわからず、また、仕事を探したとしても、どうやってその仕事をしていいかわからなかったの。こんな具合なので暮らしは困ってきました。けれども夫に仕事が見つからなくても、妻は歌えるので、夜は歌いにでて昼間は小さな内職をしていました。でも妻が人中で歌うのをいやがって、自分がなんとかできるときには歌わせませんでした。しかし冬がきてたいへん寒くなり、燃料は高いし家賃はあがるし、二人は安い所へ安い所へと、移っていきました。そこへあなたが生まれることに——いいえ、その行方不明になった子が、生まれることになったので、二人は途方に暮れてしまい、夫はいっさいのことを父に手紙で書き送りました。そうしたら父は手紙を封のまま送り返し、二度と便りをよこすなと言ってきたんです。赤ちゃんが生まれたとき、食物と医者の費用にあてるために質に入れる品がやっとあっただけで、乳母をたのむ分はありませんでした。そこで見かねた近所のおばあさんがやってきて、若い母親と赤ちゃんの世話をしてくれました。その時分、一家はずっと離れた場末で、たくさんの大きな工場にまじって立っているある木造の家の一番上に住んでいましたが、寒さはつのる一方だし、食べる物はなくなってきましたから、とうとう夫はやけになり、なにか食べ物を見つけてくると言ってでていきました。妻も起き上がって、そのおばあさんに面倒をたのみ、いくらかのお金でもと町へ歌いにいきました。おばあさんはあんまり寒くなったので、赤ちゃんを寝床に入れて帰ってしまいました。その時この小さい家のそばの大工場でボイラーが破裂したので小さな家は火事になり、鉄のかけらが飛んできて屋根を突き破り、落ちた拍子にかわいそうに赤ちゃんの手を切り離してしまったのです。赤ちゃんは泣き叫びました。火はどんどん燃えてきます。

ほかの人たちと一緒に外へ飛びだしたおばあさんは火事だと知ると、消防を待つ時間なんかないので、ビルの中へ駆け込みました。赤ちゃんの泣き叫ぶ声が聞こえるのでおばあさんはたまらなくなって、あがっていきましたが、ひどい怪我をして血を流している赤ちゃんが見つかりました。おばあさんは、赤ちゃんを放りぱなしにして家へ帰ってしまった自分を、母親がどんなに恨むだろうと、恐ろしくなってしまい、すぐ近くにあった孤児院に駆けていき、戸の外に赤ちゃんをおき、ドアをバタンと音を立てました。それから通りの向こう側にかくれて赤ちゃんが中に連れ込まれるのを見届けてから、自分の家も燃えているかどうかと走って戻ったのでした。居合わせた人々がおばあさんに話したことは、美しい奥さんが帰ってきて赤ちゃんを探しに家へ駆け込んだところへ夫が戻ってきて奥さんのあとを追って中へはいったとたんに、家が二人の上に焼け落ちたということでした」そばかすはエンゼルの顔から目をはなさず、全身を固くして横たわっていた。エンゼルは天井に向かって早口に語っていた。

「こうなるとおばあさんは、あのかわいそうな赤ちゃんのことを思いわずらいました。孤児院の人たちに話すのは怖かったのです。赤ちゃんを捨てたりしてはいけなかったのだということを知っていましたから。けれどもおばあさんは手紙を書いて、美しい奥さんが病気の時、夫の身内が住んでいる所だと話した宛名に送りました。おばあさんは赤ちゃんについて覚えているかぎりのことを書きました。いつ生まれたかということ、父親の兄からとった名前のこと、片手が火事の時にもぎ取られたので、治療や世話をしてもらおうと思ってこういう場所に入れたことなどを記し、赤ちゃんの母も父も焼け死んだから、どうか子供を連れにきてもらいたいと頼みました。

これを見れば氷のような心も溶けると思うでしょうが、老人は溶けるような心など持っておりませんでした。なぜならその手紙を受け取り、読んだのですが、ほかの書類の間にかくしてしまい誰にも話さなかったのです。二、三か月前に老人が亡くなったので、その長男が事務を整理にいってみると、いの一番にその手紙が目にふれたのです。兄はすべてを打ち捨てて奥さんと一緒に赤ちゃんを探しにきました。一人きりの弟をいつもかわらずに愛しており、帰ってこさせたかったので、一生懸命何年も弟を探していたのです。そうしてここへきたときにはあなたはいなかったのでした——いいえ、その赤ちゃんはいなかったのです。ですからね、そばかす、そのもう一人の行方の知れない少年の場合と同様、あなたにもそのようなことが起こり得るということを言わずにいられなかったのよ」

そばかすは手をのばして、エンゼルの顔を無理に自分のほうに向けた。

「エンゼル」と、そばかすはやさしく言った。「その行方の知れない男の子の話をするのに、なぜわたしのほうを見ないのですか？」

「あたし——あたし、気がつかなかったわ」エンゼルは口ごもった。

「なんだかかなり話を混乱させたようだけど、聞いているほうがわからなくなるほど混乱させるなんて、あんたらしくありませんよ」そばかすの呼吸はぜいぜい言いはじめた。「その人たちがそんなに話してくれたのなら、その行方不明の赤んぼのどちらの手がとれたかも言いませんでしたか?」

エンゼルはまた目をそらした。

「あのう――あなたと同じほうです」エンゼルは心配で息もつけないほどだった。それでもなお、そばかすは体をこわばらせ、掛け布団よりも白い顔をして横たわったままだった。

「その子の年はわたしぐらいですか?」

「ええ」エンゼルはかすかに答えた。

「エンゼル」ついにそばかすはエンゼルの手首をつかまえて言った。「誰かが男の子を探していて、その子が僕かも知れないと言うんですか? あんたは僕の親戚を見つけてくれたんですか?」

この時、エンゼルの目ははっしと向けられた。今だ。エンゼルはそばかすの両腕を脇におさえつけ、彼の上に身をかがめた。

「大丈夫かしら? 気はたしか? 耐えられて? そのことを話していい?」

「いけない! 僕には耐えられない!」そばかすはあえいだ。「ほんとうにわかっているのなら言っちゃいけない! 話したら、死んでしまう!」

この日はエンゼルにとって間断ない緊張の連続であった。神経は細い糸のようにぴんと張り切っていた。それがぷっつり切れた。

「死ぬんですって？」エンゼルは激怒した。「あたしがそれを話せば死ぬんですって？　けさは自分の名前も知らず、自分の身内が正しい人たちかどうかがわからなければ死ぬと言ったじゃないの。それであたしがでかけていって、何代にもわたる名誉を表す名前と、あなたがかわいいあまりに火の中へはいって死ぬほどのおかあさんと、このうえなしの素晴らしい親戚を見つけてきてあげたのに、あんたはぐるっと寝返りを打って、それを聞けば死ぬなんて言う！　さあ、死んでみるがいいわ！　ピシャッとぶってあげるから！」

　エンゼルは、そばかすをにらみつけた。一瞬そばかすはびっくりして身動きもできず口もきけなかったが、次の瞬間、胸の底にひそむアイルランド気質《かたぎ》が頭をもたげ、大声で笑いだした。恐怖にうたれたエンゼルはそばかすを抱いて、声をおさえようとし、哀願したり、さては命令したりした。そばかすの目から涙がころがり落ち、呼吸はぜいぜいいいだした。声もでないくらい疲れ果ててしまうと、そばかすは目でなおも笑っていた。

　かなりたって、そばかすが落ちつき、休まってから、エンゼルはやさしく話しはじめたが、その大きな目は愛情にうるみ、幸福に輝き、一時たりともそばかすの顔から離れられないかのようだった。

「ねえ、そばかす、あなたの膝の上に、あなたのために火の中へおはいりになったおかあさんの肖像があるのよ。それからあなたが生まれたお家の古い名誉ある名前も知っているの。どちらを先になさって？」

そばかすはひどく疲労しており、大粒の汗がこめかみを伝って流れたが、じっと見守っているエンゼルにはそばかすの唇が「わたしのおかあさん！」と、動くのを読み取った。

エンゼルは愛らしい顔の肖像をそばかすの腕のくぼみにたてかけた。そばかすはエンゼルの手をつかみ、そばに引き寄せて、ともに涙で頬を濡らしながら肖像を眺めた。

「わたしのおかあさん！　どうか許してください！　ああ、美しいわたしのおかあさん！」繰り返し、有頂天になって讃美しているうちに、そばかすは精根つきてしまい、もはや唇を動かす力もなく、ただ疲れた目に物問いたげな表情をうかべた。

「お待ちなさい！」エンゼルは生まれながらにそなわった美しい心づかいで叫んだ。そばかすがその願いを口にだせないと同様、彼女も答えられないからだった。

「お待ちなさい。書きますからね！」

エンゼルは急いでテーブルにいき、看護婦の鉛筆をとりあげると、処方箋《しょほうせん》の裏に走り書きした。「テレンス・マクスウェル・オモーア、アイルランド、クレア州、ダンデリー・ハウス」

書き終わらないうちにそばかすの声がした。

「エンゼル、急いでいるの？」

「ええ、急いで書いているの？　でも、どっさりあるんですもの。あなたのお家とお国も書かなくてはね。そうすればあなたも見当がはっきりするでしょう」

「わたしの家だって？」そばかすは驚いた。

「もちろんそうよ。伯父さまがおっしゃっていたけど、お父さんが、あなたのお祖父さまから勘当されることを知って、お祖母さまがお嫁にくるとき持っていらした家と土地をお父さんにのこしてくださったんですって。それがあなたのものになるし、それにお祖父さまの財産のあなたの分をすっかりいただくのよ。それはみんな別にしてあってあなたを待っているの。オモーア卿がそうおっしゃったわよ。あなたはマックリーンさんよりもっとお金持ちになったんじゃないかしら」

エンゼルは紙きれをそばかすの手に握らせてやり、彼の髪をなおした。

「さあ、これですっかりいいわ、リンバロストの番人さん、眠って、あとはもう嬉しい、嬉しい、嬉しいということよりほかは一切、考えないのよ！　あなたの目が覚めるまで、伯父さま方に待っていただきますからね。今のところはあんまり疲れているから、誰にも会えないわ」

エンゼルが立ち去ろうとするのをそばかすは、スカートをつかんで引き止めた。

「もう五分したら眠るから、あと一つだけしてくれませんか。あんたのお父さんを呼んでください！　ああ、エンゼル、早くお父さんを呼びにいってください！　それまで待ちきれないくらいなんです！」

一瞬エンゼルはそばかすを見つめて立っていたが、次の瞬間には濃い紅が愛らしい顔を染め、顎はひきつったように震えはじめ、目には涙が湧きでた。手は息苦しいかのごとく胸を押さえた。そばかすの手に力が加わり、エンゼルを自分の傍に引っ張り寄せて、腕を巻きつけ、彼女の顔を枕にひきよせた。

「いけない、エンゼル。お願いだからそうしないでください。僕には耐えられない。言ってくれなくてはいけない」

エンゼルは首を振った。

「それじゃあ公平でありませんよ、エンゼル。僕の心臓が胸から引き裂かれるかと思ったとき、あんたは僕に言わせたじゃありませんか。そうしてあんたはなにもかもまるで天国のようにしてくれましたね——僕にとってまったく天国でした。もし今の僕が一時間前の僕よりずっとましな者になっているのなら、ことの結着をつけるなんらかの方法を考えられると思うんです。話してくれませんか？」そばかすはエンゼルの髪に頰をすりつけながら、やさしく説きつけた。

エンゼルは頭を振って拒絶をあらわした。そばかすは一刻じっと考えてから、

「当ててみていいですか?」と、ささやいた。「三つだけきかせてくれませんか?」

あるかないかの承諾があった。

「わたしの名前がわからないほうがいいと思ったんでしょう?」と、そばかすは言った。

エンゼルの頭は枕から跳ねあがり、涙にぬれた顔は憤りに燃えていた。

「あら、あたしだって知りたくてたまらなかったのよ!」と、彼女は怒って叫んだ。

「一つはずれた」と、そばかすは落ちついて言った。「あんたはわたしが親戚や家や金を持つことを望まなかったんでしょう」

「望みましたとも!」エンゼルは叫んだ。「だからこそ、たった一人で、死ぬほど怖かったのに町へいって伯父さまたちを見つけてきたんじゃありませんか? それはあたしだって望んでいたことだわ!」

「二つはずれた。あなたはこの世で一番美しい少女がわたしに話したくなかったことを――」

エンゼルはうつむいて激しいすすり泣きに身を震わせた。その肩をいっそう抱きしめたそばかすの顔は相闘う感情でゆがんでいた。自分の名前と親戚がわかったことにより起こった奇蹟のため、そばかすはあまりに呆然となってしまい、細かく心理過程をたどる元気はなかった。ついに自分の名前や、自分が立派な生まれの者だということを知ったことの意義よりも――それらの知識なしでは人生は無限の恥辱と重荷となるのであるが――そばかすの胸に打ちつけられ頭に打ち込まれた言語に絶するただ一つのことは、名もなく、まずしい素性の者かもしれなかった時の自分をエンゼルが愛すると言ってくれた、そのことであった。そのときの心おどる歓喜をどう表現してよいか、そばかすには一語たりとも言い得なかった。しかし、もしもエンゼルがそれを後悔しているとすると――それが彼の境遇に対する同情や、あるいは彼が死ぬかも知れないとの責任感から発したものであったとすれば、残された道はただ一つあるのみだった。マックリーンのためにも、鳥のおばさんのためにも、ダンカン家の者たちのためにもそうはしないであろうが、エンゼルのためなら――それで彼女が幸福になるものなら――そばかすはどんなことでもするつもりだった。

「エンゼル」と、そばかすは彼女の髪に唇をつけながらささやいた。「あなたは歴史をあまりよくおぼえていませんね。でなければ忘れてしまったのでしょう」

「なにを?」エンゼルはすすり泣いた。

「ほんとうの騎士とはどんなものかということをですよ。レディーバードさん――てんとう虫さん(恋人の意)――なんであれ、自分の愛するレディーが忘れたいようなことがあったとしたら、真の騎士はそのことを憶えていないということを、知らないのですか? エンゼル、愛する沼地のエンゼルよ、わたしの言うことをよく聞いてください。小径でのある晩、それはあとにも先にも二度とないような荘厳な素晴らしい月夜でした。マックリーンさんがわたしの肩に手をかけて、わたしを大事に思っていると言ってくれたんです。しかし、もしあなたがいやなら、エンゼル、そのようなことがいやだと思うなら、マックリーンさん以外には誰からもそうしてもらった憶えはありませんよ――今まで一度も」

エンゼルは顔をあげ、そばかすのまごころあふれる灰色の目を底まで読み取るかのように見つめるのを、そばかすのほうもたじろがずに受けとめた。しかしその目には見るも痛々しい苦痛が宿っていた。

「それは、あなたがたずねもしないのに、あつかましい、不遠慮なある娘が、あのう――」ここでエンゼルはちょっと詰まったが、ぐっとこらえて勇敢に口にした。「あなたを愛しているって言ったのを、憶えていないとおっしゃるの！」

「憶えていませんとも！」そばかすは烈しいけんまくで言った。「そんなことはぜんぜん憶えているもんですか！」

しかし彼の心の中では「あなたがたずねもしないのに」という言葉でいっせいに鳥が歌いはじめた。

「でもこのさき思いだすかもしれないわ」と、エンゼルが言った。「たいそう年をとったおじいさんになってから思いだすかもしれないわ」

「そんなことがあるものですか！」そばかすは叫んだ。「どうしてそんなことを考えるんですか、エンゼル？」

「憶えているような気振りさえおみせにならないわね！」

「見せるもんですか！　よかったら誓ってもいいです。あなたがあんまりくたびれていてこの問題をよく考えられないというんでなかったら、わたしには憶えがないということが——ほんとうに憶えていないということがわかるはずです！　あなたのいやがることを憶えているくらいなら、いっそなにもかもあきらめ、肉親一人にも会わず、自分の家も見ず、自分の苗字を人から呼ばれもしないで、ただ一人あの世にいってしまうほうがましです。なんにしてもわたしにはあなたの嫌うことはできないということがわかってもらえると思いますよ」

涙によごれたエンゼルの顔がまぶしいばかりの美しさに輝き、心からこみあげるなかばヒステリックな笑いが口もとをほころばせた。

「おお、そばかす、ごめんなさいね！　あたしあんまりいろいろなことに会ってきたもんで、どうかしているのよ。でなければここでこうして、眠らなければならないあなたの邪魔をしているはずがないわ。もちろんあなたにはおできにならないわ！　ずっと前からわかっていたことよ！　あたしただちょっと取り越し苦労をしただけなの！　あなたがあなただってことを忘れていたのよ！　あなたは立派な騎士だから、そんなことは憶えていらっしゃらないのね。もちろんそうだわ！　そしてあなたが憶えていないのなら、そんなことは起こらなかったと同じなのね。あたし、自分がなにもかも台なしにしてしまったと思ってとても辛かったのだけれど、でも、もう大丈夫だわ。さあ、あなたは首ったけになってほかの男の人と同じようなことをしていいのよ。あたしのほうは花や手紙をもらったり、スイート・ハートの訪れを待ったりするんだわ。そしてあなたは自信が持てたら、その時あたしにいろいろなことを話せばいいんじゃない？　ああ、そばかす、あたし、嬉しくてたまらないわ！　ああ、なんて幸福なんでしょう！　憶えていてくださらないとは、そばかす、なんてあなたはいい人でしょう。ほんとうにいい人だわ！　だからこそ、あなたをこんなに好きなのよ。好きでなかったらそれこそどうかしているわ。ああ、どうしたらあたしがこんなにあなたを愛しているってことがわかってもらえるかしら！」

枕ごとそっくりエンゼルはわが胸にそばかすを抱きしめ、やがてでていった。

そばかすは驚きで呆然としていたが、ついに自分の気持ちを訴えるのに、なにか人間に近いものの存在を室内に求めているうちに目をとめた母の肖像を前に置いた。

「どうです、おかあさん、あれを聞きましたか？　聞いたにちがいありません！　どうか教えてください。わたしは生きてるんでしょうか、それとも死んで今この瞬間に天国が実現しているんでしょうか？　聞こえましたか、おかあさん？」

返事がもらえないのでそばかすは、いらいらして額をゆすぶった。

「あなたは絵に描いてある顔にすぎません。ですからもちろん、話はできません。しかしおかあさんの魂はどこかにいて、きっと今も近くの聞こえるところにいるにちがいありません。言ってください、あれを聞きましたか？　わたしは誰も人間に話しはできませんが、わたしのために生命を捨ててくれたおかあさん、わたしのほうからはいつもおかあさんに話すことができます！　毎日二人で話しあってこの不思議なことをわかるようにしましょう。ねえ、女の人はみんなああですか？　おかあさんもわたしの沼地のエンゼルみたいでしたか？　そうとしたなら、どうしてお父さんが海を渡ってあなたを追いかけていき、火の中にまで飛び込んだのか、そのわけがわかります」

20　リンバロストの森は呼ぶ

そばかすの声は止み、目は閉ざされ、極度の疲労から頭はぐったり後にもたれかかった。その日のうちにどうしてもオモーア卿夫妻に会いたいと言い張ったが、目の前に自分と瓜二つの人の姿を見て気絶してしまったので、大騒ぎになった。

あくる朝、エンゼルの父である大実業家は心配で心も重く、そばかすの求めに応じて会いにきた。彼の心配は不用であった。そばかすは心気高く、誠実そのものであった。

「わたしのことをお聞きになりましたか？」と、そばかすは挨拶も待たずにたずねた。

「聞きました」エンゼルの父は言った。

「一番の不愉快だったこともすっかりわかってくださいましたか？」

そばかすの真剣な視線のもとに、大実業家は真面目に答えた。

「了解したと思いますよ、オモーアさん」

他人の口から自分の名前を聞いたのはこれがはじめてで、一瞬そばかすは圧倒されて横たわっていたが、次の瞬間には涙があふれ、手をさしだした。エンゼルの父はその気持ちを理解し、そばかすの手を固く握りしめた。

「テレンス、僕に話させてくれたまえ。君が私の一人娘を欲しいとのことで僕はやってきたのだ。適当な時期に、娘が結婚したいと思う相手を見つけたなら、僕は自分の持つすべてを失くしたとは見なさず、僕が息子として愛することができ、自分が事業から退《の》いたとき、自分にかわって仕事を引き受けてくれる男を一人得たものとして娘の結婚を考えたいのだ。全精力をかたむけて早く回復するようにしなさい。そして今この時から僕の娘と僕の家は君のものだということを知ってくれたまえ」

「これをお忘れではないでしょうね？」

そばかすは右腕を持ちあげてみせた。

「テレンス、そのことでは言葉にあらわせないほど気の毒に思う。まったく残念なことだった！　しかし、もし僕がこの世に残す物いっさいを片手のない男に与えるか、それとも五体は完全に揃っていても中味の空っぽな、根性の腐った当世ふうの、ばくちはうつ、酒は飲むという不品行な、ならず者にくれてやるか、どちらかを選ぶとしたら、僕は君をとるよ。娘も同感のようだ。その右腕の残りの部分をこの世の中でせいいっぱい役だてなさい。そして生きている限り二度とそれが欠けていることを口にしたり考えたりしないがよろしい。さようなら！」

「ちょっと待ってください」と、そばかすは呼びとめた。「きのうのエンゼルの話では、わたしに二か所から金がはいるとのことでした。わたしのお祖母さんが父が勘当されることを知って、自分の持ってる財産全部と邸を父にのこしてくれたのと、それから伯父さんが祖父の遺産の中から、わたしの父の分として別にしておいてくれたとのことです。

お祖母さんが父にのこしてくれたものがどれほどか知りませんが、父を愛し、父にやりたいと思ってのことですから、わたしはそれを受け取るつもりです。それはお祖母さんが実家の父からもらったものですから、好きな者にやる権利があるわけです。

しかし、わずかな金でわたしの父や母に楽しい暮らしをさせることができ、わたしを不自由な体にしなくてもすんだものを、わざと父と母を寒さとひもじさにさらし、火の中でみじめな最期を遂げさせるような人間からは、びた一文だって――わたしという肉親が生きていることも、他人の慈悲で暮らしていることも知っていながら、わたしにあてがうまいとした金なんか、たとえわたしは凍え、かつえ、焼け死んでも、手になどふれるものか？　お祖母さんのものではたりなく、エンゼルに十分な暮らしをさせるだけの収入がない場合には――」

「金銭のことはどうでもよろしい！」と、大実業家は烈しくさえぎった。「われわれはそんな人殺しの金などに用はない！　そんなものはなくても必要なだけは十分ある。気持ちがわるかったらそのどれにもふれなさんな」

「お祖母さんが父にのこしてくれたものを受け取るのはかまわないし、わたしも欲しいです。だが、祖父の金に一文でも手をつけるくらいなら死んだほうがましです」

「さあ、あたしたちはみんな家へ帰りましょうよ」と、エンゼルが言った。「そばかすのためにあたしたちのできることは全部してしまいました。あの人の身内の方たちがいらしったのですから、そばかすと近づきにしなくてはいけないわ。あの方たちはとてもそばかすとなじみたがっていらっしゃるんです。あの方たちにそばかすを引き渡しましょうよ。そばかすが元気になったら、それこそアイルランドへいこうが、リンバロストへこようが、そばかすの好きにしたらいいんですもの。すぐに帰りましょう」

マックリーンは一週間我慢したが、その後はもはや辛抱しきれず、そばかすが恋しくてたまらなくなった。物音にみちた沼地の長い夜々沈思黙考したマックリーンは過去一年、そばかすとともに自分の心がリンバロストを巡っていたことを悟ってびっくりした。彼はそばかすを置いてくるのではなかったと後悔しはじめた。たぶん、あの子は——優先権からいって自分の息子であるあの子は、粗末な扱いを受けているのではなかろうか。支配人は心配性の老婆もかなわないくらい、あれこれ悪いほうにばかり気を回さずにはいられなかった。

マックリーンはエンゼルがそばかすの部屋から心をこめて摘んで来たアキノキリンソウや紫苑、リンドウ、紅葉などを大箱にいっぱい詰めたのと、小さな細長い包みを持ってシカゴへ出発した。道中、彼は胸を嚙むような嫉妬にせめられた。自分でさえそれを認めるのはいやだと思ったが、もはや一刻もそばかすから離れ、オモーア卿の手にまかせておけなくなったのだった。

そばかすの部屋へ通されるのを待つ間のしばらく、オモーア卿はそばかすの急速の回復や、幼いころの悪い環境からも性格的な害をうけていないので嬉しいということ、船で出発する前にそばかすと一緒にリンバロストの森を訪れたいと思うことなどを打ち解けた態度で語り、エンゼルの父を説いてエンゼルを自分の妻の保護のもとに置き、教育の仕上げをパリでしたいという希望をのべた。自分も妻もエンゼルほど将来のある娘を見たことがない。そばかすの与え得る高い地位につくにふさわしい女性と思うので、そばかすとの結婚にできるかぎりのことをしたいとも言った。

そのひと言ひと言がマックリーンに深い悲哀を味わわせた。沼地もそばかすなしでは味気ないものだった。それでもオモーア卿の語るのを聞きながら、マックリーンは自分もその中に溶け込めたらと熱望した。そばかすの部屋にはいった彼は息も止まるかと思った。いっさいが変わっていたのである。

ミシガン湖をはるか水平線と一つになるあたりまで見晴らせる窓辺に、そばかすは横たわっていた。大きなふんわりした雲、白い波頭、かすかに光る白帆、藤色や灰色の旗を空になびかせ、煙を吐きながらいく汽船などが見えた。カモメやダイシャク鴫《しぎ》が水の上を旋回し、泡の中に翼を浸していた。部屋は趣味と金でなし得るかぎりの贅沢をつくしてあった。

苦悶の汗がそばかすの顔から日焼けを洗い落とし、なめらかな、白いと言ってよいほどの色となり、褐色の裂傷もほとんど目だたなくなった。オモーア令夫人と看護婦でそばかすの髪をどんなふうにしたのか、マックリーンには察しもつかなかったが、これまで見たこともない美しいものとなっていた。真綿のように細く、光沢があり、くるくるとちぢれ波打って白い顔のまわりに垂れていた。

腕も胸も見事な刺繍のほどこしてある水色の絹のワイシャツにつつまれ、首には白いネクタイをしめていた。いない間に起こった多くの変化の中で、そばかすの非常な魅力と、注意を引かずにはおかないほどの美しさも目にはいらないほどマックリーンを驚かせたことは、両袖のカフスが折り返されて右腕をあらわしていることであった。そばかすはこれまでいつも隠していた不自由な右の腕をつかっていた。

「ああ、よくいらしってくださいました」と、そばかすは大声をあげ、ベッドから転がり落ちんばかりにマックリーンに手をさしのべた。「早く教えてください、エンゼルは元気で幸福ですか？　わたしの雛は二メートルの翼をひろげて母さんの鳥のところへ飛んでいけますか？　わたしの新しいお父さんや鳥のおばさんやダンカンのおじさんたちはどうしています？　それからネリーは、足を高く上げて歩くあのかわいいネリーは、どうしていますか？　アリス伯母さんはわたしが一緒にいけるだけに治ったらすぐ、帽子を選びにいってくれることになってるんですよ。仕事場の人たちはみんなどんなですか？　あれからまたよい木が見つかりましたか？　いろいろ考えたんですが、ほかのもこの間の木の近くにあるにちがいないと思うんです。アリス伯母さんはことによるとあるかもしれないって言うし、テレンス伯父さんもどうもありそうだと言うんです。実に二人ともよい上品な人たちですよ。まったく自分の身内を自慢したくなります！　もっとそばへきてくださいな、早く！　これきのうしようと思ったんだけど、きっとマックリーンさんがきょうきてくださるにちがいないって気がしたもんで、待っていたんです。エンゼルの指環にする石を選んでいるんですよ。エンゼルがわたしのに注文してくれたのはできあがってもう届いているんです。見てごらんなさい！　エメラルドです――わたしの色だってオモーア卿が言うんです」

そばかすは手をかざした。

「素晴らしいでしょう？　これほど慰めになるものは生まれて初めてですよ。あの古い沼地の色がみんなはいっているんです。エンゼルに頼んで、これにシロツメグサの葉を彫り込んでもらったので、これを見るたびにエンゼルが教えてくれたあの歌の『愛、まこと、勇気』という文句を思いだすんですよ。あれは美しい歌ですね？　近いうちにいつか歌ってみようと思ってますが、まだそうやって声をだすのが少し怖い気がするんですよ。けれど心の中ではどんな時でも歌ってないことはないんです。今度はこちらを見てくださいませんか？」

そばかすは数人の王の高価な身代金ともなり得ると思われるほどの、ピーコック商会から届けられた宝石の盆をかしげ、マックリーンに差しだしながら右腕でかき回した。

「ほんとうにお会いできて嬉しいな。わたしの希望を伯父に話そうとしたんですが、とにかくこれは伯父に関係したことではないし、わかってもらえそうもないと思うんです。思うような言葉がでてこなくてね。マックリーンさんになら言えますよ」マックリーンの胸は恋人のように高鳴った。「その先を言いなさい」と、彼はうながした。

「こうなんですよ。エンゼルの石の代金は三百ドルしかつかわないと言ったんです。伯父はわたしに貯えておいてくれたものや、エンゼルがわたしにつくしてくれた非常な親切を考えると、それではけちな金額だと考えるらしいんです。もっと高いものにしたほうがいいと考えているのは知ってますが、石はなんとしてもわたしが自分で働いた金で買わなくてはと思ってるんです。で、それが貯金しといたわたしの給料ぜんぶなんです。マフだの化粧机だのダンカンのおばさんにあげる品だのはほかの金でかまいませんし、いまに、エンゼルが受け取ってさえくれればお祖母さんの金を全部エンゼルのものにするつもりです。しかし今のところは――ああ、この石を銀行のわたしの預金で買わなくてはならないわけがわかりますか？　ほかの方法ではだめだという気がするし、エンゼルもほかの金で買った一番立派な石よりも、わたしの儲けた金で買えるうちで一番よい石のほうを欲しがると思いませんか？」

「言いかえればだね、そばかす」支配人はしわがれた声で言った。「お前はエンゼルの指環を金で買いたくないのだよ。その代価として初めのころのあの沼地で味わったおそろしい恐怖で支払いをしたいのだ。あそこで忍んだ孤独と、愛情にかつえた気持ち、冬、境界線での凍えるような寒さ、この夏の焼けるような暑さをその代価にあてたいのだ。お前の生命を賭して自分の約束を立派に果たしたことをその指環が四六時中エンゼルに思いださせてくれるようにと願っているのだよ。その石の代価は、心臓も凍るかと思った恐怖――お前の体の汗と血であがないたいと望んでいるのだ」

そばかすの目は涙の中を泳ぎ、感きわまって顔はふるえていた。

「マックリーンさん」と、そばかすは手をのべてマックリーンの黒い髪から頬のあたりまで撫でた。「だからマックリーンさんじゃないと困るんです。きっと、わかってくださると思ってたんです。では、これを見てくださいませんか？　エメラルドは感心しないんです。エンゼルからもらったのと同じですからね」

そばかすは緑の石を、小さな山をなしているはねのけた石のほうへ押しやり、次に真珠をぜんぶ選びだした。

「きれいですね？　いまにこんなのもエンゼルに買ってあげよう。ちょうど、ユリの花の顔か、ジャコウソウモドキか、葉かげの露の玉か、月光のようですね。しかし今わたしがエンゼルに贈る石の中に、ぜひ欲しいと思う活気がこれにはありません」

そばかすは真珠をエメラルドのほうに積み重ねた。彼はダイヤモンドに長い間見入っていた。

「これは人を引きつける力がつよくて欲しくなるくらいですね。けれどもやっぱり不似合ですかね。いつもマックリーンさんのを見ているのが大好きだったんですよ。そのような大きな石もいつかエンゼルに買ってあげなくてはなりますまい。ちょうど一月のリンバロストを思わせますね。一面に氷でおおわれ、日は西に傾いて見渡すかぎりのものがみんな火と氷のように見えるリンバロストの森！ しかし火と氷はエンゼルらしくありません」

ダイヤモンドもエメラルドや真珠の仲間入りをした。あとに残るのは赤い小さな積み重なりであったが、それにそばかすは今までにない愛情のこもった手つきで触れ、目は輝いていた。

「これこそエンゼルの石じゃないかと思うんです」そばかすはさも嬉しそうな声をあげた。

「リンバロストとわたしが一緒にわたしの指環の中に生きていますが、この石は今まさに花を開こうとしていて、この中にはエンゼルも一緒にいるんです！ ケシの花の赤、ベニバナの赤、エンゼルがわたしを救うために置いといて、もみくちゃになっちまったあのフォックス・ファイアの花束の赤がこれです。キャンプ・ファイアの焔や蛇川クリークに沈もうとしている夕日の光がこもっています。わたしたちが、お互いに喜んで捧げあう血の色の赤です。エンゼルの唇のようであり、あの初めての日、エンゼルの美しい腕にこびりついていた血のしたたりそのままです。エンゼルの勇ましい、やさしい、清らかな赤い心臓はこんなのではないかと思うんです」

そばかすはルビーを唇に持っていき、マックリーンに渡した。

「わたしの小切手に署名しますから、これを指環につくらせてくださいな。わたしの預金を引きだしたら、引きだしたままのその金を払いに当ててください」

再びマックリーンの胸の中に希望が湧いてきた。「そばかす、聞きたいことがあるのだが……」

「いいですとも、なにを聞きなすっても、マックリーンさんになら、なんでも喜んで話します」と、そばかすは答えた。

マックリーンの目は、宝石をかきわけているそばかすの右腕にそそがれていた。

「ああ、そのことですか！」と、叫んだそばかすは愉快そうに打ち笑った。「あの陰気な気持ちをどこにやってしまったか知りたいんでしょう？　それはね、わたしの魂と心と体から、ある天使の唇にのって運び去られちまったんですよ。きょうという日を持ってくるためには、最初のあの苦しみも必要だったんじゃないかと思うんです。あの傷口はしじゅうあいていたんですが、エンゼルがふさいでくれたんです。エンゼルがいやがらないなら、わたしだっていやがりません。わたしの新しいお父さんもそうですし、伯父さんや伯母さんやマックリーンさんだって一度もいやがったことはありませんでした。どうにもならないことのためにどうして一生くよくよしていられるものですか。ほんとうはね、先週のことがあって以来、わたしはこれが自慢でたまらないで、見せびらかしたくてしようがないんですよ」

そばかすはマックリーンの目の中を見て笑いだした。

「ああ、よかったねえ！」と、マックリーンは言った。

「さあ、今度はわたしの番です。こんなことをたずねていいかどうかわからないけれど、だけど引っ込めておかなけりゃならないわけもないんです。ものごとを少しはっきり考えられるようになってから一刻もわたしの心を離れなかったんですが、聞いていいでしょうか？」

マックリーンは手をのばしてそばかすの手をとり、感動で声をふるわせながら言った。

「そばかす、そんなことを言うと気を悪くするよ。僕がどんなにお前を大事に思っているかわからないのかい？　どんなことでも僕に話してくれればどんなに嬉しいかしれないんだよ！」

「それなら、こうなんです」と、そばかすはマックリーンの手を強く握りしめた。

「もし今度の事故やそのあとのいろいろなことが起こらなかったとしたら、わたしを学校にやってくださるという計画はどうなっていたでしょうか？　わたしのためにどんなことをしてくださるつもりだったたんですか」

「それはそばかす、はっきりうまくは言えないよ。僕の考えはどちらかと言えばぼんやりしたものだったからね。まずはじめてみてからどのようにするか決めようと思っていたのだよ。第一にグランドラピズに連れていき、僕の母の手許にお前を置いて、一、二年、家庭教師をつけて、アン・アーバーかシカゴ大学によい成績で入学する準備をしたらと考えていたのだ。それからこの国ではエール大学かハーバード大学で仕あげをし、一番最後はオックスフォードにはいって、立派な広い教養を身につけたらどうかと思っていたのだよ」

「それだけですか？」と、そばかすはたずねた。

「そうではない。音楽がはいっていない。だれか大家にお前の声を試験してもらい、ほんとうに音楽家としての天分に恵まれており、お前もその方面に進みたいというのなら、大学の勉強を一部はぶいて音楽を主として勉強するようにしたいと思ったのだよ。最後に二人でヨーロッパを旅行し、世界一周をしたいと考えていたのだ」

「それから？」と、そばかすは息もつかずにうながした。

「それからは、なんだ、お前も知っているとおり僕の心はどうしても森から離れないのだよ。木と僕の命があるかぎり、この木材の事業を去る気はないね。もしお前が音楽を職業にせず、僕の事業の方面に興味を持つなら協力者をもう一人ふやすことにしてお前を会社に入れ、お前の仕事を僕のところに置こうと思ったのだよ。このような計画は話しているうちにこんぐらかったかもしれないが、しかし、そばかす、お前がかわいくなってくるにつれて、今のような計画が着々と湧いてきたのだ」

そばかすは気づかわしげな目をマックリーンに向けた。

「いつか小径で言いなさったし、わたしが死ぬかと思ったときにもわたしを大事に思って言ってくださったけれど、こうしてわたしの身に起こったいろいろなことで、マックリーンさんの気持ちがいくらか変わりません？」

「ちっとも変わらないよ。なんで変わるものかね、そばかす？　これ以上お前をかわいく思うことはありえないほどだよ。またお前がこの先どんなことをしようと僕のこの気持ちを弱めることは決してないよ」

「ありがたいっ！」と、そばかすは大声をあげた。「ありがたい！　急いで支配人のおかあさんにわたしがいくからと知らせてくださいな！　歩けるようになったらあの指環をエンゼルのところに持っていき、それからグランドラピズにいって、マックリーンさんが計画してくだすったとおりに始めたいんです。ただ費用は自分で払わせてください。わたしが立派に教育を受けてしまったら、みんなで——エンゼルとお父さんや、鳥のおばさんや、マックリーンさんみんな一緒に、わたしの家や親戚を見にいき、今話しなさった旅行をしてきましょう。帰ってきたら木材会社にオモーアの名前を加えて、大いに張り切りましょうよ！　おやっ！　どうか、マックリーンさん、支配人、お父さん、どうか、そんなふうになさらないでください！　どうなすったんですか？」

「どうもしない、どうもしない。なんでもないのだよ」マックリーンの太く低い声が答えた。

彼はくるっと向こうをむき、急いで窓のほうへいった。

「素晴らしい眺めだね。けさの湖水の美しいこと！　シカゴの人たちがこの湖畔に自分たちの市があるのを自慢にするのも当然だ。しかし、そばかす、オモーア卿はこのことをなんと言われるだろうね？」

「さあ、わからないけど、オモーア卿が苦にするとすれば、わたしもひどく切ないと思うでしょうよ。なみなみでなくわたしによくしてくれましたし、アリス伯母さんはわたしにとってはエンゼルの次に好きな人ですからね。伯父さんはわたしに血肉の味と財産をしみじみ味わわせてくれましたし、伯母さんのほうはわたしの父や母やおばさんの話をまるで生きているかのように聞かせてくれるので、その人たちを自分のものだと言うこともできるし、肉親らしい気持ちになれたのです。この二人の気持ちを傷つけるようなことがあれば、わたしは、ひどく悲しくは思うけれど、しかし仕方がないことです。わたしとエンゼルの間を大海でへだてることは誰にもさせません。ここからリンバロストまでがわたしを落ち着かせておくぎりぎりのところです。わたしは自分が生まれた国であり、父や母の灰が眠るこの国で教育を受け、それから働き、暮らしたいと思います。

アイルランドも見たいし、ことに、わたしのいとこになる小さい連中に会えるのは嬉しいけれど、長くは滞在しません。わたしの心はすべてエンゼルに捧げてあるし、それにリンバロストが絶えず呼んでいますもの。わたしがこの窓から眺める時、美しい湖水が目にはいると思うでしょうが、そうじゃないんです。

青空に柔らかな雲がゆったりと湧きあがり、わたしの黒い雛鳥が空を舞って大きな羽根が一枚静かに落ちてくるところが目に浮かぶのです。大きな木や、揺れる蔦、目もさめるような花、いつも群れ咲いている野バラ、その間からこっちを見ていた野バラのようなわたしのテントウ虫さんの顔が見えるのです。湿地がなびき、花の甘い匂いがただよい、沼地の湿った泥くさい匂いを嗅ぐことができるのです。わたしの小鳥たちの歌や、リスの啼《な》く声、ガラガラ蛇のシューシューという音、ウェスナーかブラック・ジャックの足音も聞こえます。そして、わたしの好きなものであろうと、恐れるものであろうと、それはなにもかも毎日の暮らしの一部分なんです。

わたしの心も愛もすべてわたしの沼地のエンゼルに捧げてあります。だからエンゼルと沼地がわたしの頭の中でまざり合ってしまい、別々に考えることはできないのです。エンゼルを眺めると、わたしには青い空と、木の葉やピンクや赤い花の間から射し込む太陽が見えるし、リンバロストの森を眺めると、バラ色の顔や青い目、金色の髪、赤い唇が見えるんです。それでほんとうに両方ともまざり合って、しまいに一つになってしまうんですよ！　気持ちを痛めたら困るとは思いますが、わたしの親戚にはわかってもらえると思うんです。ですから喜んでわたしを帰してくれるでしょう。温室作りのもののかわりに、神さまのお作りになったこの花を挿《さ》すように、オモーア夫人を呼んでください。それからすみませんが、エンゼルからのこの小さな包みの紐を切ってくださいませんか」

そばかすが包みを手にしたとたんに、リンバロストの光がさっと指のエメラルドから閃きでた。ふたには「リンバロストの番人さんへ！」としるしてあり、その下からあらわれたのは大きなパリッとした、虹色に輝く黒い羽根ひとひらであった。

訳者あとがき

『そばかす』（*Freckles*）の原作者ジーン・ストラトン・ポーター（Gene Stratton Porter 1863–1924）については数年にわたり、この作品を初め『リンバロストの乙女』その他の傑作を熱愛する数百万人の人々にも、あまりその身の上は知られていなかった。出版元にあてて著者について知りたいと言ってくる読者の求めに動かされて、宣伝嫌いのポーター夫人もとうとう出版社にその略伝の資料ともなるべきものを寄せた。以下はG・ストラトン・ポーター夫人の自伝ともいうべきものの要約である。

ジーンの父マーク・ストラトンは結婚したとき妻のことをこう述べている。アメリカ南北戦争（一八六一―六五）の後、数年にわたる中西部の家庭生活の有り様が、はっきりと想像できる。「目方四十キロばかりの淡紅色をした磁器のような女性。野ばらを思わせるばら色、肉付きがよく、太いなわのようなあかるい褐色の髪、生まれてこのかた一度も病気をしたことがなく、婦人の名として最も美しいメアリという名前をもっていた」彼はさらに言葉をつづけて、「神は彼女の心をなさけ深く、その肉体を子どもたちの親となるようにつくり、特別の才能として彼女の指さきに花つくりの魔術をひそませた」と語っている。メアリ・ストラトンは元気のよい十二人の子らの母であった。三人を猩紅熱《しょうこうねつ》から併発した百日ぜきで失った。これだけの子どもをかかえながら、彼女は家の中に塵ひとつとどめぬほどにきちんとかたづけ、かいわいきっての料理の達人であった。訪ねてくる人々すべてをあたたかくもてなし精いっぱいわが家を美しくし、子どもたちの着るものは手ずからつくったり、ししゅうをしたりした。しかし、すべての人がみとめていた彼女のすばらしい才能は、ものを育てることにあった。

ジーンの父はイギリスの古い家柄のストラトン伯爵家を先祖としている。アメリカでの初代はニューヨークのマーク・ストラトンで、有名な美人アン・ハチンソンと結婚しストラトン島に定住した。この島は後になまってステートンとよばれるようになった。ジーンの父は神を信じ、礼節、名誉、純潔、美、教育を重んじ、子どもたちのうちのだれかが父の誇りうるような、書物をあらわす者となって欲しいと熱望していた。本を書くことは最も強い自己表現の方法だと、父は口ぐせのように言っていた。心やさしい母とすぐれた審美眼をもった父とのあいだで、ジーンの文学的才能と自然科学への興味はぐんぐんと伸びていった。

「私は目につくものすべてを歌につくりうたいながら、流れを渡って魚をとったり、クローバーの野で蝶を追ったり、くちばしに毛をくわえた鳥のあとをつけたりしました」G・ポーター夫人は少女時代についてこう語り、さらに、「わずかながらも私がおさめた成功は自分としての意見と表現手段をもち、少女時代に受けたわが家のスパルタ式のきびしさを、後の自分の生活にまで取り入れたことによります。私がなし得たことは、どんなことであれ、父母の私に対する育てかたによるのです」と言っている。ストラトン夫人の健康は意外に早くこわれ、子どもたちの成人を見ずして世を去り、父もジーンの著書を目にしないうちに死んだ。

さて、日本に初めて『そばかす』を紹介した私としては、この愛すべき作品が、どんなふうにして生まれてきたかということについて、読者のみなさんにぜひ知っておいていただきたいからである。それは、人のたましいをゆすぶるような作品は、いかにしてつくられるかということへの答えともなるであろう。一九〇四年十月二十日、アメリカ、ダブルデー・ページ社から『そばかす』の初版が出た。ポーター夫人は、何年ものあいだ野外の研究に打ち込み、そのうち三か月間、一日おきにリンバロスト沼へ出かけて、黒はげたかについてのシリーズを完成した。結婚後まもなく、スコットランド人の材木商と知合いになり、この沼地のことや、カナダの造船業者の使う上質の材木がそこでとれるという話を聞いた。その後、リンバロストの北の境界から一・六キロたらずのところへ引っ越したとき、ポーター夫人は、ちぢれ楓、黒くるみ、黄金樫《こがねがし》、山ざくら、そのほかグランドラピズにある、大きな家具工場向けの貴重な木材の買付けをしている男に逢った。夫人が仕事のことでまじわっていた人々のなかで、このうえなく夫人のためにつくした女性がひとりあった。夫人が馬車を駆って森の小径をやってくるのを見ると、かならず出てきて、用心するようにと注意する。仕事に夢中になりすぎ、食事時間をかなりすぎたことも忘れていると、食物と水か脱脂乳をとどけてよこして元気づけた。自分の家族の者を配置しておき、わらか髪の毛をくわえた鳥を見かけたら、あとをつけて住み家を突きとめさせる。とうもろこし畑にあるい、ちどりの巣のまわりに杙《くい》をうち、溝をほっておいてくれたのは、その女性であり、ポーター夫人がしていることの意味ははっきりのみこめないながらも、多くの親切をつくした。

「私があることをしたいと言えば、それでこの人たちには十分でした。問いただしもせずに、その寛大な心に思いつくあらゆる方法で私を援《たす》けてくれました。この人たちは親切にすることが好きなのであり、物惜しみしないのは生まれつきでした。主婦は世帯のきりもりと大勢の子どもの世話でいつも忙しいうえに、あらゆる生きものがやってきました。彼女は私をも引き受けてくれました。私は彼女の心も体も赤い髪の毛もなにもかも小説『そばかす』に出てくる親切な婦人セイラ・ダンカンの中にうつし入れました。材木商と家具商は、いっしょにしてマックリーンにしました。そばかすはある理想と私自身の野外での経験を混合したものに、ボブ・バーデット・ブラック氏の経験をまぜあわせたものです。ブラック氏は多くの時間をついやし、細心の注意をはらって、野外で十人分以上の働きをしてくださった人です。エンゼルは私の娘を理想化したものです。

私はこの本を夫のチャールズ・ダーウィン・ポーターにささげました。それにはいくつか理由がありますが、一ばんおもな理由は私の夫はそれをささげられる資格があるということです。材木を伐り出す人夫たちから、黒はげたかの巣のありかを知らせられたとき、私はいそいで夫のところへいって、この大きな黒い鳥のことや、柔毛につつまれた白いひなや、水色の卵などのことを話し、そのしばらく前に軽はずみにも、以後リンバロストでは仕事をしないといった約束を取消しにしてくださいとたのみました。夫自身も熱心な博物愛好者なので、私がいくことは承知してくれました。しかし、私を大切にすることでは、誰もかなう者のない彼といっしょでなければいけない、という条件つきでした。これまで夫は自分の事業のためにやむなく、私をひとりで仕事にいかせ、ガイドをやとったり、石油掘りの人夫やよその農夫の手をかりたりしておりましたが、その当時のリンバロストはなみたいていの場所ではありません。その大部分は足をふみいれることもできません。木はごくわずか伐り出されただけですし、石油掘りの人夫たちもこれから入りこむというところでした。地勢からいえば、危ない沼地であります。そこには中部地方でももっとも恐ろしいとされているあらゆる植物、動物、人間にとっての危険にみちておりました。

沼にすこし入ったばかりの油井戸の道で、私たちの馬車は轂《こしき》までぬかるみにはまりました。私はカメラを両手でかばっておりましたが、油井戸につかないうちに馬車がばらばらにこわれ、馬が立往生するのではないかと思いました。油井戸のところから私たちは徒歩で進みました。夫は膝までの長靴を、私は腰までくる防水長靴をはいておりました。季節は七月の末でした。私たちは湯気のたっている、いやな臭いの水溜りのあいだを、たえずガラガラ蛇に気をつけながら、ぶよや蠅や蚊や毒虫などの群れのなかを無理して歩いていきました。一歩ごとに踝までうずまります。しっかりしているとは思った丸太は足をかけると折れました。さぐりさぐり歩き、かたい地面にお互いをひっぱりあげながら進むという有り様でした。着ている物はぐっしょり濡れるし、おおっていない体の部分は咬まれたり刺されたりで、こぶこぶだらけになりました。たおれている大木を夫がみつけそこまで道をつけて、言語に絶する悪臭のなかを十二メートルちかくも進んで一ばん奥までいき、葉をしいた自分の帽子のなかにひなと卵を入れて、あかるいところへ持ってきてくれました。

防臭剤にたっぷりひたして滴のしたたるナプキンで口と鼻をしばらなければ、二人ともそこにいたたまれませんでした。〈小さなひな〉が飛べるようになるまで、ほとんど三か月のあいだ、三日目ごとに私たちはここまでかよいました。むろん、じきにその木のところまで道をつけましたし、沼地の不愉快な状態にも馴れて、その危険など、ものの数とも思わないまでになじみましたので、私は他の人の手をかりて思いのままの場所で仕事ができるようになりました。夫はどうしても〈小さなひな〉のシリーズを仕上げるようにと主張しました。ですからこの本で彼が果たした役割りに対してむくいを受けるのに、〈資格がある〉などという言い方では貧弱すぎるのです」

　これがこの本の中心だが、物語自体はある日、沼地から帰ろうとしているとき、長さ五十センチ近くもある大きな羽根が一枚、くるくる舞いながらポーター夫人の行くてに落ちてきたことから始まっている。すぐさま夫人は上を見あげて鳥の姿を突きとめようとした。羽根の大きさや形からいうと、鷲にちがいなかった。夫人の目はよく訓練されかなり鋭くはあったが、鳥は見つからなかった。目のとどかない高さまで舞いあがったに相違なかった。はげたか一家の生活とはなじみになっていたので、ポーター夫人は羽根をおとした鳥を『そばかす』のなかに出てくるものに変えた。当時ポーター夫人はだれも手をつけていないこの古い沼地および、その研究すべき伝統、博物学上の無限の資料をわがものとしていた。この落ちてきた羽根で物語は始まり、ポーター夫人は数日で構想を練り六か月後には書き上げてしまった。夫人がつけた題は

『舞い落ちた羽根』というのであった。この中の少年のように、どこからともなくさまよってきたもの、手にとってさわれるものという意味でこれを『そばかす』と変えたことを、著者はいつも残念がっていたようである。この本の英国版は、英本国よりもアイルランドやスコットランドのほうで、より一層もてはやされた。

数百万の読者がポーター夫人の作品から喜びと力を受けたことは嬉しいことである。わが国でも若い人々や彼らの家庭の中で愛されていくことであろう。G・ポーターの作品はすべて大自然に対する彼女の偉大な愛情をたたえている特色がある。その愛情を他の人々にも分け与え無数の読者を啓発して、自然界にくりひろげられる野外劇を鑑賞する目をひらかせたことは、尊い功績である。

私のこの訳書がどうぞ長く読みつがれて愛読されるようにと、祈りにも似た熱い思いをもってペンをおく。

一九六四年三月七日　　　　訳　者

解説——舞い落ちた羽根

竹宮惠子

鎌倉は七里ガ浜東に住んでいた頃のこと。

ある日の散歩で、私は長くて美しい、きりりとした焦げ茶色の羽根が、空から落ちてきたのを見た。落ちていた、ではなくて。その羽根が空から落ちてきて地面に着く最後の瞬間を見たのだ。だから、「何⁉」とそれに気づいた。今もそうだと信じている。ためらいなくそれを手にとってみたら、根元までが白くて若々しく美しく、いま鳥の身体から離れたばかり、温かささえ感じるような様子をしていた。

一瞬で幸せな気持ちになる、というのはこういうことだろう。どのくらいの確率で人はこんなことに出会うだろう？　思わず頰に笑みが広がって、それをかみ殺しながらあたりに人がいないのをこっそり確かめた。

その羽根は長さが三十センチ以上はあって、いわゆる鳶色《とびいろ》、だ。七里ヶ浜には鳶が多いから、きっと若鳥が落としたものだろう。であれば、そんなに珍しいことではないのかもしれない。それでも、私にとってはまるで幸運のお守りのように、今に至るまでずっと傍らにある。しかし、その時の嬉しさが本当は何ゆえだったのか、私はいま『そばかすの少年』を読み返すまで、すっかり忘れ去っていた。

ふと本屋で手にとった『そばかすの少年』に自分らしくもなく心打たれ、ダークサイドでない自分の善良な部分にむしろあきれつつ、この物語のマンガ化に挑んだのは、羽根を手にとるこの日より、十年以上前のこと。担当編集者を通じてご遺族から許可を戴いたのだが、この頃はまだ、漫画家から直接小説のマンガ化を願い出ることは、珍しかったはずだと思う。担当編集者に「読んでみてください、内容には何の文句もないはずです」と手渡したが、案の定、彼も涙なしには読めなかった。読み終えた者は必ず、何かしら溢れるような愛情を心に感じずにいられないこの物語は、人間も自然とともに生きる動物であることを思い出させ、他者を愛して生きる生き物であることを、幸せのうちに噛みしめさせる。要するに、自分が信用をおく人であるならば、この物語に心打たれないはずがない、と自信を持って言い切れた。普遍的な愛、普遍的な価値、未来永劫に亘って素晴らしいと言える人間の値打ちをこの物語は語っているのだから。

このようなものを、実は人は年中覚えてはいないし、言葉にすることはまれだ。

『そばかすの少年』は見事なまでにそれを物語の中に溶け込ませているが、だれとてはっきりと言葉にできないその「うつくしいもの」を、物語の中で舞い落ちた羽根が象徴している。作者のジーン・ポーターが、この物語のタイトルを「舞い落ちた羽根」にしたいと望んだのも当然のことである。だからこそ、私は舞い落ちた羽根を見たとき、迷いなくそれを手にとり、わけもなく一瞬で幸せになった。「普遍的な価値が伝わっている」とはそういうことなのだ。そして物語というものが、そこに記していない何かを伝える力を持つことを、完璧に証明している。『そばかすの少年』をいま読み返し、私の羽根の本当の意味をしっかと摑んで、私は更にその値打ちのいとおしさを思った。忘れていたことを恥じはしない。普遍的な価値観とは、常日ごろは忘れていて良いようなことでもあるからだ。

さて、実は私は『赤毛のアン』派ではない。かつて多くの同世代の友人が「あなたは赤毛のアン？　それともケストナー？」と聞いたものだ。「十代に感銘を受けた児童文学は何か」、これが大元の問いなのであるが、私の答えは決まって「ケストナー」だったから。私のマンガ作品をご存知の方であれば、すぐに「はぁん」と合点がいくであろう。私は必ず少年たちを主人公にすることが特徴的な漫画家であるからだ。だから、村岡花子・訳『赤毛のアン』の評判を知っていてさえ、『そばかすの少年』をまず手に取った。そして、はまったのである。村岡花子の文章の、細部にわたる細かい気遣いと思いやり深い導入力に。

読み始めると、この物語はいつも私に日本語の奥ゆかしさや丁寧さ、語彙の豊富さを思い出させてくれる。これはもう、村岡花子・訳でなければ得られない大きなものだ。ことばを扱う仕事の中で、訳者はきっと様々な言い回しを試しただろう。英語の与える印象を変えずに、いや、さらに増幅できる日本語はないかと、ものすごく意欲的に探したと思われる。現在でも日本語は、沢山の世界のことばの中で、圧倒的なまでに言い換えが可能な、表現力の豊かなことばであるという。翻訳という仕事は、「同じ意味に訳されている」ところから、それを踏み越えてさらに表現を輝かせるところまで、大きく結果に差が出る仕事だと言える。「そうしよう」と固く思わない限り――単に仕事としてこなしたのであれば――このように豊かな表現にはなりえない、とさえ思われる。そんな美しく奥ゆかしい日本語がここにはある。

二〇一五年三月二日

（たけみや・けいこ　漫画家、京都精華大学学長）

本書は、一九五七年『そばかす』として秋元書房から刊行されました。

河出文庫化にあたり、一九六四年刊行の角川文庫版『そばかすの少年』を底本としました。

本文中、今日の観点から見て差別的と受け取られかねない表現がございますが、訳者が故人であること、および作品の時代的背景を考慮し、原文通りといたしました。

Gene S. Porter
Freckles, 1904

そばかすの少年《しょうねん》

二〇一五年 四 月一〇日 初版印刷
二〇一五年 四 月二〇日 初版発行

著　者　G・ポーター
訳　者　村岡花子《むらおかはなこ》
発行者　小野寺優
発行所　株式会社河出書房新社
〒一五一 - 〇〇五一
東京都渋谷区千駄ヶ谷二 - 三二 - 二
電話〇三 - 三四〇四 - 八六一一（編集）
〇三 - 三四〇四 - 一二〇一（営業）
http://www.kawade.co.jp/

ロゴ・表紙デザイン　粟津潔
本文フォーマット　佐々木暁
本文組版　KAWADE DTP WORKS
印刷・製本　凸版印刷株式会社

落丁本・乱丁本はおとりかえいたします。
本書のコピー、スキャン、デジタル化等の無断複製は著作権法上での例外を除き禁じられています。本書を代行業者等の第三者に依頼してスキャンやデジタル化することは、いかなる場合も著作権法違反となります。

Printed in Japan　ISBN978-4-309-46407-7

河出文庫

スウ姉さん
エレナ・ポーター　村岡花子〔訳〕　46395-7

音楽の才がありながら、亡き母に変わって家族の世話を強いられるスウ姉さんが、困難にも負けず、持ち前のユーモアとを共に生きていく。村岡花子訳で読む、世界中の「隠れた尊い女性たち」に捧げる物語。

リンバロストの乙女　上
ジーン・ポーター　村岡花子〔訳〕　46399-5

美しいリンバロストの森の端に住む、少女エレノア。冷徹な母親に阻まれながらも進学を決めたエレノアは、蛾を採取して学費を稼ぐ。翻訳者・村岡花子が「アン」シリーズの次に最も愛していた永遠の名著。

リンバロストの乙女　下
ジーン・ポーター　村岡花子〔訳〕　46400-8

優秀な成績で高等学校を卒業し、美しく成長したエルノラは、ある日、リンバロストの森で出会った青年と恋に落ちる。だが、彼にはすでに許嫁がいた……。村岡花子の名訳復刊。解説＝梨木香歩。

べにはこべ
バロネス・オルツィ　村岡花子〔訳〕　46401-5

フランス革命下のパリ。血に飢えた絞首台に送られる貴族を救うべく、イギリスから謎の秘密結社〈べにはこべ〉がやってくる！　絶世の美女を巻き込んだ冒険とミステリーと愛憎劇。古典ロマンの傑作を名訳で。

ボヴァリー夫人
ギュスターヴ・フローベール　山田𣝣〔訳〕　46321-6

田舎町の医師と結婚した美しき女性エンマ。平凡な生活に失望し、美しい恋を夢見て愛人をつくった彼女が、やがて破産して死を選ぶまでを描く。世界文学に燦然と輝く不滅の名作。

マリア・テレジア
江村洋　41246-7

生きた、愛した、戦った──。プロイセンをはじめ、周辺国の手からハプスブルク帝国を守り抜き、16人もの子をなした、まさに国母。波乱と情熱に満ちた生涯を描く。

著訳者名の後の数字はISBNコードです。頭に「978-4-309」を付け、お近くの書店にてご注文下さい。